HISTÓRIAS DE *MEU ROMEU*

Leisa Rayven

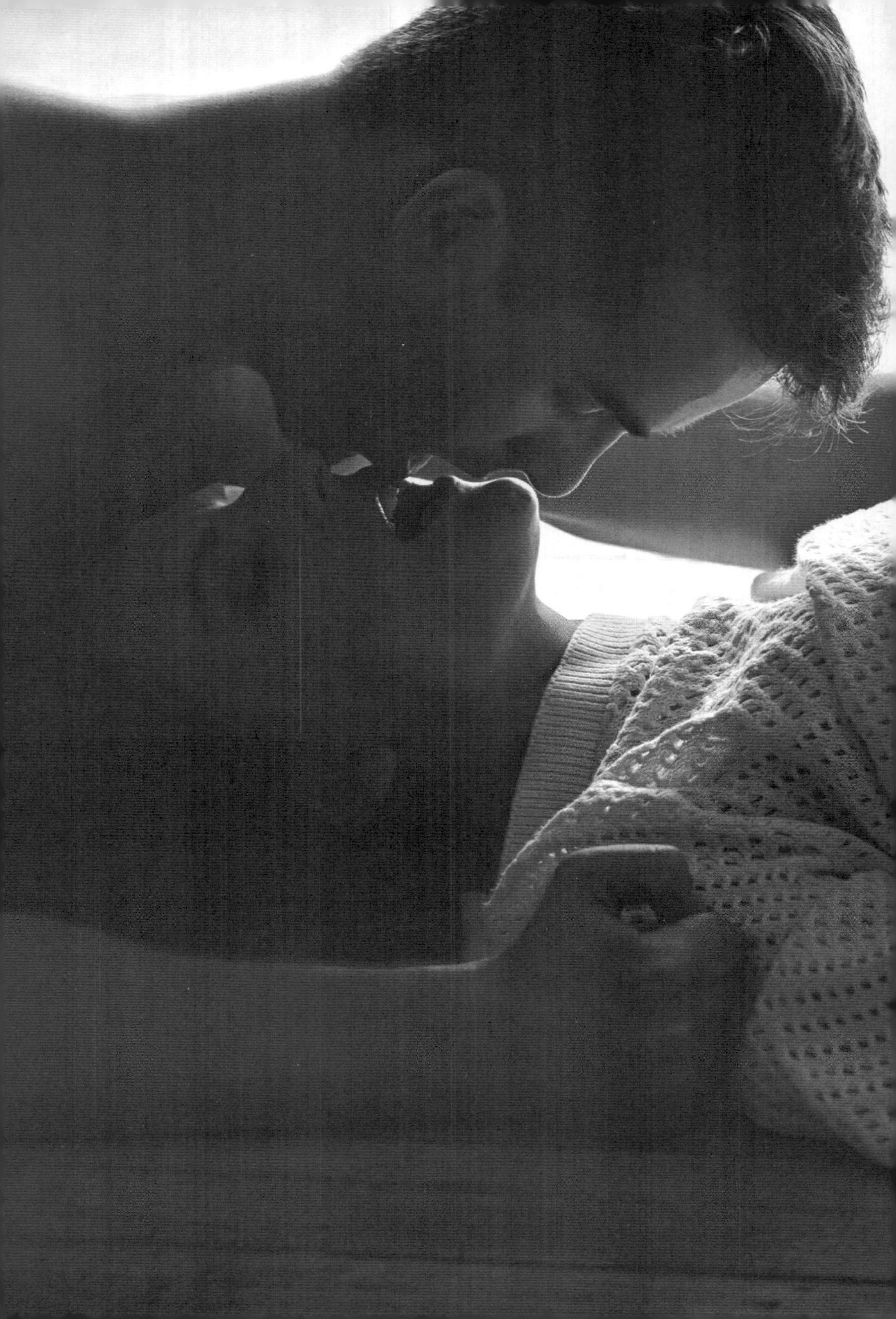

HISTÓRIAS DE *MEU ROMEU*

Leisa Rayven

Tradução
Fal Azevedo

Título original: *Bad Romeo Christmas*

Editora responsável **Sarah Czapski Simoni**
Editora assistente **Veronica Armiliato Gonzalez**
Capa **Diego Lima**
Imagens da capa **Shutterstock/bezikus**
Diagramação **Gisele Baptista de Oliveira**
Projeto gráfico original **Laboratório Secreto**
Preparação **Luciana Bastos Figueiredo**
Revisão **Jane Pessoa e Vanessa Sawada**

Texto fixado conforme as regras do Acordo Ortográfico da Língua Portuguesa (Decreto Legislativo nº 54, de 1995).

CIP-BRASIL. CATALOGAÇÃO NA FONTE
SINDICATO NACIONAL DOS EDITORES DE LIVROS, RJ

R217h

Rayven, Leisa
Histórias de meu Romeu / Leisa Rayven ; tradução Fal Azevedo. – 1. ed. – São Paulo : Globo Alt, 2017.
288 p. ; 23 cm.

Tradução de: Bad Romeo christmas
ISBN: 978-85-250-6364-9

1. Ficção infantojuvenil australiana. I. Azevedo, Fal. II. Título.

17-41201

CDD: 028.5
CDU: 087.5

1ª edição, 2017

Direitos de edição em língua portuguesa para o Brasil adquiridos por Editora Globo S.A.
Av. Nove de Julho, 5229
01407-907 – São Paulo – SP – Brasil
www.globolivros.com.br

Este livro é dedicado a todos os fãs incríveis que acolheram estes personagens no coração e na mente, e os amaram como se fossem amigos que havia muito não viam. Eu adoro vocês, mais do que qualquer outra coisa. (A não ser guacamole. Guacamole é demais.)

Nota da autora

Olá, meus queridos leitores! Muito obrigada por se juntarem a mim nesta coleção de histórias. Espero que tenham tanto prazer com a leitura quanto eu tive ao escrevê-las.

Antes de começarmos, permitam que eu explique um pouco sobre o cronograma destas historinhas. Como havia um zilhão de pessoas gritando que queriam saber sobre a vida de Ethan e Cassie após o fim de *Minha Julieta*, a primeira parte, "Desejos de Natal", se passa alguns meses após o pedido de casamento pós-sexo. (Nota: portanto, ANTES do casamento. Em outras palavras, antes de *Coração perverso*, o último livro).

As outras duas histórias ("A lista de safadezas" e "Um excitante Ano-Novo") se passam no ano seguinte.

Tudo bem? Ótimo.

Agora que isso foi esclarecido, por favor, continuem a ler.

(Não liguem pra mim andando por aí, tentando fazer com que vocês se sintam abraçados. Finjam que não estou aqui.)

Beijos,

Leisa

PARTE UM:
DESEJOS DE NATAL

Capítulo um
ETHAN

Dezembro, um ano atrás
Apartamento de Ethan Holt
Nova York

Bing Crosby toca no meu apartamento enquanto a neve flutua do lado de fora. Normalmente, esta é a minha época favorita do ano, mas, neste exato instante, eu gostaria de estar em qualquer outro lugar, menos aqui.

Ela está olhando para mim. Minha Cassie. O amor da minha vida, a mulher que lutei tanto para reconquistar após muitos anos de separação. A mesma mulher incrível a quem implorei que casasse comigo há alguns meses e que, miraculosamente, aceitou.

Neste instante, Cassie me olha com nervosismo e esperança, e eu, sendo o babaca que sou, estou prestes a mentir para ela.

Não gosto nem um pouco de ser obrigado a fazer isso, mas tem que ser assim.

Quando Cassie me aceitou de volta, prometi nunca esconder nada dela. Mas também prometi que nunca iria feri-la novamente e, se eu disser a verdade agora, vou fazê-la sofrer. Em minha opinião, já fiz isso demais durante o tempo em que estivemos juntos.

— E então? — pergunta ela enquanto me mantém paralisado com seus olhos desgraçadamente lindos, olhos que me fazem derreter a um único olhar.

Faço um som vagamente positivo e sorrio.

— Hummmm.

— Vamos lá, Ethan, seja sincero.

Não. De jeito nenhum.

Meu estômago está revirando, minhas mãos estão úmidas e, como sempre acontece quando estou perto de Cassie, meu pau está mais duro que mole. Condições nada favoráveis pra quem precisa fazer a encenação de sua vida.

Invoco a fibra de Prometeu enquanto me levanto e caminho até ela. Percebo que preciso desviar sua atenção, então tiro minha camiseta enquanto me aproximo. Os olhos de Cassie imediatamente se arregalam enquanto seu olhar percorre meu peito.

Boa. Consegui distraí-la.

Pode parecer egoísta, mas adoro ver como ela reage ao meu corpo. Eu poderia viver cem anos e nunca me cansaria do modo como sua expressão ganha um ar denso e faminto. Ou de como ela inconscientemente mordisca os lábios quando chega perto de mim.

Eu a agarro e pressiono seu corpo contra a parede, as mãos sobre a cabeça.

— Se você quer que eu seja sincero, então acredite quando digo que sinceramente gostaria de arrancar sua calcinha e devorar você. Tipo... agora... mesmo. — Deslizo minha mão por sua coxa, mas, antes que eu consiga tocar algo interessante, ela me afasta.

— Isso quer dizer que você gostou ou não?

Repito aquele grunhido vagamente afirmativo e escondo o rosto em seu pescoço.

— Hummm. Deliciosa. — E ela é mesmo. Conforme eu beijo e trabalho com a língua, sinto que ela está cada vez menos interessada no que tenho a dizer e mais nas outras coisas que posso fazer com a boca.

Excelente.

O lugar em que o pescoço se encontra com o ombro é seu ponto fraco. Se eu chupar bem ali da maneira certa, posso prever que Cassie vai se desfazer nos meus braços em três, dois, um...

— *Ethan.* — Ela coloca as duas mãos em meu peito e me empurra. *Merda.* — Pare de tentar me distrair e me diga o que você achou do que eu fiz pro jantar.

Abaixo a cabeça e suspiro. Em outras épocas eu não teria problema algum em mentir para ela. Hoje em dia estou fora de forma. Eu a encaro e faço o melhor que posso.

— Eu acho que você é fantástica. É isso que eu acho. — *Totalmente verdade.*

— Você gostou?

— *Gostou* não passa nem perto de descrever como eu me sinto. — Verdade também. Eu odiei com a paixão incandescente de mil sóis. Cassie me disse que era torta de frango, mas na verdade não tinha nenhum gosto específico, exceto de horror e tristeza. Enquanto mastigava, juro que meu estômago tentou escalar minha garganta e me estrangular. E até agora ele continua se contorcendo e se revirando, ameaçando se livrar daquilo da maneira mais nojenta possível. Ter engolido essa coisa em vez de cuspido no guardanapo é uma prova indelével do meu amor.

E, por Deus, eu a amo. Por isso eu a protejo da dura verdade: a sua "comida" é pra lá de horrível. Quer dizer, tenho muito orgulho da Cassie, ela é maravilhosa de várias maneiras, tem inúmeros talentos. Mas cozinhar não é um deles.

Por sorte a minha meia verdade parece ter funcionado. Cassie sorri enquanto vem na minha direção e vira de costas, esfregando a bunda no volume da minha calça, fazendo a dança da vitória mais sexy do mundo.

— Isso aí! Eu fiz o *janta-ar*. Você *adoro-ou*. Sou uma *gê-nia*. Você é *gosto-so*. — Sua cantoria desafinada fica ainda mais boba quando ela coloca as mãos na parede e começa a rebolar. Caio na gargalhada. Que porra de mulher fantástica.

Entende? Às vezes, é preciso mentir. Adoro vê-la feliz assim. Adoro a forma como seus olhos brilham de orgulho por ter se saído bem. Ela devia se sentir assim sempre.

— Está bem — continua Cassie enquanto rodopia sobre a ponta dos pés e começa a me empurrar de volta para o meu lugar na mesa. — Acabe de comer, então. Vou fazer a sobremesa.

Ai, merda.

— Ah... mas...

— Você disse que estava morrendo de fome, certo? Mas você só comeu uma garfada. Coma, amor. Você está em fase de crescimento. — Cassie fica na ponta dos pés e roça meu rosto com o nariz. — E quando você terminar, vou fazer o meu banquete particular. — Ela acaricia meu cabelo e puxa minha cabeça para baixo para sussurrar em meu ouvido. — Caso você não tenha entendido, estou falando do seu pau ganhador de prêmios. Vou te chupar até você explodir. Você gostaria disso?

Fecho os olhos e tento continuar respirando. Normalmente ela poderia me convencer a matar alguém com a simples promessa de um de seus fantásticos boquetes. Mas me convencer a comer o resto dessa comida? Uau. Difícil.

Eu me abaixo e esquivo, tentando desviar do golpe.

— Você acha que eu não tenho nada melhor pra fazer hoje que ficar esperando você me chupar? — Ergo as sobrancelhas. — Foda-se. Vamos pular para a parte em que você agrada seu homem oralmente.

Cassie beija meu peito.

— Para com isso. Você sabe como o Ethan sarcástico e idiota me excita. Coma, antes que a gente esqueça completamente o jantar.

É... seria mesmo tão trágico esquecer o jantar?

Cassie me empurra de volta para a cadeira e se inclina sobre a mesa. Ela enche o garfo e o leva à minha boca, enquanto contemplo seu generoso decote.

Na minha cabeça, a música tema de *Tubarão* começa a tocar.

Conforme *a torta que veio do inferno* se aproxima, cerro as mandíbulas e imploro ao estômago que se comporte. Quero me casar com essa mulher, e se eu vomitar em cima dela talvez ela nunca mais fale comigo.

Quando o garfo chega ao destino, invoco toda a minha experiência de ator e me forço a sorrir, enquanto fecho os lábios sobre aquela carga maldita.

Puta que o pariu. É como a encarnação do mal. Pisco e tento não demonstrar meu nojo.

— Tão bom — murmuro com a boca cheia de lixo tóxico. — Verdade. Nem acredito que você cozinhou isso. — Misturou algum material hospitalar descartado? Sim. Cozinhou? Não.

Cassie se inclina e beija meu pescoço.

— Estou tão feliz que você tenha gostado. — Ela desliza uma das mãos para baixo da minha cintura e acaricia o que achou ali. — Hummm. Você gostou *mesmo*, não é? Uau. Pau duro gastronômico.

Errado. Pau-duro-graças-a-Cassie-na-minha-frente-vestindo-só-lingerie-e--avental. Eu poderia estar comendo pedras agora e ainda estaria tão duro quanto... bom... você sabe.

Ela olha para o volume que está apalpando e suspira.

— Por mais que eu queira ficar aqui brincando, preciso terminar de fazer a sobremesa. Acabe de comer, volto em cinco minutos.

Ela me dá um beijo rápido e desaparece pela porta da cozinha. Olho em volta, procurando desesperadamente alguma maneira de me livrar do que está no prato sem partir o coração de Cassie. Para começar, cuspo o que ainda está na boca. É perturbador notar que a comida parece melhor na saída do que na entrada.

Listo mentalmente minhas opções:

1) *Jogar da varanda*. Hummm... Tentador, mas arriscado. Se acertar alguém, posso ser preso por terrorismo com armas químicas.

2) *Enterrar no vaso perto da porta*. Não. Ela sentiria o cheiro. Porra, os caras do apartamento ao lado sentiriam o cheiro. Além disso, gosto daquela planta e não quero que ela morra.

3) *Enfiar no processador de lixo*. Nunca funcionaria. Mesmo se eu entrasse na cozinha nu, exibindo o pau mais duro do mundo, ela ainda notaria o prato cheio da sua comida sendo esvaziado na pia.

4) *"Bombardear tudo para o espaço. É a única maneira de ter certeza."* Não é uma opção viável, mas gosto de usar essa frase de *Alien: a ressurreição* sempre que posso.

— Como vão as coisas aí? — pergunta Cassie da cozinha. — A sobremesa fica pronta em dois minutos. Já acabou?

— Sim, acabei. Eu estava tentando saborear cada garfada, mas minha boca teve outras ideias. Só vou mijar e volto pra te ajudar, tá bom?

— Claro!

Pego meu prato e corro para o banheiro, fechando a porta atrás de mim. Com uma última careta de nojo, raspo a comida do prato para dentro da privada e hesito um instante antes de dar a descarga.

— Leonardo, Michelangelo, Raphael, Donatello, meus camaradas Tartarugas Ninja... se vocês estiverem aí, me desculpem pelo que vou fazer. Perdoem-me. — Dou a descarga e rezo para que a estação de tratamento de esgoto mais próxima esteja preparada para lidar com o que está indo em sua direção.

Lavo as mãos rapidamente e levo o prato vazio para a cozinha com uma expressão perfeitamente inocente.

— Acabei. Não sobrou nem um pedacinho.

Cassie me lança um sorriso deslumbrante, que parece completamente fora de lugar no meio da zona de combate em que se transformou minha cozinha. Há pedaços deformados de comida, cascas de legumes e manchas de farinha em quase todas as superfícies. No meio de tudo isso, ela mexe alegremente alguma coisa dentro de uma panela sobre o fogão. A leve névoa de fumaça que flutua no ar não parece incomodá-la. Por precaução, ligo o exaustor.

Cassie me avalia com os olhos enquanto enxáguo meu prato e o coloco na máquina de lavar. Ao me levantar, eu a encaro. Ela suspira, frustrada.

— O que foi? — pergunto.

Outro suspiro.

— Nada, só você. Seminu.

— Você se incomoda?

— Sim.

— Por quê?

— Estou tentando me concentrar. Seus músculos me distraem.

Faço uma pose e reteso os músculos do braço.

— O quê? Essas velharias?

Seus olhos brilham quando ela vê meu bíceps. Tenho exercitado eles ultimamente. Eles estão meio grandes.

Com outro grunhido, Cassie vira de volta para a panela.

— Para com isso. Não tenho tempo pra passar a mão em você agora.

Eu me aproximo dela e tomo uma de suas mãos, colocando-a sobre meu abdômen. Ela arregala os olhos.

— Claro que você tem.

Cassie respira fundo e me encara fixamente, enquanto seus dedos percorrem o relevo da minha barriga. Eu costumava malhar porque ajudava a aliviar minha ansiedade e a descarregar a agressividade. Hoje, vou para me manter saudável. Ah, e para ver minha mulher me olhar como se quisesse trepar comigo até eu não aguentar mais. Exatamente como ela está me olhando agora.

Cassie tira a mão do meu corpo e faz uma careta.

— Você sabe que me excita tanto que dói, não sabe? Estou falando de dor física, dor de verdade, Ethan.

— Que bom — eu digo e ajeito meu pênis, que pulsa desconfortável contra o zíper da calça. — Pelo menos somos dois sofrendo.

Ela dá uma última olhada no meu peito, abdômen e ombros antes de se virar novamente para o fogão.

— Você está me matando. Ainda bem que isso está quase no ponto. Pronto pra continuar?

— Totalmente pronto.

Ela está falando de comida, mas eu não. Eu me encosto nela por trás e passo meus braços em volta da sua cintura. Minha intenção é sair do caminho para que ela termine a sobremesa, mas essa posição também permite que eu me esfregue em sua bunda, e essa é a melhor parte.

Ela geme e empina a bunda.

— Você é malvado... e irritante de tão gato.

Eu rio enquanto ela continua a mexer a sobremesa e a se esfregar em mim ao mesmo tempo.

— Não que eu me importe em você transformar minha cozinha em um campo de batalha culinário, mas por que essa súbita febre de cozinhar? Achei que você odiasse isso.

— Eu não odeio. Só não sou boa nisso. Parece fácil quando você cozinha.

— Mas isso é porque minha mãe começou a me ensinar quando eu tinha cinco anos.

— Exatamente. E minha mãe nunca me ensinou. E, sendo sincera, Judy não é uma cozinheira nem razoável. Tudo o que ela faz fica disforme, cinza e nojento.

Então foi dela que você herdou isso?, penso, mas tenho bom senso o suficiente para não dizer nada.

— Mas, por que agora? — insisto. — Gosto de cozinhar pra nós dois. Eu me divirto. E você parece gostar da minha comida.

— Eu gosto. A sua comida é maravilhosa. Mas... — Ela desliga o fogo e se vira para mim. — Você e Elissa levam todos aqueles pratos fantásticos para a casa dos seus pais na festa de Natal, e eu quero poder ajudar. Esse vai ser o nosso primeiro Natal como um casal, e quero que seja especial.

Repouso as mãos em seu rosto e sorrio.

— Pra ser especial, basta você estar lá. Acredite. Você não precisa ter esse trabalho. — *Além disso, eu amo minha família e quero que eles sobrevivam às festas de fim de ano.*

— Na verdade — ela limpa as mãos no avental —, eu gostei mais do que achei que gostaria. Contanto que eu siga a receita, não tem como dar errado. Certo?

— Certo. — *Errado. Tão, tão errado.*

O alarme do forno soa e ela se vira, animada, para tirar dali uma assadeira, que coloca sobre o balcão.

Tento entender para o que estou olhando.

— Ah, uau. Parece fantástico...

— Strudel de maçã — anuncia ela, orgulhosa.

Meu Deus. Parece um tumor.

Seu sorriso desaparece.

— Mas pra falar a verdade, está um pouco mais escuro do que eu esperava.

— Não se preocupe com isso. Pra uma primeira vez, está ótimo.

— Ah, meu noivo solidário... Eu amo você.

— Minha chef sexy... Também amo você.

Cassie fica na ponta dos pés para me beijar, e eu a seguro pelo quadril e retribuo o beijo. Ela é sexy, independente do que estiver usando ou fazendo. Mas preciso admitir que a lingerie de renda preta sob o avental pregueado ajuda muito. Descobri recentemente que tenho uma queda por lingerie. Especificamente, por *Cassie* de lingerie. Passei tanto tempo na Victoria's Secret nos últimos meses que tenho certeza de que as vendedoras acham que tenho um serviço de acompanhantes.

A verdade é que *tirar* uma lingerie sexy do corpo de Cassie me excita além da conta, mas o tecido delicado não combina bem com as minhas mãos desajeitadas e desesperadas. Nada dura mais de uma semana.

Ainda assim. Vale a pena.

Cassie me puxa mais para perto e fecho as mãos em volta de sua bunda coberta de renda enquanto ela abre a boca levemente. Apesar de seus lábios serem incríveis, é sua língua que sempre me faz perder a cabeça. Macia. Quente. Incrivelmente deliciosa.

Não demora muito para nós dois estarmos fervendo de tesão, mas, quando penso em arrancar sua calcinha, Cassie empurra meu peito e se afasta.

— Espera só um segundo — ela diz, respirando com dificuldade. — Não quero estragar a sobremesa.

Tenho quase certeza de que é tarde demais. Mesmo assim eu me afasto e suspiro enquanto Cassie corta o strudel e coloca uma fatia em uma tigela. E quando parecia impossível piorar a aparência daquilo, ela pega uma concha cheia do que está chamando de calda "*custard*" e joga por cima.

— Você não vai comer? — pergunto quando ela me passa a tigela e uma colher.

Cassie balança a cabeça.

— Ainda estou empanturrada do almoço com Elissa no restaurante por quilo. Duvido que eu vá conseguir comer qualquer coisa por alguns dias.

Olho para a tigela. *Depois disso, duvido que eu coma por alguns dias também.* A parte de fora da massa está quase negra, enquanto a de dentro parece completamente crua. E Cassie fez alguma coisa com as maçãs que as deixou como uma massa cinzenta e pegajosa.

Forço um sorriso e enfio um pouco daquilo na boca. Preciso de todo o meu autocontrole para não engasgar.

Depois de me obrigar a engolir, limpo a garganta.

— Você cozinhou essas maçãs com açúcar?

Ela assente e aponta para a lata de pó branco perto do fogão.

— Sim, um monte de açúcar. A receita mandava usar uma xícara inteira. Muito doce?

— De jeito nenhum. — A lata para a qual ela apontou era de sal. Tinha uma etiqueta até, obviamente inútil, e agora minha língua tinha encolhido até o tamanho de uma uva-passa.

Provo o *custard*. Sim. Salgado que é uma desgraça. Além disso, o leite devia estar muito quente quando ela misturou os ingredientes, e o resultado foi uma massa de ovos mexidos com uns pedaços crocantes.

Sei que Cassie está esperando minha reação. Ignoro o gosto e a textura do que tenho para engolir e foco em como é bom estar dentro dela. Cassie deve ter acreditado no meu gemido de prazer, porque, sem aviso, cai de joelhos e abre minha calça.

— Uh, Cassie? — Minha boca ainda está cheia.

Ela não responde. Mal tenho tempo de terminar o pedaço do strudel tumoroso com ovo coagulado e ela começa começa a me lamber de um jeito que torna quase impossível eu me manter de pé.

Ah, meu Deus.

Apesar de gostar de atenção oral a qualquer hora, dessa vez o timing de Cassie não poderia ter sido melhor. Para se concentrar em mim, ela precisa desistir de me obrigar a comer sua comida.

Fui salvo!

Jogo a tigela na pia e me encosto no balcão enquanto ela continua trabalhando ali embaixo. Nem me preocupo em conferir se a tigela quebrou ou não. Tenho quase certeza de que toda aquela louça estava condenada. As panelas também. Ouvi dizer que o plutônio tem uma meia-vida de cinquenta anos. A comida de Cassie continuará tóxica muito depois disso.

Seus lábios quentes se fecham sobre meu pau e o ar escapa da minha boca enquanto a olho.

Tá bom, idiota, esquece a comida e vê o que ela está fazendo com você agora.

Puta merda, ela me deixa louco. Vê-la colocar a boca em mim é uma das maiores alegrias da minha vida. Só a sensação já me deixa fraco. Mas ver a mulher que eu amo se preocupar tanto em me dar prazer faz minha cabeça explodir. Não importa quantas vezes ela faça isso, nunca deixo de achar que é um milagre.

Afasto o cabelo do rosto dela para poder ver melhor. Então, junto tudo em um rabo de cavalo e o enrolo na minha mão. Sei que ela gosta que eu puxe seus cabelos de leve, mas o principal motivo para eu fazer isso é me concentrar em algo que não seja o fato de que ela vai me fazer gozar rápido demais. Cassie fecha os dedos em volta de mim e acrescenta uns movimentos firmes de vaivém aos que seus lábios e sua língua já estão fazendo. Ergo os olhos para o teto e cerro a mandíbula.

Não, ainda não, Ethan. Você não é um adolescente. Fica calmo, merda.

Respiro fundo, concentrando-me em inspirar e expirar.

Maldita mulher com sua boca mágica.

Nos três anos durante os quais estivemos separados, achei que tinha ficado impotente. Na verdade, eu apenas não sentia atração por mulheres que não fossem Cassie. Nas poucas vezes em que tentei sair com alguém, meu pau se recusou a cooperar. Ele sabia o que nós queríamos.

Olho para ela, as bochechas esvaziando e enchendo, os olhos fechados, gemidos de satisfação vibrando com sua língua.

Isso é o que nós queríamos. O que continuamos querendo. Só ela. Para sempre e sempre.

Sou tomado por uma necessidade urgente de dar prazer a ela, então a puxo para cima para, em seguida, tomá-la em meus braços e carregá-la para a sala. Cassie tinha colocado a mesa, com um troço redondo com fios de ouro e velas no centro. Ficou lindo e apreciei o gesto, mas neste momento aquilo está só atrapalhando. O objeto se espatifa na parede quando varro a mesa com um movimento brusco do meu braço.

— Aquilo não era muito caro, era? — pergunto, e acomodo sua bunda na ponta da mesa.

Cassie enrola os dedos no meu cabelo.

— Era, mas quem se importa? Volte a me beijar.

Ela cruza as pernas em volta da minha cintura enquanto a beijo com força e, quando encosto suas costas na mesa e deixo meu peso cair sobre seu corpo, ela geme.

Afasto seus braços do meu corpo e os prendo em cada lado da mesa.

— Segure nas bordas. — Cassie faz o que mando e me fita com os olhos entreabertos, enquanto tiro sua calcinha e afasto seus joelhos. — Não se mexa. Hora do prato principal.

Eu me sento em uma cadeira na frente dela e agarro suas coxas. Então me inclino para sentir seu gosto.

Meu Deus. Isso é o que eu devia ter sentido na minha língua desde que cheguei em casa. Sempre deliciosa. Sempre perfeita. Pouquíssimo tempo de preparação. Cassie arqueia as costas e geme ao sabor das minhas lambidas e beijos. Fecho minha boca sobre ela e começo a chupar de verdade, então ouço o som inconfundível de suas unhas arranhando a mesa.

— Ah, meu Deus... Ethaaaan.

Quando ela geme meu nome desse jeito, me sinto como um deus.

Aumento o ritmo e passo a usar os dedos também. Isso leva Cassie ao limite tantas vezes que ela finalmente solta a mesa e agarra meu cabelo para eu parar de me mexer.

— Ethan, por favor…

Adoro quando ela implora. Não sei bem o que isso quer dizer sobre mim, mas não consigo me conter. Não há como negar a reação do meu corpo. Meu pau está duro como uma rocha, e estou tão excitado que quase tropeço em meus próprios pés ao tirar a calça.

Cassie me observa e, em seguida, desamarra e tira o avental. Eu a puxo da mesa, abro e tiro seu sutiã, jogando-o para o outro lado da sala.

— Ethan...

— Eu sei.

Sempre que estamos juntos, chega um momento em que não conseguimos deixar de ser parte um do outro por nem mais um segundo. É como uma corrida contra o relógio, cheia de ansiedade selvagem e de um desejo desesperado.

É exatamente onde estamos agora, os dois tão cheios de tesão e impaciência, que estamos agressivos e animalescos. Tudo que estiver impedindo de nos juntar é, automaticamente, transformado em inimigo. Cassie passa suas unhas no meu quadril enquanto me ajuda a tirar a cueca. Sinto o tecido se rasgar, mas não me detenho. Assim que ficamos nus, eu a puxo para a beirada da mesa e olho para baixo, procurando meu caminho para dentro dela.

Caralho. Caralho, caralho, *caralho*.

Deixo minha cabeça cair e suspiro.

Doce alívio latejante.

Franzo a testa e me concentro, entrando mais fundo. O que eu disse antes, sobre nunca me cansar de ver Cassie me enfiar na boca? Vale em dobro para me ver desaparecendo dentro dela. Vale o quádruplo pelo modo como ela fica quando eu a preencho. Não importa quantas vezes a gente faça, ou quanto tempo dure, transar com Cassie é sempre uma revelação... É como se eu estivesse mil por cento mais vivo quando me torno uma parte dela.

Mesmo quando tudo entre nós parecia errado, isso nunca deixou de estar certo.

Começo metendo devagar. Quase imóvel. Quando tenho certeza de que não vou me envergonhar, vou mais fundo. Mais forte. Gememos juntos, e nos perdemos um no outro.

Sempre que entro bem fundo nela, não consigo acreditar que um dia achei que almas gêmeas e destino fossem conceitos ridículos. Nós nos encaixamos de forma tão perfeita que não tenho dúvida alguma de que essa mulher foi feita para mim. Toda vez que meto mais fundo, Cassie arfa. Quando saio, ela geme, como se minha ausência doesse.

Eu me sinto assim também. Como fui capaz de pensar que poderia viver sem ela, acho que nunca vou saber. Um dia, quando os cientistas finalmente descobrirem o sentido da vida, tenho certeza de que o conceito vai incluir uma foto da minha Cassie.

— Eu amo você — sussurra Cassie. Acelero o ritmo e ponho minha mão entre nós, para acariciá-la com o polegar. Ela reage jogando a cabeça para trás, para fora da mesa. — Meu Deus, Ethan. Amo tanto você.

Continuo metendo, e ela é tão gostosa que tenho dificuldade em manter os olhos abertos. Ver Cassie assim, sua cabeça jogada para trás em êxtase, prestes a gozar, é espetacular demais para perder.

Não demora para que ela esteja prendendo a respiração e me agarrando. Cassie começa a gritar "Meu Deus" sem parar, cada vez mais rápido e mais alto que da vez anterior, e junto eu aumento o ritmo dos movimentos e do polegar. Aí ela engasga e dá um gemido longo e alto e, porra, eu não consigo me segurar nem mais um segundo, porque ela está gozando em volta de mim e seus espasmos me apertam e soltam, acendendo uma tempestade de fogo no meu corpo. Consigo meter mais algumas vezes antes de começar a gemer seu nome, e ondas atordoantes de prazer me atingem tão violentamente que vejo estrelas. Todos os músculos se contraem quando gozo, e gozo, e gozo, e ao terminar, minhas pernas estão bambas. Desabo sobre Cassie. E sobre nossa respiração pesada e difícil ainda consigo ouvir Bing Crosby cantando sobre sinos prateados e Natais na neve.

— Desculpa. — Cassie está ofegante. — Eu meio que te agarrei. Mas, meu Deus, Ethan. Ver você comer alguma coisa que eu fiz? Indescritivelmente sexy.

Acaricio seu pescoço com meu nariz e beijo suas veias pulsantes.

— Por que você acha que estou sempre cozinhando pra você? Ver você comer minha comida é sexy pra caramba.

Beijo sua boca, devagar, profundamente.

Ao se afastar, Cassie sussurra:

— Caçarola de feijão-verde.

Fico imediatamente confuso.

— Se isso é algum tipo de comentário sobre o meu desempenho sexual, estou ofendido. Acabo de fazer você gozar pra caralho, e o que eu ganho? "Caçarola de feijão-verde." Isso é maldade, moça.

— Bobo. — Ela sorri. — Isso é o que eu quero levar pra festa de Natal na casa dos seus pais.

Eu tinha esperança de que essa distração sexual a fizesse esquecer todo o plano, mas não. Adoro que Cassie esteja tentando impressionar minha família com tanto afinco, mas ela não precisa se preocupar com isso. Quando anunciamos nosso noivado, minha mãe ficou tão feliz que chorou descontrolada por vinte minutos inteiros. Meu pai até me abraçou em vez de apenas apertar minha mão como de costume, e Elissa quase me deixou surdo com seu grito de felicidade. Não dá pra negar que os Holt são fãs ardorosos de Cassandra Taylor.

Claro, depois de provarem sua caçarola de feijão-verde, isso pode mudar.

— Eu te ajudo a cozinhar. — *Por favor, por Deus, deixe-me ajudar. Não consigo lidar com você cozinhando sozinha de novo. Eu não sobreviveria.* — Faço uma caçarola de feijão-verde maravilhosa.

Cassie balança a cabeça.

— Obrigada, mas preciso fazer isso sozinha, senão vou me sentir uma impostora.

Concordo.

— Tá bom. Mas talvez você devesse testar a receita antes da próxima semana.

— Claro. Você pode ser o meu controle de qualidade.

Se todas as sessões de degustação terminarem com trepadas como essa, eu como qualquer porcaria que ela me der. Entretanto, anoto mentalmente que preciso comprar algumas caixas de antiácido e um grande rótulo com letras amarelas brilhantes que digam "SAL!".

— Como você quiser. Estarei aqui, só me avise.

— Você é lindo — suspira Cassie. — E seu pau é mágico. Não parece nada com um cozido de feijão-verde. Talvez com uma salada de berinjela.

Eu rio. Erguendo-a do chão, eu a carrego para o quarto para o segundo tempo. Ao jogá-la na cama e cobrir seu corpo com o meu, penso por um momento em avisar minha família sobre os dotes culinários de Cassie antes que eles experimentem sua comida. Mas, então, penso como será mais engraçado se eu ficar quieto e assistir à reação de cada um. A imagem me faz sorrir.

Não importa o que aconteça, não tenho dúvidas de que o Natal com Cassie será uma ocasião que nenhum de nós vai esquecer.

Capítulo dois
CASSIE

Quinta Avenida
Nova York

Dou risada quando Ethan se vira e mostra sua melhor imitação de Robert de Niro como Papai Noel.

— Você está falando comigo? — As sobrancelhas estão franzidas e os olhos, vesgos. — Você está falando *comigo*? Cadê seus pais, moleque? Eles sabem que você está sentado no colo de um desconhecido? Sai daqui. Não consigo nem olhar pra você.

Sua cabeça e sua boca estão inclinadas para baixo e, considerando que nunca fui muito fã do De Niro, realmente não devia achar a encenação tão atraente quanto estou achando.

Eu me apoio nele enquanto subimos pela Quinta Avenida. Ainda estou me acostumando às ruas de Manhattan nessa época do ano e me sinto andando em um cartão de Natal. Fios dourados, enfeites e cordões de luzes piscantes se derramam das vitrines e de cada porta vem uma canção natalina diferente, de Bing Crosby a Mariah Carey. Além disso, a leve poeira de neve que flutua à nossa volta faz com que até o beco mais sujo se pareça com uma terra encantada do inverno. Acrescente à cena os vendedores de árvores de Natal espalhados pelas calçadas, o aroma de castanhas assadas em cada esquina e o homem lindo como um astro de cinema ao meu lado, e eu me sinto como se estivesse em um filme romântico de Natal.

Para compensar minha falta de equilíbrio natural, eu me agarro ao bíceps de Ethan, que leva uma coleção de sacolas de compras na outra mão. Nós praticamente terminamos a lista de compras de Natal, mas ainda não achei nada para ele.

É sempre difícil comprar presentes para homens, e Ethan não ajuda em nada, fica dizendo que tudo o que ele quer sou eu. Bom, isso é romântico, mas acho que os pais e a irmã dele não vão ficar muito felizes se Ethan desembrulhar a boa e velha Cassandra Taylor na frente deles na véspera de Natal.

Preciso encontrar alguma coisa que mostre a ele e à sua família que eu o amo e que não seja proibido para menores.

Tropeço quando Ethan para de repente, sigo seu olhar até a vitrine iluminada na nossa frente e imediatamente sei o que virá.

— Ethan, não.

— Cassie, sim. Aquele. O branco com arcos. Não, espera. O azul. Ah, foda-se, leva os dois. Eles não vão sobreviver pra serem usados mais do que uma vez mesmo.

Nós estamos em frente à vitrine do La Perla, e Ethan está olhando fixamente para peças de seda, como se estivesse imaginando aqueles pedaços de pano muito caros e lindos no meu corpo. Então, surge em seu rosto uma expressão intensa e selvagem que me faz acreditar que ele vai arrancar minhas roupas, me esmagar contra o vidro e me comer aqui na rua mesmo.

Ethan de fato me pressionou contra a vitrine algumas vezes, mas até o momento minhas roupas estão intactas. Não sei se mais pelo frio que pelo autocontrole de Ethan, mas de qualquer forma fico agradecida. Tem sido difícil contê-lo quando ele fica desse jeito. Aquela expressão em seu rosto indica que temos vinte minutos, no máximo, para encontrar algum lugar privado ou há o risco de sermos presos por atentado ao pudor.

Gostaria de dizer que consigo ser a pessoa racional e sensata nessas situações, mas seria uma grande mentira. Ethan me deixa tão excitada que poderia me pedir para me ajoelhar e chupá-lo aqui e agora, e eu me arriscaria a congelar os joelhos para satisfazê-lo. Não há nada mais excitante que Ethan a ponto de perder o controle. Meu corpo inteiro entra em estado de alerta no momento em que ele cerra a mandíbula e me esquadrinha.

— Escolha um — ordena ele, sua voz profunda e determinada. — Ou eu vou comprar os dois.

— Ethan, não. Eles são muito caros. Se você vai continuar rasgando minha lingerie, então nós temos que comprar coisas que não custem o preço do aluguel.

Ele não está mais me ouvindo. Está me olhando e imaginando o que vai fazer quando chegarmos em minha casa. Pelo seu olhar, vou passar horas nua.

Um trabalho duro, mas alguém tem que fazê-lo.

Troco de posição tentando disfarçar que estou sentindo tanto tesão em público.

— Você precisa parar de me olhar assim — digo, e ponho a mão em seu peito. — Nós não podemos ir pra casa agora. Ainda tenho que comprar o seu presente.

— Cassie, eu disse...

— Eu sei, mas vou comprar alguma coisa pra você mesmo assim. E espero que meu presente seja alguma coisa que eu possa abrir na frente da sua família sem deixar todo mundo sem graça.

Ele fica pensativo.

— Hummm. Talvez eu precise repensar as calcinhas com buracos. — Quando dou um tapa em seu braço, ele sorri. — Acredita em mim, mulher. Você acha que quero que minha mãe saiba o quanto sou depravado quando estou perto de você? Ela teria um enfarte. Não se preocupe, comprei um presente maravilhoso e absolutamente familiar pra você. Vou guardar o óleo de massagem comestível e as bolinhas anais pra usar em casa.

Eu o arrasto para longe da vitrine.

— Bom saber. Eu nem embrulhei ainda a cinta com pênis que comprei pra usar em você. — Ele imediatamente empalidece, e eu solto uma gargalhada. — Estou brincando. Já embrulhei, sim. Sabe aquele pacote enorme debaixo da nossa árvore? É o Intruso Anal 3.000. Nada menos que a mais moderna ferramenta de sodomia para o homem que eu amo.

Ele grunhe e me beija.

— Não é engraçado. Espero que você saiba disso. E só pra constar, sem intrusões anais. Nunca. Só de pensar nisso meu esfíncter quer correr pro mato. — Ele passa o braço sobre os meus ombros. — Agora para de me torturar e vamos comer. Estou morrendo de fome.

— Mas você comeu toda aquela caçarola que eu fiz no almoço.

Ele me olha de soslaio.

— Sim, mas faz muitas horas. Agora preciso de dezessete bifes e cinco litros de cerveja. Um homem não pode viver só de caçarola de feijão-verde, mesmo de uma caçarola tão... — ele pigarreia. — ... deliciosa.

Ethan acha que me engana, mas não. Sei que minha comida é horrível e com certeza não está à altura dos seus padrões. Mas mesmo que ele queira, não vou desistir.

Nós continuamos andando, tentando decidir onde comer. Passamos por uma livraria, e uma luz se acende na minha cabeça. Eu me lembro de um livro fantástico que vi em uma revista há algum tempo. Naquele momento eu ainda estava no clima Ethan-Holt-é-o-Demônio, então virei a página com tanta força que rasgou. Mas nossa situação mudou, e hoje aquele seria o presente perfeito.

— Por que você não vai na frente? — sugiro. — Te encontro no restaurante daqui a pouco. Acho que encontrei seu presente.

Ethan se inclina e me dá um beijo.

— Eu vou gostar?

— Acho que sim.

— É um certificado dando direito a boquetes ilimitados?

— Não.

— Não mesmo? Você disse que eu vou gostar. Não sei do que gosto mais além da sua boca envolvendo meu grande e duro...

Eu o empurro e dou uma risada.

— Você é ridículo. Vai. Te encontro logo.

Ethan dá uns passos para trás e faz uma careta.

— Tá bom. Mas não diga que eu não falei o que eu queria ganhar de presente. Sou um homem simples, Cassie. Fácil de agradar. Se estiver em dúvida, opte pelo boquete. Isso deixa o Ethan feliz, sempre.

Rio de novo e entro na livraria. Anos atrás, se alguém me dissesse que Ethan Holt me faria sorrir até meu rosto ficar dolorido, eu acharia que a pessoa estava louca. Mas, hoje? Ele é tudo que eu poderia querer em um homem. Meu melhor amigo. Meu ponto de apoio. Meu incrivelmente gostoso deus do sexo.

Um sino soa sobre a porta quando entro. Não estou em uma daqueles superlojas gigantes de livros/presentes/brinquedos. A livraria é pequena e lotada de estantes, mas impecavelmente limpa e organizada.

Há uma mulher atrás do balcão que se parece com Betty Grable. Seu cabelo é cuidadosamente encaracolado. Lábios vermelhos brilhantes. Ela está usando óculos gatinho de armação azul, atenta ao livro que está à sua frente. Quando me aproximo ela ergue os olhos.

— Olá, posso ajudar?

Sorrio.

— Espero que sim. Vi um livro há algum tempo em uma revista. Era uma edição de *Romeu e Julieta*, de Shakespeare, mas tinha uma capa sensacional. Escura com um coração no centro.

Ela sorri e assente.

— Ah, sim. Sei qual é. A mesma editora também publicou todas as obras mais populares de Willy. A arte da capa é maravilhosa.

Ela dá a volta no balcão e faz sinal para que eu a siga.

— Só sobraram alguns exemplares — Estamos quase no fundo da loja e, finalmente, ela começa a procurar na estante. — Aqui estão. — Ela os apanha e me entrega uma pilha de livros.

— Ah, uau. São maravilhosos. — O primeiro livro é *Hamlet*, e a capa é o rosto de um homem refletido em um espelho quebrado.

— A editora fez um ótimo trabalho. Muito inovador. Vendeu muito bem.

A mulher fica em silêncio enquanto examino os livros. Os outros são *Muito barulho por nada* e *Macbeth*, mas o último é exatamente o que eu procuro. *Romeu e Julieta*, escrito em letra cursiva no topo da capa, e no centro uma imagem incrível de um coração de vidro se quebrando. A meu ver, a imagem resume perfeitamente a mim e a Ethan. Nós dois passamos muito tempo vivendo como se fôssemos uma coleção de pedaços quebrados. Ainda é possível ouvir o barulho das peças se chocando quando algo nos chacoalha, mas com certeza somos mais inteiros juntos do que jamais fomos separados.

Passo os dedos sobre o lindo coração imperfeito e sorrio.

— Vou levar.

— Você quer que embrulhe pra presente, querida?

— Sim, por favor.

Deixo a livraria orgulhosa de mim mesma por ter achado o presente perfeito. Não quero ser competitiva, mas não tem como Ethan encontrar um presente melhor que esse. Ele vai adorar.

Chego ao restaurante e está lotado. Tiro meu casaco e as luvas enquanto a recepcionista se aproxima.

— Oi. Vim encontrar meu noivo. — É, acho que nunca vou me acostumar a chamar Ethan assim. — Ele é alto. Cabelos pretos. Provavelmente fez algum comentário impróprio pra você.

Ela sorri.

— Sim, sei quem é. Nós estamos lotados, pedi que ele esperasse no bar. Chamo vocês assim que tiver uma mesa disponível.

— Obrigada.

Ela aponta na direção do bar, e sorrio ao ver o perfil alto de Ethan apoiado no balcão.

Ao me aproximar, vejo que ele está conversando com uma mulher. Isso é normal. Quando não estou por perto, chove mulher em cima de Ethan. É o preço a pagar por sua beleza. O que não é normal é eu achar que conheço a mulher. Vasculho na memória, tentando lembrar quem é. Sou péssima com nomes, e se eu a encontrei algum dia, realmente não me lembro.

Estou a alguns metros, e ela se aproxima de Ethan e coloca a mão sobre o peito dele. Um gesto íntimo. Não algo que uma conhecida ou uma amiga fariam.

Quem é essa garota?

Paro bem atrás de Ethan e pigarreio.

— Oi.

Os dois se voltam para mim e a mulher nem disfarça que está me medindo dos pés à cabeça.

— Ah, aqui está você. — Ethan me puxa para o seu lado, e posso sentir a tensão emanado dele. — Cassie, esta é... uh... Vanessa.

Vanessa? A Vanessa-vagabunda-que-partiu-o-coração-do-Ethan-adolescente-quando-dormiu-com-seu-melhor-amigo? Tento esconder meu espanto, apesar de ter um caminhão inteiro de amargura endereçado a ela. Vanessa foi o paciente zero dos problemas de confiança que fizeram com que Ethan e eu ficássemos afastados por tanto tempo.

Eu a tinha visto em fotos, mas a mulher na minha frente é muito mais glamorosa do que aquela adolescente. Ela está coberta de roupas de grife, e o cabelo e a maquiagem estão tão perfeitos que ela poderia sair dali direto para uma sessão de fotos para uma campanha da Dior. Eu, por outro lado, depois de andar na neve por algumas horas, devo estar com cara de quem mora em uma lixeira.

Eu me obrigo a dar um sorriso.

— Oi, Vanessa. Prazer em conhecê-la.

— Vanessa — diz Ethan. — Esta é Cassie Taylor. Dessa vez ele não acrescenta "minha noiva", nem mesmo "minha namorada".

Porra, Ethan, nunca houve um momento melhor pra você agir como um macho possessivo escroto. Mostra pra ela que eu sou sua, pelo amor de Deus.

Ele não fala nada, então Vanessa me dá um daqueles sorrisos simpáticos que algumas mulheres exibem quando acham que seu ex as trocou por algo pior.

Foda-se ela. Resisto ao impulso de agarrar seus cabelos perfeitamente arrumados e esmurrar sua cabeça no balcão.

— Cassie, oi. Muito bom conhecer a mulher que finalmente domou essa fera. — Ela aperta o bíceps de Ethan, e cerro os dentes com tanta força que quase racho o esmalte. — Ele estava me contando que vocês estão noivos. Que... encantador.

Seu tom de voz é o de quem fala de uma infecção intestinal.

Seguro a camisa de Ethan com força, fechando os punhos nas suas costas, porque neste instante estou tendo uma visão premonitória, na qual identifico qual o ponto exato do pescoço de Vanessa que tenho que atingir para que ela desmonte no chão como um saco de merda.

— Você está sozinha, Vanessa? — pergunto. — Nós poderíamos ver se podem colocar você na nossa mesa.

Sinto Ethan ficar tenso, mas ele não diz nada.

Vanessa dá uma gargalhada, como se a ideia de ela estar sozinha fosse ridícula. Eu me agarro mais à camisa de Ethan.

— Não, não estou sozinha — responde ela com um sorriso condescendente. — Só vim tomar uma bebida antes de ir pra uma festa. Mas vou deixar os pombinhos em paz. Com certeza vocês têm muito o que conversar sobre bolos e flores e sobre o que quer que noivos conversem.

Ela se inclina e beija Ethan na bochecha.

— Muito bom te ver, Urso. Fazia muito tempo.

Urso? Ridículo. Sei que vou perguntar a Ethan sobre isso, mesmo que eu não vá gostar da resposta.

Ela tira um cartão da bolsa e o entrega a ele.

— Ligue se quiser conversar sobre os velhos tempos. Trabalho no centro.

Ethan pega o cartão sem olhar.

— Obrigado. Espero que você tenha um feliz Natal.

Ela ergue as sobrancelhas perfeitamente delineadas.

— Você sabe que terei.

Neste instante, a recepcionista vem avisar que nossa mesa está pronta.

Nós damos alguns passos, mas Ethan para e se volta para Vanessa.

— Você não sabe por onde anda o Matt, sabe?

Matt era o melhor amigo de Ethan no ensino médio. Pelo que entendi, não se falam desde que Ethan quebrou a cara dele, no dia em que o pegou na cama com Vanessa. Outra mala de merda na coleção de bagagem emocional de Ethan.

Vanessa contrai os lábios.

— Eu não o vejo há anos. Mas somos amigos no Facebook. Ele está casado. Tem gêmeas. Acho que está feliz.

Uma sombra cruza a face de Ethan.

— Que bom. Isto é... bom. Você tem o telefone dele?

— Claro. Ligue pra mim e eu te passo o número.

Ethan assente e nós vamos para nossa mesa. Por um bom tempo ficamos ali sentados, fingindo examinar os cardápios. O silêncio é ensurdecedor.

— Tudo bem? — pergunto.

Ethan ergue a cabeça, e por um segundo me lembra exatamente do Ethan da escola de teatro: cauteloso, na defensiva. Então, ele sorri e balança a cabeça.

— Sim. Desculpa. Aquilo foi... estranho. — Ele olha de volta para o cardápio. — Estranho e inesperado. Ela me pegou de surpresa.

— Você quer me contar sobre o "Urso"?

Ethan engole em seco, mas não olha para mim.

— Ah... Sim. Claro. Era como Vanessa me chamava quando ela queria me... provocar.

— Provocar como...?

Ethan me encara, e apesar de estar estampado em seu rosto que não quer falar sobre isso, ele vai falar porque eu pedi.

— Provocar... *sexualmente*. Ela gostava de esperar até que eu estivesse com uma certa expressão no rosto. Uma espécie de expressão selvagem, furiosa, eu acho.

Sei exatamente qual é a expressão. Eu a vi agora há pouco, na frente do La Perla.

— Ah. Sim. Entendi. — Enterro o rosto no cardápio, para que Ethan não perceba como essa informação me abala. Eu achava que aquela expressão era só pra mim. Aparentemente, estava enganada.

— Cassie...

— Você quer dividir uma pizza ou...?

— Não olho pra você da mesma forma como olhava pra ela.

Balanço a cabeça e leio a lista de massas.

— Claro que não. Eu não achei que...

— Achou, sim. — Ethan puxa meu cardápio e seus olhos estão cheios de preocupação. — Sei que encontrar com ela é desconfortável pra você. Eu entendo. Deus sabe que não consigo nem fingir que pensar em você com outro homem é tranquilo para mim. Mas não permita que ela a atinja. Vanessa adora isso. Por que você acha que ela me chamou de Urso na sua frente? Porque sabia que você ia perguntar do que se tratava.

Sei que Ethan está certo, mas ele também sabe que desarmar as inseguranças do outro é bem mais difícil do que parece. Apesar de eu ter progredido muito nos últimos meses nas sessões com a dra. Kate, algumas vezes os velhos hábitos ressurgem. Por causa de seu passado, Ethan é especialista em reconhecer os sintomas. Ele me examina, tentando ver se quero continuar a discussão. Eu não quero, apesar de minha cabeça estar fervilhando com mil perguntas sobre Vanessa. Sei que as respostas não vão fazer eu me sentir melhor, então me obrigo a sorrir.

— Você tem razão. Desculpa. Vamos só tentar ter uma noite agradável.

Ele beija a minha mão para me tranquilizar, e voltamos a examinar os cardápios.

— Você vai ligar pra ela? — pergunto, tentando manter um tom de voz casual.

Ethan encolhe os ombros.

— Eu gostaria de pegar o número do Matt. Ele tentou entrar em contato algumas vezes nesses anos todos e sempre o ignorei. Acho que talvez eu deva fazer um esforço pra resolver as coisas. Sinto que já estou pronto pra pedir desculpas, algo que eu já deveria ter feito há anos.

— A Vanessa se desculpou com você?

Ethan dá uma risada.

— Claro que não. Ela tem um monte de truques na manga, mas se desculpar não é um deles. Mas não importa. Eu a perdoei.

Eu abaixo meu cardápio.

— Perdoou?

Ethan assume uma expressão satisfeita.

— Cem por cento. Estou até feliz de ter encontrado ela esta noite.

Bom, por essa eu não esperava. Quero fazer mais perguntas, mas agora minha ansiedade está fazendo minha pele ferver e meu pulso ficar acelerado. Ethan está com uma expressão melancólica, nostálgica, uma expressão que eu nunca tinha visto quando ele falava sobre Vanessa.

Mesmo nos momentos em que eu odiei Ethan, sempre pensei nele como meu primeiro amor. Por isso o que aconteceu entre nós me magoou tanto. Ele foi meu primeiro e único. Mas encontrar Vanessa me lembrou de que eu não fui o primeiro amor dele. Vanessa, sim. Ethan a amava tanto que a traição dela quase o destruiu.

Se Vanessa não tivesse dormido com Matt, será que ela e Ethan ainda estariam juntos? Será que ele estaria planejando seu casamento com ela, não comigo?

Uma garçonete vem encher nossos copos com água.

— Vocês gostariam de pedir algo para beber?

Ethan abre a boca para pedir vinho para nós dois, como sempre faz, mas eu o interrompo.

— Vodca com tônica, por favor. Melhor ainda, uma dose dupla.

Seria a primeira de muitas.

Apartamento de Cassandra Taylor
Nova York

Na manhã seguinte, acordo sozinha na cama. Aperto as mãos contra os olhos, reagindo à imensa dor que vem dali.

— Oh-oh.

Vodca idiota. Idiota eu, por beber a vodca. Idiota o Ethan, por me deixar beber.

Ele me perguntou várias vezes se eu estava bem durante o jantar, e a cada vez dispensei sua preocupação. Ethan sabia que eu estava mentindo, mas deixou que eu me afogasse. Pressão para falar quando estou combatendo pensamentos sombrios me deixa um pouco agressiva. Ele já passou por isso e sabe muito bem que, algumas vezes, quando a lógica falha, o álcool vence.

Claro, ele também sabe que álcool me faz ficar excitada, então sua motivação não era de todo altruísta. Ele aprovou meu pé descalço subindo por sua perna por baixo da mesa e chegando ao seu colo. Depois disso, ficou com dificuldade para falar. Quem diria que meu pé era tão habilidoso?

Continuei a provocação pelo resto da noite. Voltei do banheiro e avisei Ethan que tinha tirado a calcinha? Sim. Passei a língua em volta da colher da forma mais lasciva possível quando comi a sobremesa? Sim. Peguei sua mão e beijei os nós de seus dedos antes de inocentemente enfiar seu indicador na minha boca enquanto esperávamos a conta? Sim, sim. Fiz tudo isso e mais um pouco.

Queria que ele lembrasse como eu podia fazê-lo se sentir bem. Que era a mim que ele queria. Não ela.

Por isso, vibrei quando ele praticamente me arrastou pra casa em tempo recorde. Nem me surpreendi quando me jogou sobre o encosto do sofá assim que passamos pela porta e arrancou roupa suficiente apenas para me comer de costas violentamente. Por causa de sua recém-adquirida sensibilidade, Ethan normalmente não me come de quatro, prefere poder olhar nos meus olhos. Mas quando eu o provoco o suficiente, ele deixa o homem das cavernas aparecer e lá vamos nós. E, meu Deus, esse lado dele é que me deixa louca. Especialmente se estou me sentindo desprezível e querendo ser punida.

Tentei apagar Vanessa dos meus pensamentos enquanto Ethan estava dentro de mim, mas cada vez que ele grunhia e rosnava enquanto estocava, tudo o que me vinha à cabeça era *"Urso"*.

Sento e esfrego os olhos mais uma vez. Dói entre as minhas pernas, mas pelo menos isso me distrai da ressaca; ressaca da vodca e da cara de vaca da Vanessa.

Eu me endireito e tento ouvir algum barulho. Consigo escutar Ethan falando em algum lugar no meu apartamento. Normalmente, deduziria que ele estava falando com Tristan, mas é sábado e Tris está na academia de ioga, alinhando a coluna das pessoas e enfiando paz interior nelas; quer queiram, quer não.

Visto uma das camisetas velhas de Ethan que uso como camisola e abro a porta devagar. Sua voz vem da cozinha. Eu me esgueiro até o corredor e o vejo sentado em um banquinho, nu, exceto pela toalha enrolada na cintura. Seu cabelo penteado e o perfume delicioso me dizem que ele já tomou banho. Os músculos das costas saltam quando ele se inclina sobre o balcão, o telefone no ouvido.

— Eu só não imaginava que ia me sentir assim — diz ele, em voz baixa. — Quer dizer, depois de tudo que passamos na escola, Deus do céu. Toda a raiva e a amargura que carreguei por *anos*. Eu não achava possível, sabe? — Ele ouve por alguns momentos e ri. — Sim, claro, você sempre me entendeu melhor que eu mesmo. Ainda assim, você podia pelo menos fingir alguma surpresa. Eu tenho uma epifania que muda toda a minha perspectiva, e você aí: "Sim, eu achei que uma hora isso ia acontecer mesmo". Muito ruim para o meu ego.

Arrepios percorrem minha espinha ao mesmo tempo que começo a me sentir enjoada. Estou sonhando. Tenho que estar. Isso não pode estar acontecendo. Ele disse que *talvez* ligasse para Vanessa, mas não esperava que fizesse isso tão rápido.

Ele coça o pescoço.

— Sim, Cassie está dormindo. Ainda não disse nada pra ela. Queria falar com você primeiro. — Ele faz uma pausa. — Não sei como vou explicar. Acho que o melhor é ser honesto. Depois de tudo que a fiz passar, devo isso a ela. — Ele pega uma maçã da bandeja e fica brincando com ela na mão. — Sim, acho bom também. Podemos nos ver esta semana? — Ele dá outra risada. — Quer dizer que você sugere que a gente se veja pra então me dizer que é popular demais pra me ver? Tudo bem. Veja aí quando dá e me mande uma mensagem. Estou com saudades de você. — Ele desliga e morde a maçã.

Ele está com saudades dela? *Saudades dela?*

Luto por alguns segundos com a vontade de confrontá-lo, mas, se não quero explodir de ciúmes, preciso esperar a ressaca passar para discutir esse assunto.

Aceito minha covardia e me arrasto de volta para o quarto até a cama. Como se a minha cabeça não estivesse doendo o suficiente, agora tem mais isso. Ele sente saudades, então vai se encontrar com ela.

Claro que vai.

Nunca havia pensado no que aconteceria se ele visse Vanessa de novo, mas agora acho que sei. Ele vai se encontrar com ela, descobrir que ainda a ama e daí, *bang*. Será o fim. Noivado cancelado. Casamento cancelado. Vai ser a hora certa para eu arrumar um monte de gatos e me preparar para viver sozinha para sempre.

Esfrego os olhos e respiro fundo.

Cassie, acalme-se. Você está projetando. Ethan te ama. Ele nunca a magoaria desse jeito. Não permita que feridas antigas dominem o seu estado de espírito.

É engraçado como sempre ouço essas palavras com a voz da dra. Kate. Ela ficaria bem desapontada comigo por eu estar tirando as piores conclusões da situação. Seria melhor que eu não fizesse isso, mas acho que ainda não sou à prova de balas.

Quase grito de susto ao sentir duas mãos quentes se fechando em torno dos meus pulsos. Abro os olhos para ver Ethan puxando minhas mãos de cima da minha cara.

— Oi. Você está bem? — Ele está sentado na beira da cama, me olhando preocupado. — Meu Deus, amor. Você não parece bem. Você vai vomitar? Quer um balde?

Quase caio na gargalhada. A ressaca e o vômito são os menores dos meus problemas neste momento.

— Estou bem — respondo, pegando sua mão. — Só um pouco tonta. Nada que dormir não resolva.

Ethan se inclina e me beija suavemente.

— Quer que eu fique? Combinei de comprar algumas coisas pra minha mãe, mas posso deixar para mais tarde.

— Não, está tudo bem. Sei que Maggie vai ficar louca da vida se aqueles enfeites especiais do Brooklyn acabarem. Vou ficar bem.

Ethan me beija de novo.

— Se você não se importa mesmo.

Ele sorri para mim e começa a se vestir. Tento manter a respiração normal enquanto me pergunto se Ethan alguma vez foi tão importante para Vanessa quanto é para mim. Não consigo nem imaginar. Não há como qualquer outra mulher ter amado Ethan tanto quanto eu o amo.

— Então — começo, tentando manter um tom de voz casual —, você vai se encontrar com a Vanessa?

Ele senta na cama para calçar as botas.

— Não sei. Quer dizer, nós não marcamos nada. Por quê? Isso te incomoda?

— Um pouco. — Claro que me incomoda demais, mas pelo menos estou sendo um pouquinho honesta.

Ethan me lança um olhar compreensivo.

— Cassie, se acertar as coisas com Vanessa te incomodar, mesmo que só um pouco, eu não faço. É só dizer. Nada é mais importante pra mim do que você.

E agora me sinto uma idiota por ter tocado no assunto.

— Não, está tudo bem. Mesmo. — Meu lado racional sabe que seria saudável para ele ter a oportunidade de conversar com Vanessa sobre o modo como ela o tratou no passado. Se eu não deixar que ele pelo menos tente, nunca vou me perdoar. — Acho que você deve se encontrar com ela. Tipo, você nunca realmente superou aquilo, né? Seria bom pra você deixar toda aquela história da traição pra trás.

— É?

— Sim, claro. — *Para, sua idiota. Não exagera.*

Ele termina de amarrar o cadarço das botas e me beija.

— Certo, vou marcar. Mas, lembre-se, você pode me dizer pra desistir disso a qualquer momento. E se quiser vir comigo, também não tem problema.

Balanço a cabeça.

— Seria entranho. Vocês têm muito assunto pra pôr em dia. Eu só atrapalharia.

— Bom, você sempre me atrapalha. Mesmo se não está comigo. — Ele me lança um olhar de desejo. — Melhor eu ir. Nós nos vemos no teatro hoje à noite?

— Sim, claro — Pode ser que até lá eu vire uma maluca babando de ciúme, mas estarei lá.

— Te amo.

— Também te amo.

E você acha que isso seria o suficiente para me assegurar de que não preciso ter medo da Vanessa, não é?

Antes fosse.

Antes. Fosse.

Capítulo três
ETHAN

Casa de Maggie e Charles Holt
Nova York

— Mãe! Pai! Chegamos!

Tiro minha chave da fechadura e fecho a porta, ouvindo as canções de Natal que ecoam pelo corredor. Conhecendo minha mãe, aposto que a sua playlist de Natal está tocando continuamente há semanas. Ao ouvir meu pai reclamar, ela responde: "Charles, a canção diz 'noite feliz', então entre no clima. Ninguém gosta de gente infeliz empatando a festa".

Não importa quantas vezes ela repita isso, papai sempre tenta ouvir sem rir, mas nunca consegue. Eu não o culpo. Dou risada também. Mamãe me faz rir como ninguém. Bom, exceto Cassie.

Espere aí um instantinho...

Tenho um princípio de pânico, imaginando se não me apaixonei por uma mulher igual à minha mãe. Mas, rapidamente concluo, baseado apenas nas habilidades culinárias das duas, que elas não poderiam ser mais diferentes.

Ufa. Complexo de Édipo evitado.

Enquanto tiramos os casacos, mamãe nos chama para a cozinha. A seguir ouvimos o som de Tribble, a lulu da Pomerânia hiperativa dos meus pais. Ela fica frenética só de ouvir minha voz, e em poucos segundos uma bolinha fofa aparece, uma mancha com pelos marrons e olhos pretos correndo na nossa direção. Por precaução, fico na frente de Cassie. A pequena cadelinha já aprendeu a tolerar melhor a mulher que ela acha que a substituiu como objeto do meu amor, mas Tribble pode ser bem desagradável quando está de mau humor.

— Ei, linda. — Eu a acaricio com uma das mãos. — Como você está, Trib? Sentiu saudade de mim?

O corpo de Tribble treme inteiro enquanto tenta lamber minha cara.

— Vamos. Para. Não posso te beijar na frente da Cassie. Você sabe como ela fica. Ela vai fazer um barraco.

Cassie vem para o meu lado e aperta meu braço.

— Com certeza. E se você acha que não sou capaz de brigar com um cachorro minúsculo, você não poderia estar mais enganado. Então se cuida, Tribble, ou seremos eu e você rolando na lama.

Tribble imediatamente fecha a boca e encara Cassie, que a encara de volta com os olhos semicerrados. Se eu não estivesse muito ocupado tentando não ser mordido ou levar um tapa, teria caído na gargalhada.

Cassie revira os olhos e pega o isopor com nossa comida. Bom, minha comida e a abominação verde que ela fez.

— Um dia, Ethan — começa Cassie, me olhando com uma expressão apaixonada —, vou obrigar você a escolher entre mim e essa cadelinha, e nesse dia nós veremos quem você ama mais. — Ela se inclina e sussurra em meu ouvido: — Lembre-se de que se você não me escolher, aquela coisa rosa de renda que você comprou ontem jamais será desembrulhada. A escolha é sua.

Quase solto um grunhido ao vê-la balançar o quadril e sair rebolando pela sala em direção à cozinha. Merda, tenho planos para aquela bunda e a coisa rosa de renda. Planos obscenos, planos excitantes, planos feitos-para-fazer-minha-mulher-gozar-como-se-isso-fosse-a-minha-missão-na-vida.

Olho para Tribble.

— Desculpa, querida. Ela está usando o corpo pra me chantagear. Você não tem como competir com isso. Mas podemos continuar amigos, certo?

Ela pisca para mim e lambe minha bochecha.

— Vou considerar isso uma resposta afirmativa, mas devagar com esses beijos de língua, certo? Você está realmente precisando chupar uma balinha de menta.

Eu a coloco no chão e vou para a sala, tomando cuidado para não pisar na cadelinha que anda em zigue-zague em volta das minhas pernas.

Dá para ver o topo da cabeça do meu pai acima do encosto de sua cadeira onde ele está assistindo TV e fico um pouco irritado por ele nem sequer ter se dado ao trabalho de vir nos receber à porta. Mas quando me aproximo, noto que ele está usando um fone de ouvido gigante. Toco seu ombro e ele dá um pequeno pulo de susto antes de se levantar e sorrir para mim.

— Filho! Desculpa, não ouvi vocês chegando. — Ele tira os fones e aponta para eles. — Comprei um presente de Natal adiantado pra mim. Essas belezinhas são a única forma de bloquear a trilha sonora de Natal contínua de sua mãe. Eles também têm Bluetooth, então consigo assistir televisão em paz.

Dou uma olhada para a TV e noto que o ator alto vestido de médico sou eu.

— Pai, sério? Esse episódio de novo? — Uns meses atrás, fui o ator convidado em uma série médica popular. Fiz um neurocirurgião. Meu pai quase desmaiou de felicidade. Se não pôde ter o prazer de ver seu filho se tornar um médico de verdade, ele pelo menos podia se divertir vendo seu filho como médico de mentirinha.

— É um episódio ótimo — comenta ele, tentando fingir indiferença. — Você dominou o jargão da medicina como um profissional, filho. Ainda acho que você teria sido um ótimo médico.

— Sim, se não fosse minha mania de vomitar quando vejo sangue.

— Um obstáculo superável. — Ele sorri e bate em meu ombro. — Você quer uma bebida?

— É provável um xantoastrocitoma pleomórfico aparecer nas leptomeninges do hemisfério superior do cérebro? — Meu pai me olha, confuso. — A resposta é "sim", pai. Claro.

Ele sorri.

— Viu? Fiquei totalmente convencido de que você sabia o que estava falando.

Ele vai para o bar servir o uísque e fico pensando em como nossa relação melhorou nos últimos anos. Meu pai parou de criticar a minha escolha profissional e eu não pulo no pescoço dele cada vez que ele fala comigo. Parece simples, mas demorou bastante tempo para conseguirmos nos comportar um com o outro como adultos.

Acho que o momento da virada foi meu acidente de moto na França, alguns anos atrás. A ideia de perder seu único filho fez com que papai repensasse a forma como me tratava. Eu, por outro lado, comecei a fazer terapia para encarar todas as merdas que faziam com que eu me comportasse como um idiota. Hoje nós estamos muito mais próximos do que jamais estivemos, e eu gostaria de não ter perdido tanto tempo mantendo meu pai afastado.

Ele me entrega um copo de uísque com gelo e brinda comigo.

— Feliz Natal, filho.

— Feliz Natal, pai.

Logo que tomo meu primeiro gole, ouço a porta da frente se abrindo.

— Oi, gente — grita minha irmã do corredor. — Chegamos.

Deixo meu copo na mesinha lateral e vou até Elissa e seu melhor amigo, Joshua Kane, que estão limpando os sapatos enlameados e tirando flocos de neve do cabelo.

— A neve está começando a apertar lá fora — comenta Elissa, sorrindo. — Feliz Natal, irmão mais velho. — Ela fica na ponta dos pés para me abraçar.

— Feliz Natal, Lissa. — Quando a solto, me viro e aperto a mão de Joshua. — Oi, Josh. Mamãe e papai Kane fugiram de Manhattan, como sempre?

Ele aperta minha mão e tira os óculos para limpá-los na camiseta.

— Sim. Previsíveis como um relógio. Assim que a primeira neve cai, meus pais iniciam a grande peregrinação judaica para regiões mais quentes. Neste ano eles foram para a Austrália. Fiz com que eles aumentassem o prêmio de seus seguros de vida, porque todo mundo sabe que tudo na Austrália pode matar. Posso ficar órfão antes do ano novo começar.

— Mas um órfão rico?

— Exatamente.

Sorrio e balanço a cabeça. Josh é o melhor amigo de Elissa desde que minha irmã tinha uns quinze anos, então sua presença no Natal era tão previsível quanto a trilha sonora natalina da mamãe. Sempre me perguntei por que eles nunca namoraram, levando em conta que parecem passar o tempo todo juntos e obviamente se amam. Mas todas as vezes que eu pergunto, Elissa desconversa. Ela me diz que apesar de Josh ser um homem atraente e heterossexual, ela não gosta dele *daquele jeito*.

Claro que não. Seria um milagre se a minha irmã decidisse namorar um cara legal em vez do interminável bando de idiotas pelo qual costuma sentir atração. Só conheci alguns dos caras com quem ela saiu nos últimos anos, mas tive vontade de socar cada um deles. Minha irmã é linda, ambiciosa e inteligente. Nunca vou entender por que ela não tem alguém beijando o chão onde ela pisa.

— Lissa! — Cassie surge ao meu lado e envolve minha irmã em um abraço apertado. — Não entendo como posso sentir tanta saudade, mesmo te vendo no trabalho todo dia.

Elissa a aperta de volta.

— Bom, ficar mandando você fazer as coisas no teatro não é exatamente diversão. Além disso, o idiota do meu irmão sempre pega você só pra ele. Egoísta.

Reviro os olhos.

— Como se eu tivesse alguma escolha. Cassie e eu estamos juntos no palco durante quase todo o espetáculo. Não tenho como não monopolizar o tempo dela.

Elissa se afasta um pouco de Cassie e se vira para mim.

— E depois da peça, quando você a sequestra pro seu camarim e começa a fazer barulhos que a minha querida equipe não precisa ouvir? E então?

Limpo a garganta, pego sua sacola de comida e olho o conteúdo.

— Seu mundialmente famoso macarrão com queijo? Legal.

Josh dá uma gargalhada quando eu tiro a travessa da sacola e a cheiro.

— Boa manobra evasiva, cara. Muito sutil.

Mostro o dedo do meio para ele, passo o braço sobre o ombro de Cassie e vamos todos para a sala no mesmo momento em que mamãe sai da cozinha. Ela sufoca todos com abraços e beijos, até Josh. Ela ainda está usando um avental e tem farinha espalhada pelos braços e pela cara, mas é visível como cozinhar para a sua família a deixa feliz.

— O jantar vai estar pronto daqui a pouco — anuncia ela, tirando um fio de cabelo rebelde da testa. — Vocês podem relaxar, tomar alguma coisa, cantar umas músicas de Natal. Eu chamo quando estiver tudo pronto.

— Você precisa de ajuda, mãe? — pergunto.

Ela beija meu rosto.

— Você pode vir pegar o *eggnog*. Mas não ouse colocar mais álcool como você fez ano passado. Fiquei com dor de cabeça por dias.

— Estraga-prazeres.

Estou prestes a entrar na cozinha atrás da minha mãe quando meu celular vibra no bolso. Pego o aparelho e dou uma olhada rápida na mensagem.

Ei, o que você está fazendo?

Olho em volta para ver onde a Cassie está. Ela está rindo com Elissa, o que é bom. Odeio como me sinto culpado por esconder isso dela, mas sei que só traria problemas.

Estou quase colocando o celular de volta no bolso, quando ele vibra novamente.

Você está nos seus pais, como sempre? Estou por perto. Poderia dar uma passada pra dizer oi. Seus pais sempre gostaram de mim. Tenho certeza de que sua noivinha não vai se importar. A menos que ela não consiga lidar com a competição.

Digito uma resposta rápida. Quando me viro, Cassie está olhando para mim.

Merda.

Não posso deixar que ela saiba o que está acontecendo. O assunto Vanessa já é sensível o bastante para ela. Forço um sorriso e tento agir naturalmente.

Cassie vira a cabeça e me olha, curiosa.

— Tudo bem?

— Sim, Marco acabou de mandar uma mensagem desejando Feliz Natal pra nós. Respondi que mandamos muitos beijos e que o vemos na festa de Ano-Novo, como sempre.

— Ah. Certo. — Ela se aproxima e aperta minha bunda sutilmente. — Eu já disse como você está sexy hoje? Porque você está. Muito... sexy. — Ela chega mais perto e sussurra no meu ouvido: — A gente podia ir lá pra cima, pro seu quarto, pra dar uns amassos. E por "amassos", quero dizer nos pegarmos com tanta intensidade que pelo menos um de nós, ou os dois, goze.

Vejo meu pai conversando com Josh. Não tenho problema algum em pegar a Cassie em qualquer lugar, mesmo na casa onde nasci e cresci, mas ficar de pau duro na frente da minha família seria estranho. Cassie, entretanto, tem outras ideias e parece decidida a me arrastar para o mau caminho. Dou um pulo quando ela corre a mão pela parte da frente da minha calça. Não dá para ninguém ver, mas ainda assim me assusto.

— Ei, você — falo baixinho. — Meu pai e minha irmã estão bem ali, caso você tenha esquecido.

— Eu sei. Mas você está tão gato.

Seguro suas mãos e as trago para perto do meu peito.

— Vamos deixá-las aqui por um instante, está bem? Onde eu possa vê-las.

Nos últimos dias, Cassie tem estado insaciável. Não sei se ela está nervosa com a noite de hoje, ou com o casamento, ou com toda essa história da Vanessa, mas alguma coisa a está deixando incontrolável, e dessa vez não sou eu. Quer dizer, minha mulher não tem nenhuma vergonha de exigir sexo em qualquer dia da semana, mas agora ela parece estar funcionando em um nível completamente diferente.

Já perguntei várias vezes se está tudo bem, e ela jura que sim. Resisto ao impulso de pressioná-la, porque sei que isso só a faria ficar mais ressentida. É assim que Cassie funciona. Ela fica cozinhando os pensamentos por algum tempo antes de me contar qualquer coisa. Durante esse tempo, preciso ser paciente. Preciso lidar com o fato de ela me agarrar várias vezes por dia. Então, não tem saída, é isso que eu vou fazer.

Eu me inclino e a beijo suavemente.

— Não se mexa. Já volto.

Ela faz um biquinho e eu me afasto.

Corro para a cozinha e arrumo uma bandeja com uma jarra de *eggnog* quente e alguns copos. Do outro lado da bancada, mamãe sorri para mim enquanto finaliza a apresentação de seus pratos.

Todo ano ela faz comida o suficiente para alimentar metade de Manhattan, o que significa que voltamos para casa com toneladas de sobras. Eu até discutiria com ela sobre isso, se não gostasse tanto de sua comida.

Quando ela vira de costas, roubo um bolinho de siri e enfio na boca.

Deus. É tão bom.

Vou pegar mais um, mas minha mãe apenas diz:

— Se você pegar outro, corto sua mão.

Dou uma gargalhada e beijo sua bochecha.

— Se você não quer que eu roube sua comida, pare de fazer coisas tão deliciosas.

Ela sorri, arrependida, e roubo outro bolinho.

— De qualquer forma — resmungo com a boca cheia —, estou em fase de crescimento. Preciso de energia.

É verdade. Apesar de eu estar bastante em forma, Cassie está me exaurindo. Sua revolução sexual inclui tentar posições que eu só tinha visto em livros pornô muito antigos. O resultado é sexo fantástico e um Ethan exausto. Eu sinto como se tivesse passado dez rounds no octógono do UFC. Sinto dores em músculos que eu nem sabia que existiam.

Mamãe dá os toques finais nas baguetes que acabou de tirar do forno antes de desembrulhar a comida que Cassie trouxe.

— Dois pratos este ano, querido? Vejo suas clássicas batatas gratinadas, mas e isso aqui, é o quê? Caçarola de feijão-verde? Que bom! Faz tempo que não como isso. Vou adorar.

Abro a boca para avisá-la que foi Cassie quem fez, mas se não vou poder rir dela bêbada de *eggnog* batizado, tenho que me divertir de algum outro jeito.

— Sim, sim, cai de boca, mãe. Você nunca provou nada igual. — *A menos que você já tenha lambido o interior de um reator nuclear.*

Eu a beijo na testa, levo o *eggnog* para a sala e sirvo a todos. Depois do primeiro gole, concordamos que está com muito pouco álcool, e meu pai imediatamente completa nossos copos com um de seus conhaques mais caros.

Cassie toma pequenos goles cautelosos.

— Você está bem? — pergunto.

Ela assente e chega mais perto de mim para poder sussurrar.

— Só me assegurando de que não vou ficar bêbada na frente dos seus pais. Estou me esforçando pra manter meu autocontrole hoje, e apalpar você sob a mesa durante o jantar talvez não seja a melhor maneira de impressionar meus futuros sogros.

— Talvez não, mas com certeza me impressionaria.

Eu me inclino e a beijo no rosto. E na orelha. E então na lateral do pescoço. Há algo de proibido em ficar tão excitado com ela na casa dos meus pais, então é claro que estou com o pau claramento duro.

Eu a abraço pela cintura e puxo seu corpo mais para perto. A pressão de seu corpo ajuda um pouco, mas eu teria que chegar muito mais perto para me aliviar de verdade. Ela arregala os olhos quando percebe como estou duro.

— Ethan — sussurra ela, olhando rapidamente para onde meu pai está conversando com Elissa e Josh e depois para o volume entre as minhas pernas. — Se você esfregar essa coisa em mim de novo, não serei responsável pelo que fizer na frente da sua família. Pelo amor da minha dignidade e pela pouca compostura que ainda me resta, tire isso daqui.

Eu me esfrego na sua bunda e a aperto só um pouco contra mim.

— Tirar daqui e colocar onde, exatamente? Tenho algumas ideias, mas queria ouvir suas sugestões.

Ela me olha com uma expressão entre excitada e irritada. Provavelmente irritada por estar excitada. É uma combinação que não ajuda a me acalmar.

— Ethan, não estou brincando. Para de me olhar como se eu fosse o prato principal do jantar e diminui essa coisa. Desmonta. Desendurece. Faça alguma coisa, mas para de me provocar na frente da sua família. Ou vou precisar recorrer ao único método que conheço pra acabar com isso. Ela olha para o vestíbulo.

Eu rio.

— Diga que você não está pensando em transar no lavabo enquanto minha família toma *eggnog*.

— Claro que não — diz ela, incrédula, e puxa minha cabeça para poder falar no meu ouvido. — Eu estava pensando na sua cama no andar de cima. Aquela cabeceira de madeira é bem firme. Um ótimo apoio pra cavalgar você. Só dizendo.

— Meu Deus, Cassie — Coloco minha cabeça em seu ombro. — Você tem que parar de falar desse jeito. Essa porra está doendo.

Ela pega uma revista e começa a se abanar.

— Você acha que a sua ereção dói? Deixa eu te contar uma coisa: quando uma mulher fica superexcitada, tudo incha, dói e lateja. É mais que dolorido. É uma tortura. E ficar assim se não posso fazer nada a respeito é ainda pior.

Eu me afasto um pouco e corro as mãos por meus cabelos. Achei que estávamos só brincando, mas agora que ela mencionou a imagem dela me cavalgando na cama da minha infância, não consigo tirar isso da cabeça. Nunca transei naquela cama. Ela viu muitas manobras manuais ao longo dos anos e uma pequena quantidade de pegação, mas nunca o show completo. O que eu mais queria era levar Cassie lá em cima agora e preencher essa lacuna.

— Sabe — Cassie passa os dedos pelo meu peito —, você podia inventar que quer me mostrar alguma coisa lá em cima. A gente poderia resolver tudo em cinco minutos. Menos, se você usar sua boca.

Estou prestes a me render e fazer a vontade dela quando minha mãe anuncia:

— Atenção, todo mundo. Sentem-se. O jantar está pronto.

Meu pai vem da cozinha carregando uma bandeja com um pássaro enorme, e a mesa está coberta de travessas com comida de deliciosa aparência. Tudo cheira tão bem que esqueço por um instante minha necessidade de estar dentro da Cassie.

Todos vão se sentando enquanto papai fatia o peru. Mas tomo a mão de Cassie e a puxo antes que ela chegue na mesa.

— Foi muita maldade sua me deixar excitado assim logo antes do jantar. Prepare-se pra ser punida mais tarde.

— Por mim tudo bem — resmunga ela.

— Outra coisa... que tal não contarmos pra ninguém que você fez a caçarola de feijão-verde antes que todos provem? Será uma surpresa.

Ela olha para a minha família na mesa.

— Sim, claro. Pode ser engraçado. Mal posso esperar pra ver a reação deles.

Só agora me dou conta de que isso tudo pode ser um tiro pela culatra. Achei que seria engraçado ver a reação da minha família à comida de Cassie, mas esqueci que ela estaria lá também. Se acontecer como imagino, ela ficará arrasada. Enquanto nos sentamos, tento pensar na melhor forma de lidar com a situação.

Mamãe passa os pratos com fatias de peru fumegante e papai enche os copos de vinho. Passamos os outros pratos entre nós e vamos nos servindo dos acompanhamentos.

Quando a caçarola de Cassie chega até mim, encho meu prato. Talvez, se eu pegar quase tudo, não sobre para os outros.

— Ei! — alerta Elissa. — Para de monopolizar o feijão. Você sabe muito bem que é um dos meus pratos favoritos.

Relutantemente, passo a travessa para ela. Elissa se serve generosamente antes de passar para Josh.

— Parece ótimo — comenta ele. — Vocês sabem que a minha especialidade é esquentar sobras da comida que peço em casa, então adoro esses banquetes dos Holt. Vocês deixam meu estômago alegre.

Eu me encolho ao vê-lo colocar três grandes colheradas do feijão no prato. Acho que ele não pôs uma lavagem estomacal em sua lista de presentes, mas talvez mude de ideia depois do jantar.

— Então, crianças, quais as novidades? — pergunta meu pai no momento em que o feijão chega até ele. — Contem pra nós o que está acontecendo.

Elissa pigarreia.

— Bom, eu tenho uma notícia. Mas acho que Ethan e Cassie não vão gostar.

Todo mundo para de se servir e olha para ela. Elissa se ajeita na cadeira e troca um olhar com Josh.

— Algumas semanas atrás, Marco perguntou se eu estaria interessada em participar de seu novo projeto, uma versão moderna de *A megera domada*. E eu aceitei.

Cassie parece desapontada.

— Espera, você vai nos deixar? Nosso espetáculo?

Elissa assente.

— Sim. Sinto muito. Adorei trabalhar com vocês, mas agora o espetáculo está pronto, andando bem, e preciso de um novo desafio. Recomendei Talia Shapiro pra me substituir como diretora de palco.

Sinto uma pontada de ansiedade. Faz quatro anos desde a última vez que participei de um espetáculo sem minha irmã e me acostumei a tê-la por perto. Claro, não sou babaca a ponto de negar a ela a oportunidade de seguir em frente e tentar voos mais altos. Então, mesmo que eu vá sentir saudade de vê-la todos os dias, fico feliz por sua carreira estar decolando.

— Parabéns, irmãzinha. É uma notícia maravilhosa.

Ela olha para mim com uma expressão ansiosa.

— Só isso? Sem discussão? Você não vai tentar me fazer mudar de ideia?

Sorrio.

— Não. Acho que você tomou a decisão certa. Parece ser uma ótima oportunidade.

Elissa respira aliviada.

— Uau, graças a Deus. Achei que ia precisar brigar com você. E tem razão, é uma grande oportunidade. Além disso, finalmente vou conseguir trabalhar com Josh novamente. Ele vai ser meu diretor de palco assistente.

Josh levanta as duas mãos.

— O time dos sonhos voltou. Chupem, vadias! — Ele imediatamente olha em volta, arrependido. — Desculpa, Maggie. Você não é vadia. Você é ótima. — Ele olha de viés para meu pai. — Você também, Charles. Os anciãos Holt estão fora da chupação.

Minha mãe sorri para ele e coloca a mão sobre a de Elissa.

— Bom, estou muito feliz que você e Josh vão trabalhar juntos de novo. Parece uma peça bem interessante. Quando você começa?

— Em fevereiro. Vou ter bastante tempo pra treinar minha substituta.

Cassie suspira.

— Está bem, odeio a ideia de ficar sem você, mas se você insiste em ser egoísta e popular, acho que sou obrigada a admitir que é mesmo uma grande oportunidade. Quem serão os atores a fazer Kate e Petruchio?

Elissa empalidece e toma um gole de vinho.

— Hummm. Na verdade é segredo, mas acho que posso contar pra vocês. Nós descobrimos ontem que eles conseguiram contratar dois grandes astros do cinema para os papéis principais. Angel Bell e... uh... Liam Quinn.

— Quinn? — repito. — De verdade? Uau.

Cassie fica de queixo caído.

— Como? Liam tão-gostoso-que-minha-calcinha-pega-fogo Quinn é o seu protagonista? Você está brincando?!

— Ei! — Belisco sua coxa sob a mesa. — Futuro marido sentado bem aqui.

Ela me dispensa.

— Ah, por favor. A sua gostosura põe Liam Quinn no chinelo, mas ainda assim ele é um cara muuuito gato.

Elissa torce o nariz e bebe mais vinho.

— Se você acha.

Minha irmã não engana ninguém, muito menos a mim. Eu me lembro de que ela e Quinn tinham uma queda platônica um pelo outro quando estávamos todos encenando *Romeu e Julieta* no Festival de Shakespeare de Tribeca seis anos atrás. Naquele tempo, eu era Mercúcio e Quinn era Romeu. Foi um ano antes de certa atriz aparecer para fazer os testes para a Grove e virar meu mundo de cabeça para baixo. Então, sim, ainda que Quinn tenha se mudado para Los Angeles e acabado por se tornar um mega-astro que ganha milhões de dólares por filme, considerando o que acabou acontecendo entre Cassie e eu, ainda acho que tive mais sorte.

— Uau! — continua Cassie. — Não acredito que eles conseguiram o casal de ouro de Hollywood pra uma peça na Broadway. Com certeza a agenda já é lotada só com os procedimentos para mantê-los maravilhosos e com as aparições como o casal perfeito. Imagino que algum dos produtores precisou vender um rim pra pagar os salários deles.

Elissa dá de ombros.

— Provavelmente. Mas eles estão contando que a combinação dos dois astros vai quebrar todos os recordes de bilheteria. Daí eles recuperam todo o dinheiro investido.

— A menos que Angel se apaixone por mim à primeira vista e se separe de Quinn, claro — sugere Josh enquanto rasga uma baguete para tirar um pedaço.

Elissa sorri para ele e balança a cabeça.

— Sim, isto é um risco grande. Talvez eu deva fazer você usar um saco de papel pra esconder o seu lindo rosto, impedindo que isso aconteça.

Josh passa o braço sobre o encosto da cadeira de Elissa e se inclina na direção dela.

— Você realmente acha que um pouco de papel vai proteger Angel do poder disto? — Ele aponta para si mesmo. — Você está sonhando, madame. Quer dizer, vou *tentar* não separar o casal mais popular da história do cinema, mas não posso prometer nada. O coração sempre consegue o que deseja, e acho que o coração de Angel Bell anseia por um diretor de palco assistente nerd, capaz de recitar o discurso de Gettysburg, do Lincoln, em klingon se estiver bêbado o suficiente.

Elissa segura o riso.

— Claro, porque esse é o sonho de qualquer garota.

Josh olha para ela com um ar de reprovação.

— O sarcasmo machuca, Lissa. Machuca e é desnecessário. Você é feia e boba.

Todos riem e me emociono ao ver como Cassie olha para minha irmã com adoração. Mesmo quando me odiava com todas as forças, ela amava minha irmã, e Elissa não poderia estar mais feliz ao saber que uma de suas melhores amigas vai se tornar sua cunhada.

— Bom, irmãzinha — ergo minha taça —, parabéns pelo novo trabalho. Espero que você se divirta muito; apesar de saber que ser obrigada a ver a cara feia do Quinn todo dia vai acabar te deixando enjoada.

Ela enrubesce e sorri para mim. Considerando que minha irmã quase nunca enrubesce, eu diria que os ensaios com ela e Liam vão ser muito divertidos.

— A Elissa e Josh, e seu novo desafio — diz meu pai quando brindamos. — E feliz Natal para todos os Holt. — Ele aponta para Josh e Cassie. — Especialmente para os Holt honorários e para os futuros Holt.

Cassie segura a minha mão sob a mesa e eu a aperto. Sou tomado por uma estranha sensação de posse todas as vezes que penso nela como minha esposa. Não um sentimento idiota de propriedade. É mais como a manifestação de algo que nós sempre soubemos ser verdade: pertencemos um ao outro. Eu não *preciso* ficar em pé na frente de meus amigos e da minha família para confirmar isso, mas é o que quero fazer. Considerando que eu era um sujeito que costumava achar que o amor verdadeiro era um conceito ridículo, é importante para mim poder mostrar ao mundo o quanto Cassie mudou minha vida.

A conversa diminui conforme todos começam a comer, mas, em uma tentativa de proteger Cassie da repercussão inevitável de sua comida, tento prestar atenção no que cada um está colocando na boca. Infelizmente, minha mãe chega ao feijão primeiro. Se alguém vai ser brutalmente honesta, será ela.

Prendo a respiração quando ela põe a caçarola na boca. Ela mastiga por alguns segundos antes de arregalar os olhos. Então engole e geme baixo, imagino que de dor.

Meu Deus, sou um filho horrível. Eu deveria ter salvado minha mãe dessa tortura.

— Ethan, essa caçarola de feijão-verde está... — Percebo um leve lamento em sua voz.

Merda, ela vai dizer que está nojento. Cassie vai ficar arrasada.

— Mãe, espera...

— ... absolutamente *maravilhosa*. — Ela sorri para mim. — Muito melhor do que a que você faz normalmente.

Por um instante, acho que não ouvi direito.

— Ah... o quê?

Minha mãe come mais um pouco e daí todo mundo começa a provar os feijões, sinto que estou em um filme de terror, porque tenho certeza de que em trinta segundos eles vão estar todos imitando Linda Blair em *O exorcista*.

— Uau! — Elissa revira os olhos. — Tão bom!

— Com certeza — concorda meu pai. — Parece comida de restaurante.

Até Josh geme de prazer.

— Cara. Esqueçam Angel Bell. Vou casar com essa caçarola. A lei de Nova York permite, não?

O que é isso? Experimentei a caçarola antes de sairmos da casa de Cassie. Tinha o gosto do filho bastardo de ovos de mil anos com gordura solidificada. Na verdade, isso não é justo. Certos tipos de gordura solidificada são bem saborosos. Esse cozido era como uma pilha de absorventes fervida e decorada com amêndoas fatiadas. Pelo menos rezo para que sejam amêndoas.

Olho em volta e vejo quatro rostos felizes, sorrindo extasiados para o prato de Cassie. Será que eu estive errado sobre a capacidade culinária da minha noiva esse tempo todo? Talvez Cassie seja na verdade um gênio da gastronomia, inalcançável às minhas papilas gustativas plebeias.

Preparo uma garfada da caçarola para testar minha teoria.

Assim que começo a mastigar, o sabor se espalha pela minha boca. Cogumelos refogados, cebolas perfeitamente crocantes, feijões cozidos no ponto exato e explodindo em uma delícia picante que não consigo identificar.

— Meu Deus — resmungo. — Que porra é essa? — Eu me viro para Cassie, que exibe um sorriso presunçoso. — Você fez isso?

Ela me esnoba.

— Como se cozinhar fosse assim tão difícil?

— Mas provei isso antes de sairmos de casa. Foi a pior coisa que eu já pus na boca, e isso vindo de alguém que teve que suportar a língua de Zoe Stevens mais de uma vez.

Ela ri.

— Bom, o que você comeu mais cedo foi uma versão especialmente ruim, que fiz só pra poder ver sua cara. Você acha que eu não sabia que você estava odiando minha comida? Por favor. Seu desgosto era tão sutil quanto um gorila de ressaca. Então, durante as últimas semanas, sempre que você achava que eu estava indo para a ioga com Tristan, na verdade eu estava vindo aqui ter aulas de culinária com sua mãe. Ela me ensinou como fazer uma caçarola verde perfeita na semana passada. Ficou bem gostoso, não ficou?

A tensão vai tomando conta de mim conforme começo a entender o que aconteceu.

— Então, o que eu provei hoje de tarde era...

— Um disfarce. Assim como todos os outros que você teve que suportar durante a semana passada. Eu até sentiria pena de você, amor, mas as caras que você fazia tentando esconder como estava achando ruim? Quer dizer, vi algumas atuações dignas de um Oscar ali.

Risinhos ecoam em volta da mesa e meu pescoço fica cada vez mais quente. Não consigo decidir se estou furioso ou tão excitado como jamais estive.

— Você me obrigou a comer aquela comida horrível de *brincadeira*? — Largo meus talheres na mesa e a encaro.

O que quer que ela tenha visto em meu rosto faz seu sorriso desaparecer.

— Uh... bom, pareceu engraçado na hora. Agora, nem tanto.

— Trocar açúcar por sal?

— Aquilo não foi proposital. — Ela se afasta um pouco de mim e abaixa a voz. — Da primeira vez.

— E as outras vezes?

Ela se encolhe.

— Tudo pela comédia?

Eu me volto para a minha mãe, que parece estar se divertindo muito.

— E você? Estava nisso junto com ela? Você trocou as caçarolas só pra me confundir?

Minha mãe me dá um sorriso reconfortante.

— Ah, querido, foi só uma brincadeira inocente.

— Inocente? — respondo, com minha voz se alterando. — *Você* alguma vez comeu alguma comida que ela tenha feito?

Ela faz uma careta.

— Meu Deus, não. Só o cheiro fazia meu estômago gritar e tentar fugir.

Meu pai se levanta para completar nossas taças de vinho.

— Eu devia saber o que está acontecendo aqui?

— Estamos só torturando Ethan, querido — comenta minha mãe. — Você sabe, pra rir um pouco.

Passo os dedos pelo cabelo e respiro fundo. Malditas mulheres. Se elas continuarem a se juntar contra mim depois do casamento, o sofrimento não vai ter fim.

— Espera aí — Elissa olha desconfiada para seu prato. — Cassie cozinhou esses feijões? — Ela se vira para mim em pânico. — Por que você não me avisou? Você quer me matar? Porque eu já provei a comida dela. Pode matar sim.

Cassie faz uma cara de quem está magoada.

— Ei! Isso não é legal. Não é mentira, mas não é legal.

— Amiga — começa Elissa —, você sabe que eu te amo, mas na faculdade você fez um frango que estava preto por fora e cru por dentro. Tenho sorte de não ter ido parar no hospital. Só estou dizendo que a sua comida devia vir com uma etiqueta de alerta. Algo como

"Coma por sua conta e risco" ou "Atenção, esta comida pode destruir seu estômago". Para as pessoas poderem fazer escolhas conscientes e tal.

— Bom, tecnicamente, os feijões não precisam de etiqueta alguma, porque foi sua mãe que fez a maior parte das coisas. Ela cozinhou cada ingrediente e eu misturei tudo. Maggie diz que misturar é um dos pontos fortes das minhas habilidades culinárias. Isso e abrir pacotes.

— Você é incrível fazendo isso — concorda minha mãe, sempre gentil.

Cassie sorri.

— Olha, eu sei que nunca vou ser uma chef excelente, mas pelo menos estou tentando, certo? E mesmo que eu não tenha *tecnicamente* cozinhado os feijões, ainda mereço crédito pela piada.

Josh enche seu prato de feijões novamente.

— Bom, não me importo nem que tenha sido o Monstro do Espaguete Voador a cozinhar esses feijões. De agora em diante, eles são minha razão de viver. Então, se vocês puderem ficar em silêncio, vamos aproveitar nosso tempo juntos.

Depois de mais alguns minutos de conversa, O Grande Golpe da Caçarola de Feijão-Verde foi esquecido, e nós continuamos nos divertindo com o jantar.

Enquanto mamãe e papai conversam com Elissa e Josh sobre seu novo espetáculo, Cassie coloca a mão sobre minha coxa e se inclina para mim.

— Então... — Ela está com um sorriso nervoso. — Em uma escala de um a Quarto Vermelho da Dor, o quanto você gostaria de me castigar neste momento?

Dou um gole no meu vinho.

— Ah, você passou de todos os limites, moça. Minha vontade é te amarrar inteira e fazer coisas.

Ela aperta minha coxa e desliza a mão para mais perto da virilha.

— Mas não foi de todo ruim, foi? Quer dizer, compensei toda aquela comida ruim recompensando você com... — sua mão se move mais para cima — você sabe... *sobremesas*. Não foi?

Sou inundado por imagens dela aberta na minha frente, seu gosto doce em minha língua. Limpo a garganta enquanto noventa por cento do meu sangue corre para o meu pau.

— Quer dizer que se você não estivesse me fazendo comer as sobras da comida de Satã, você não teria me dado... sobremesa? — Ergo minhas sobrancelhas. — Pois me parece que isso seria uma coisa bem idiota, já que você comeu tanto naqueles *jantares* quanto eu. Se não mais.

Ela desvia o olhar para a minha boca e mordisca os lábios.

— Bom, sim, você é um ótimo convidado pra jantares. Assim, insanamente ótimo. Se a carreira de ator não decolar, você pode se tornar um convidado profissional de jantares. O que me lembra de uma coisa, você está planejando comer sobremesa mais tarde?

Antes que eu possa responder, minha mãe nos interrompe.

— Por favor, Cassie, você ainda pergunta? Você não conhece meu filho? Ele come sobremesa sempre que pode. Se ele pudesse, comeria três refeições de sobremesa por dia, pelo resto da vida. O menino é insaciável.

Cassie enrubesce e sorri para si mesma.

— Já percebi. — Minha mãe volta a conversar com Elissa, e Cassie sussurra: — E é por isso que seu filho é o homem mais gostoso da Terra.

Os dedos dela estão perigosamente próximos do dolorido pau duro que se projeta na minha calça e minha vontade é pegar sua mão e colocar sobre meu pau. Cerro a mandíbula tentando pensar em qualquer coisa, qualquer coisa menos em como seria bom arrancar sua calcinha e me enfiar dentro de sua quente e apertada...

— Terra para Ethan.

— Ah... Oi?

Elissa está me encarando do outro lado da mesa.

— Perguntei se você e Cassie já conseguiram dar uma olhada na lista de salões de festa que eu mandei. Se quisermos um lugar legal, temos que reservar o mais rápido possível. A maioria deles tem uma fila de um ano.

Limpo minha boca com o guardanapo, caso tenha babado acidentalmente, e me ajeito na cadeira.

— Ah, sim. Nós olhamos alguns. Até agora, o que mais gostamos foi o The Roof Garden. A vista é espetacular e o cardápio pareceu ótimo.

— Ótimo. Bom, me avisem assim que decidirem que insiro isso na minha lista de tarefas.

Quase dou uma gargalhada. Já vi a lista de tarefas da minha irmã. É uma pasta mais grossa que uma lista telefônica, com mais divisórias coloridas que eu consegui contar. Conhecendo Elissa, esse vai ser o mais bem-planejado e executado casamento de toda a história do mundo.

Continuamos conversando sobre o casamento, e mesmo que minha mãe consiga se controlar, noto que ela ficou quieta, e está piscando bastante. Não me surpreende. Essa é uma mulher cujos olhos ficam encharcados quando assiste ao final de temporada de *The Bachelor*, pelo amor de Deus. Não consigo nem imaginar a intensidade de sua reação ao testemunhar o casamento de seu primogênito com seu verdadeiro amor. Talvez eu deva avisar ao padre da igreja de St. Patrick para providenciar coletes salva-vidas, caso suas lágrimas causem uma enchente.

— Todo mundo satisfeito? — pergunta ela, enxugando o rosto com o guardanapo. — Tem bastante peru ainda se alguém quiser outra rodada.

Josh se recosta na cadeia e acaricia sua barriga.

— Maggie, se eu comer mais uma garfada, você vai encontrar pedaços de mim espalhados por toda a sala de jantar. Mas obrigado por esse jantar maravilhoso, faz semanas que sua filha não cozinha pra mim.

— Cozinhei pra você ontem — protesta Elissa. — Você lambeu o prato e fez uma graça sobre não precisar nem lavar, lembra? Aí, dei um soco no seu braço por ser mal-educado e fiz você lavar tudo.

— Ah, sim. Como eu poderia esquecer esse episódio cheio de tensão sexual? — Josh se vira e sussurra para meu pai: — É meio constrangedor o quanto ela me deseja, não é? Deve ser desconfortável pra você ver sua filha flertar comigo desse jeito bem debaixo do seu nariz.

Meu pai dá um tapinha nas costas de Josh.

— Fico muito atormentado. Agora, quem quer mais vinho antes de atacarmos a sobremesa?

Todo mundo ergue a mão. Ainda bem que viemos de táxi.

Meu celular vibra com uma mensagem. Ignoro. Vibra pela segunda vez. E pela terceira.

Com um suspiro, apanho o aparelho e sutilmente confiro as mensagens sob a mesa.

> Ver você de novo foi maravilhoso. Eu nem acreditei que a nossa antiga química ainda estava lá. Sei que você sentiu também. Notei como você me olhou no almoço. Como se me quisesse.

Havia outra mensagem e depois uma imagem.

Meu Deus.

> Só pra você saber o que está perdendo. Me liga se você quiser uma mulher de verdade. Você sabe que eu posso ser discreta.

Perco um tempo digitando uma resposta longa e bem-explicada, e quando ergo a cabeça, vejo que Cassie está me olhando com uma expressão séria.

— Marco de novo?

— Ah... sim. Ele fica carente nessa época do ano.

Ela assente e volta para a conversa, mas sei que está tensa. Cassie suspeita de alguma coisa.

Prometo a mim mesmo que vou explicar tudo assim que chegarmos em casa. É só uma questão de tempo até que ela adivinhe o que está acontecendo só de olhar pra minha cara. Vou ter que contar a verdade e lidar com as consequências, mesmo que ela não queira ouvir.

Capítulo quatro
CASSIE

Ethan não para de acariciar meus cabelos, descendo os dedos até as costas do meu vestido, no espaço entre os ombros. Seu toque sempre me excita, mas nesta noite não consigo escapar da inquietação que sinto. Desde nosso encontro com Vanessa, ele está estranho. Então, houve aquele telefonema que ele não sabe que eu ouvi. "*Podemos nos ver nesta semana?*" E agora ele está trocando mensagens com alguém e fingindo que é com Marco, quando sei muito bem que Marco detesta enviar e receber mensagens.

Tudo isso me leva a crer que há algo acontecendo entre ele e Vanessa, e a ideia de Ethan estar se comunicando com aquela besta infernal me deixa maluca. Será que ele está planejando algo com ela? Se estiver, espero que ele tenha um bom seguro funerário, porque eu mato ele.

Sinto minha pressão sanguínea subir e percebo que preciso mesmo dar um basta nisso. Estou pressupondo um monte de coisas a partir do nada, e isso nunca funcionou bem para nós ou para qualquer um.

Preciso descobrir o que está acontecendo, e rápido.

Sussurro no ouvido dele:

— Só pra você saber, estou um pouco bêbada e muito excitada, então ou você me arrasta lá pra cima e dá um jeito nisso ou vou precisar me resolver sozinha ali no lavabo.

Como esperado, essas palavras destroem a última gota de resistência de Ethan, e com um rugido grave, ele me puxa, me fazendo levantar.

— Eu e a Cassie já voltamos. — Ele pega minha mão e sai me guiando. — Ela quer ver umas fotos antigas do Liam como Romeu e as minhas como Mercúcio. Voltamos em cinco minutos. Dez no máximo.

— Não tem problema — responde a mãe dele, e começa a limpar a mesa. — A sobremesa será servida na volta. E, vocês, vamos. A mesa não vai se limpar sozinha.

Enquanto todos se juntam a ela para carregar pratos e bandejas para a cozinha, Ethan quase sai correndo e praticamente me arrasta para seu quarto no andar de cima. Se aprendi alguma coisa nestes últimos anos foi que se houver sexo envolvido, Ethan vai sempre me lembrar do motivo de ter sido campeão de corrida na escola.

Assim que entramos no quarto, ele fecha a porta e me agarra.

— Eu estava esperando por isso a noite toda.

Ele se inclina para me beijar, mas eu coloco as mãos em seu peito e o detenho.

— Ethan, espera. Precisamos conversar.

Ele faz uma cara desapontada.

— Pensei que você tinha me trazido aqui em cima pra me tratar como um objeto sexual. Você me enganou, Cassandra Marie Taylor? Porque isso não seria nem um pouco legal.

— Bom, acho isso bem hipócrita, vindo de alguém que está escondendo coisas importantes de mim.

Agora ele parece confuso.

— Quero que você me fale sobre o almoço com Vanessa.

— Você disse que não queria saber.

— Eu sei, mas mudei de ideia e agora quero. Só pensar em vocês dois sozinhos me deixa louca, e, apesar de eu estar tentando tirar isso da cabeça e seguir em frente, não consigo. — Estou procurando manter a calma, mas minha voz soa mais e mais aguda.

— Tudo bem, Cassie. Conto tudo, está bem? É isso que está deixando você nervosa?

Olho para as minhas mãos sobre seu peito.

— Ouvi você falando com ela ao telefone, na manhã depois que a vimos. Meu Deus, Ethan. Você não conseguiu esperar nem vinte e quatro horas antes de ligar pra ela e marcar um encontro? Era ela mandando mensagens a noite toda hoje? Eu sei que não era Marco. E pode acreditar, se uma única mentira sair da sua boca agora, vou estraçalhar na sua cabeça todos os castiçais do menino Jesus da sua mãe.

De repente, meu pulso está acelerado e mal consigo respirar. Eu me agarro tão forte em sua camisa que os nós dos meus dedos estão brancos.

Merda. Eu queria ficar calma e discutir isso como adulta, mas só de pensar nele me ferindo novamente já fico à beira de um ataque de pânico.

Ethan afasta o cabelo do meu rosto e o acaricia.

— Cassie, respira. Não tem nada ruim acontecendo, juro. Vou contar tudo que você quiser saber.

— Ethan... — minha voz treme. — Se você vai me abandonar pra ficar com ela, só me diga. Posso lidar com isso. Sou grandinha.

Claro que estou mentindo. Se ele me deixar de novo, nunca vou me recuperar.

— Cassie. — Ele se afasta e olha bem nos meus olhos. — Eu não vou te abandonar. Nunca. Respira fundo.

Fecho os olhos e me concentro em respirar, inspirando pelo nariz e expirando pela boca. A cada expiração, eu me acalmo um pouco. Quando estou quase normal de novo, olho para Ethan e balanço a cabeça.

— Ethan, eu...

Ele se inclina e me beija, um beijo suave e profundo que me acalma ainda mais. Ele entende como é ter um cérebro que fica o tempo todo conjurando o pior cenário possível, então sabe como lidar com a situação.

Ethan para de me beijar e meus músculos ainda estão tensos, mas pelo menos parei de tremer.

— Eu amo você — diz ele baixinho. — Estou contando as horas que faltam pra me tornar seu marido. Por que você pensaria que eu ia te abandonar?

— O telefonema. Naquela manhã, depois que vimos Vanessa. Desculpa ter ficado ouvindo escondida. Foi errado, mas eu...

— Eu estava falando com a dra. Kate. Liguei pra contar o que havia acontecido e como tinha me afetado. Sei que você não gosta que eu fique incomodando a Kate fora do horário de trabalho dela, mas achei que dar de cara com a mulher que me destruiu era importante o suficiente pra quebrar essa regra. Vanessa foi a protagonista da maior parte das minhas sessões de terapia, então Kate sabe por quanta merda eu passei pra chegar até aqui. Ela sugeriu que marcássemos algumas sessões, já que não me vê faz alguns meses. Era com ela que eu estava combinando de me encontrar.

— Com a dra. Kate? — Dou uma risadinha. — Ah. Sim, faz bem mais sentido.

— Você achou que eu estava falando com a Vanessa?

Balanço a cabeça, afirmativamente.

Ele me lança um olhar tão doce que parte meu coração.

— Amor, eu não estava nem pensando em encontrar com a Vanessa até você me convencer de que era uma boa ideia. Quer dizer, eu sabia que não ia ajudar em nada, mas você disse que era a opção mais saudável. Então, achei que você estava certa. Eu precisava encarar meu passado. Enfrentar o monstro debaixo da cama. Infelizmente, foi só uma grande perda de tempo.

— Por quê?

— Bom, quando eu disse à Vanessa quanto mal ela havia me causado, ela se ofereceu pra me compensar com uma rapidinha no banheiro do restaurante.

Cerro os punhos depois de entender o que ele acabou de dizer.

— Que porra...?!

— É. Ela ainda disse que se eu tivesse sido melhor na cama, ela não teria precisado transar com o meu melhor amigo, em primeiro lugar. Isso matou meu ego.

A fúria toma conta de mim.

— *Você* precisa ser melhor na cama? Ela está brincando? Ela transou com o mesmo homem que eu? Porque se *você* fosse melhor na cama, meus orgasmos me matariam! — Eu me afasto dele e ando em círculos pelo quarto. Que ideia ridícula. — Essa mulher é uma imbecil completa.

— Por isso fiquei feliz quando você disse que não queria nem saber. O que ela mais queria era fazer você ficar assim. Não tenho a menor dúvida que foi por isso que começou a mandar mensagens hoje.

Parei na hora e o encarei.

— E o que ela escreveu?

Ele tira o celular do bolso e acha as mensagens antes de passar o aparelho para mim.

— Estou avisando, é bem ruim. Você precisa saber que é o que Vanessa faz melhor. Ela ataca o ponto fraco das pessoas. Isso faz ela se sentir poderosa. No fim, é tudo insegurança e inveja.

Prendo a respiração enquanto leio o que Vanessa escreveu.

— Que mer...? Ela ameaçou aparecer aqui hoje?

Ethan balança a cabeça.

— Ela está delirante como sempre.

Respiro fundo ao ver a resposta de Ethan:

> Por favor, pare de entrar em contato comigo. Como eu disse antes, desejo o melhor para você em sua vida. Mas agora deixe a minha vida em paz.

Uau, como ele foi educado. Havia muito mais palavras do que em "Vá se foder, sua vaca manipuladora", por exemplo, mas tudo bem. Ethan claramente evoluiu mais do que eu em relação a essa mulher. Continuo lendo as mensagens.

— Que porra é essa? — A vadia tem a petulância de dizer que eles têm química e ainda por cima manda uma foto de corpo inteiro de lingerie!

Está decidido. Vou matar essa mulher. Bem devagar. Vou fazer com que dure dias e dias.

Dou uma olhada na foto. *Pera lá. Tenho exatamente o mesmo conjunto de sutiã e calcinha. Ethan me deu.*

Leio a resposta de Ethan, bufando.

> Vanessa, desculpe se dei a entender que algum dia poderia haver algo entre nós novamente. Não pode. Odeio dizer isso, mas você não é uma pessoa boa, educada ou particularmente bem-ajustada, e tenho alguma dificuldade em lembrar o que vi em você. Desculpe a franqueza, mas considerando a natureza de suas últimas mensagens, percebi que você precisa de uma dose de fatos duros e frios para eliminar qualquer ideia errada de sua parte. A verdade é que tenho a sorte de estar profundamente apaixonado pela mulher mais fantasticamente espetacular da face da Terra, e apesar disso ser difícil para você entender, ela fica muuuito mais gostosa que você naquele conjunto Chanel. Enfim, adeus, Vanessa, não vamos nunca mais nos falar. E para provar o quão desinteressado estou em manter contato, vou bloquear seu número. Se cuide e Feliz Natal. Ethan.

A paixão em suas palavras me deixa muda. Nunca vi uma resposta tão bem-composta. Levanto o olhar para ele.

— Sabe, eu de fato fico melhor naquela lingerie.

Ele me dá um sorriso malicioso.

— Sim, você fica.

Enfio o celular de volta no bolso dele.

— Então, parece que você não vai me deixar pra ficar com ela, né?

— Meu Deus, amor, por que eu faria isso? Além do fato de você ser o amor da minha vida, ela é uma maldita sociopata. — Ele coloca seus braços em volta de mim. — Mas, sabe de uma coisa? Mesmo com os jogos mentais e as manipulações, não estou bravo pelo que ela fez no passado. Quer dizer, eu tinha pensado no que faria se algum dia a encontrasse, e a maioria dos cenários envolvia passar por cima dela com meu carro. Mas, ao me deparar com a mulher de verdade na minha frente, tudo o que senti foi... gratidão.

Certo, isto é inesperado.

— Gratidão como?

— Porque se não fosse por ela, eu não seria quem sou hoje. E realmente gosto de quem eu sou. Quer dizer, apesar do que você fica me dizendo, sei que não sou perfeito...

— Mentiras — retruco, me pendurando em seu pescoço.

— E eu ainda tendo a ser um idiota normalmente, mas sou um idiota *feliz*. — Ele põe as mãos sobre meu rosto e acaricia minha bochecha com o polegar. — Um idiota sortudo o bastante pra se casar com a mais bonita, a mais sexy, a mais talentosa, a mais *incrível* mulher do planeta. E de certo modo, devo isso à Vanessa.

Ele me beija, e sua boca é quente e doce e me afeta de tantos modos que não consigo nem contar. Naquele instante, sei que ele jamais beijou Vanessa com tanta paixão.

O beijo acaba e estamos os dois sem ar.

— Desculpa por duvidar de você. Por ser essa confusão paranoica ambulante.

Ele encosta sua testa na minha.

— Não se desculpe. Nessa situação, paranoia é normal. Mas confia em mim quando digo que você nunca vai precisar se preocupar com meus sentimentos por outra pessoa. No que diz respeito a mulheres, não tenho visão periférica. Tudo o que vejo, tudo o que eu *quero* ver, é você. E quanto à Vanessa, na verdade sinto pena dela, porque ela nunca vai conhecer um amor como o nosso. Ela é incapaz de amar, e isso é uma bosta. Porque todo mundo deveria poder sentir o que eu sinto por você.

Sua expressão fica séria e arrepios percorrem minha pele. E, apesar de sua voz estar baixa, posso sentir o calor de sua intensidade.

— O que eu sinto por você, Cassie? É como o céu e o inferno embrulhados juntos. Eu amo tanto você que na maior parte do tempo tenho medo que meu peito exploda. Você sabe aquela frase que diz que alguém "transborda de felicidade"? É como meu coração se sente. Ele poderia ser do tamanho de um planeta e ainda não seria grande o suficiente pra conter todo o amor que eu sinto por você.

— Eu sinto a mesma coisa. — Respiro fundo, me preparando para dizer algo que sempre me incomodou. — Mas Vanessa tem algo que eu nunca vou ter. Ela foi o seu primeiro amor. E por mais que eu odeie essa ideia, não há nada que eu possa fazer a respeito.

Ethan fica em silêncio por um instante. Vejo sua expressão mudar de compreensiva para determinada.

— Cassie, ouça bem, porque eu nunca falei nada mais sincero. *Você* é meu primeiro amor. Eu nem sabia o significado dessa palavra antes de você cair de paraquedas na minha vida, e não mudaria isso por nada. Você me fez um homem melhor, e cada pedacinho de mim ama você mais do que eu posso descrever. Comparado com o que sinto por você, acho que nem sequer *gostei* da Vanessa.

A alegria que sinto ao ouvir essas palavras é visceral e inebriante. Depois de tantos anos achando que era a segunda opção, fico completamente aliviada em saber que estava errada.

Ao notar minha expressão, ele me aperta em seus braços.

— Cassie, você é meu primeiro amor, meu último amor e todos os meus amores entre um e outro. Como você não sabia disso até agora? Você é *a primeira e a única*. E isso é algo que ninguém jamais será. E se você não acredita nas minhas palavras, então vou ter que fazer você acreditar nas minhas ações.

Quando Ethan me beija, não é suave. Ele entranha seus dedos nos meus cabelos e puxa minha cabeça para trás, para cobrir minha boca com a dele. Eu arfo com o sabor do toque das nossas línguas, e ele me beija mais profundamente.

Um gemido baixo ecoa de sua garganta e destrói meu último traço de autocontrole. Em segundos estou desabotoando sua camisa, com meus dedos desajeitados e brutos.

— Ethan, você é meu primeiro e único também. E é por isso que eu preciso que você cuide dessa necessidade que estou sentindo. Agora. Por favor.

Suas mãos me tomam, rudes e exigentes.

— Você não se incomoda com a minha família no andar de baixo?

— Desde que eles não apareçam aqui. Nós estamos aqui há tanto tempo, eles não vão desconfiar de alguma coisa? — Libero o último botão de sua camisa e a abro, antes de beijar seu pescoço.

Seu corpo todo fica tenso de prazer.

— Cassie — ele geme enquanto desço minha boca por seu peito —, estou pouco me lixando pra qualquer coisa que não seja a sua boca nesse momento.

Giro seu corpo, colocando suas costas contra a porta.

— Que bom. Por que eu esperei a noite toda por isso.

Ethan enterra suas mãos em meus cabelos enquanto cubro seu corpo de beijos. Lábios, língua e dentes viajam pelo peito e pela barriga. Uso as mãos para explorar as áreas onde a boca não está, e logo sua calça está aberta e minha mão está escorregando para dentro de sua cueca.

— Ahhh, Deus. Cassie...

Ethan cerra os olhos e encosta a cabeça na porta enquanto movo minha mão para cima e para baixo, pressionando-o com firmeza. Ele está tão envolvido com o que eu estou fazendo que só nota que estou de joelhos quando ponho minha boca nele. Então, seus olhos se arregalam, sua mandíbula fica tensa, e ele tenta suprimir um gemido. Ficar em silêncio nunca foi fácil para nenhum de nós dois, mas vejo que ele está tentando. Eu entendo. Uma coisa é sua família achar que estamos aqui transando como se não houvesse amanhã, outra é terem uma confirmação sonora.

Continuo chupando e fica cada vez mais difícil para ele se manter em silêncio. Minha mão se junta à ação e ele deixa escapar um grunhido rouco.

— Psiu. Só vou conseguir encarar sua família de novo se eles não souberem o que eu estou fazendo aqui agora. Se você não ficar quieto, vou ter que parar.

Ethan olha para baixo e enrola meus cabelos em sua mão.

— Se você parar, o Papai Noel vai trazer só pedaços de carvão pra você, em vez do orgasmo violento que encomendei pra minha noiva.

Hmm, essa é uma ameaça real. Volto ao trabalho, mas olhando para Ethan o tempo todo. Eu sei o quanto isso o enlouquece.

Ele assiste extasiado enquanto entra e sai da minha boca, e quando a necessidade de fazer algum barulho fica insuportável, ele solta o ar com força por entre os lábios.

— Fffffff.

— Você está tentando me dizer alguma coisa, Ethan?

Ele solta o ar e apoia a cabeça na porta.

— Caralho!

Rápido como um raio, ele me pega e me joga na cama. Nós ignoramos o barulho do meu corpo aterrissando. A malícia em seu olhar me faz recuar para a cabeceira ao vê-lo avançar sobre mim.

— Tira a calcinha. — Ethan usa um tom imperativo que me arrepia toda. — Agora.

Sim, senhor.

Mal tenho tempo de tirar minha calcinha fio dental antes de ele levantar meu vestido e me pressionar contra o colchão.

Eu me agarro ao edredom e ele me provoca com os dedos.

— Sinceramente, eu gostaria de passar algum tempo com a cabeça enterrada entre as suas coxas, mas o tempo está passando. Daqui a alguns minutos minha mãe vai avisar que a sobremesa está pronta, então teremos cerca de noventa segundos pra estarmos com nossas bundas em nossas cadeiras antes que ela venha aqui nos chamar.

Eu o puxo para perto.

— Bom, nessa hora quero estar completamente mole pós-orgasmo, então é bom você começar a trabalhar, garoto.

Um rugido ecoa em seu peito enquanto ele tira a calça e a cueca e se ajeita entre minhas pernas.

— Agarre a cabeceira e segure-se. Pode ficar selvagem aqui.

Faço o que ele diz e então, com duas mãos impacientes, ele agarra meu quadril e entra em mim.

Meu Deus do céu. Eu nunca me canso da sensação dele dentro de mim. Ele grunhe e enfia até o fundo, e a sensação de estar completamente preenchida me faz suspirar forte.

— Nunca duvide de que você é a primeira e a única, Cassie. Nunca mais duvide disso.

Ethan então começa a se mover. Ele normalmente vai devagar, deixa meu prazer ir se acumulando, espera por mim. Hoje não. Quando chegarmos em casa eu sei que ele vai fazer amor comigo por horas, mas neste momento nós precisamos foder. E a julgar pela determinação de Ethan, ele pretende deixar Vanessa para trás definitivamente e reivindicar meu corpo da forma mais selvagem possível para me provar que, para ele, não há nenhuma outra mulher.

Sua intensidade me deixa sem ar.

Ele entra e sai, enterrando um pouco mais forte a cada vez, e eu me contorço embaixo dele tentando afundá-lo ainda mais em mim. Tento ficar em silêncio, mas, apesar de todos os meus esforços, meus gemidos ficam cada vez mais altos e agudos. Ethan acelera seus movimentos, e tenho que cerrar minha mandíbula com força para abafar o som. Ele ajuda, enfiando a língua em minha boca.

Eu o beijo com vontade, sem me importar com os gemidos que escapam quando ele atinge meu ponto mais sensível.

— Ethan! Meu Deus... — Estou sussurrando, mas podia muito bem estar gritando. Ethan conhece esse meu tom. O apelo choroso, desesperado. Ele coloca uma das mãos sob minha bunda para ajustar o ângulo e então eu sou uma passageira indefesa no trem desgovernado rumo ao êxtase. Jogo minha cabeça para trás e nossos quadris se encontram, uma, duas, três vezes, e, quando estou à beira do abismo, não resisto em colocar minha mão entre nós e me jogar. Só demora alguns segundos e estou gozando. O orgasmo chega e paro de respirar. Ethan agarra a cabeceira desesperadamente enquanto me arqueio sob seu corpo. Seus movimentos ficam mais rápidos, mais erráticos, até que seu corpo todo fica tenso. Ele goza, abafando um longo gemido em meu pescoço.

Ficamos ali por longos segundos cheios de prazer. Depois que as ondas do orgasmo passam, Ethan se vira e deita ao meu lado, me abraçando.

Corro os dedos por seus cabelos úmidos e suspiro.

— Sabe qual é a melhor coisa sobre isso que acabamos de fazer?

Ele me olha, ainda recuperando a respiração.

— O quê?

— Eu tenho certeza absoluta de que a Vanessa nunca teve um orgasmo como esse na vida, e mais, que ela nunca vai ter. Porque o único homem capaz de proporcionar esse tipo de experiência sexual pertence a mim.

Sua expressão muda para pura alegria enquanto ele passa os dedos no meu rosto.

— Pertence mesmo. Pra sempre e sempre.

Vendo como ele me olha agora — como sempre me olhou —, nem acredito que alguma vez duvidei dele. Ethan disse que seu coração é muito pequeno para conter todo o seu amor, mas isso está errado. Seu coração é tão grande que ocupa espaço também no meu peito. Em momentos como esse, quando ele me olha maravilhado e seus olhos brilham e queimam, consigo sentir seu coração dentro de mim, pressionando o meu, os dois batendo em perfeita sincronia.

Ethan está certo. *Primeiro amor. Último amor. E todos os amores entre um e outro*. É isso que somos um para o outro. Agora e para sempre.

Capítulo cinco
ETHAN

Quando conseguimos, por fim, voltar a respirar normalmente, nos vestimos e descemos de volta para a sala. Cassie precisou dar uma arrumada no cabelo e retocar a maquiagem para encobrir a maior parte dos danos, mas além de um chupão muito suave em meu pescoço, ninguém adivinharia que acabamos de sair de uma sessão de sexo selvagem sobre meu edredom de doze anos.

Nota mental: derramar alguma coisa no edredom antes de ir embora hoje, para que mamãe tenha que lavá-lo.

Além do sexo fantástico, estou aliviado por termos por fim resolvido o assunto Vanessa. Agora Cassie sabe exatamente onde ela está pisando em relação ao meu coração, e minha missão é nunca deixar que ela esqueça.

— Bem na hora — comenta papai, colocando pratos limpos sobre a mesa. — Sua mãe estava a ponto de enviar um grupo de busca.

— Acharam as fotos com você e Liam em *Romeu e Julieta*? — pergunta Josh, e eu posso jurar que o vejo trocar um olhar com Elissa.

— É, não, na verdade não achamos. Eu achava que elas estavam na última gaveta, mas devo ter guardado em outro lugar quando peguei meus diários.

— Com certeza — concorda Elissa com um sorriso malicioso. — Faz todo sentido.

Josh pisca para Cassie.

— Bom, se você ainda quiser ver as fotos daquele espetáculo, Elissa tem a coleção toda em casa. Quinn passava a maior parte da peça sem camisa, então ela tem muitas cópias, escondidas em vários lugares, para os momentos em que ela precisa "aliviar a tensão".

Elissa empurra Josh com o ombro.

— Se você quer viver pra ver um novo ano, Josh, sugiro que pare de falar. Agora.

Nós nos sentamos novamente e minha mãe surge com sobremesas quase imorais. Minha boca se enche de água. Mamãe não estava errada quando disse que a sobremesa era a minha refeição favorita. Se tem chocolate, creme ou *custard*, minha boca está a postos.

Meu cérebro imediatamente me lembra que eu nunca tentei misturar sexo e doces com Cassie. Deus. Isso precisa ser resolvido o mais rápido possível.

Depois de passarmos uns vinte minutos comendo nosso peso em açúcar, meu pai se levanta e segura a taça à sua frente.

— À minha querida Maggie, por sempre transformar o Natal em um momento especial. Não sei o que faríamos sem você.

— À Maggie! — brindamos. Eu me inclino e beijo minha mãe no rosto. — O jantar foi maravilhoso. Obrigado, mãe.

Ela toca meu rosto e sorri.

— Estou às ordens, querido. Você sabe.

Voltamos para a sala, onde Tribble dorme em sua cama, roncando alto, depois de ter comido uma montanha de sobras de peru. Ao seu lado, dominando a sala, está a árvore gigante que meu pai incansavelmente procurou por meia Nova York. É óbvio que, para ele, tamanho é documento. Mamãe decorou a árvore com lindos enfeites especiais e luzes piscantes.

— Certo — papai esfrega as mãos —, quem começa?

Todos os anos a família Holt segue um pequeno ritual, em que abrimos todos os presentes, um de cada vez. Entre um e outro, contam-se histórias e piadas. E meu pai tira fotos. Assim, temos 15 mil fotos para relembrar o evento.

Neste ano Josh é parte da brincadeira. Elissa dá um novo pijama do capitão Kirk para ele. Ele fica tão feliz que acho que até derrama uma lágrima.

Papai dá à mamãe um jogo de facas de chef que parece ser incrivelmente caro. Ela abraça as facas como se fossem um bebê recém-nascido.

Dou a ele o de sempre, uma garrafa de uísque *single malt*. Ele me abraça com apenas um braço, antes de me dar a biografia de Sir Lawrence Olivier. Mais um exemplo de como ele mudou. Em outros anos, era comum ele me dar uma assinatura de alguma revista de medicina.

Cassie e eu presenteamos mamãe com um relógio da Tiffany. É o tipo de luxo que ela jamais se daria, mas que ela merece muito. Mamãe chora enquanto nos abraça.

Depois de todos os outros presentes serem abertos por seus donos, falta apenas eu e Cassie trocarmos os nossos.

Dou a ela uma sacola brilhante cheia de papel de seda. É minha versão de embrulho para presente. Anos atrás, tentei embrulhar meu amado exemplar de *Vidas sem rumo*, que consegui que fosse autografado pela autora, presente de aniversário de 21 anos para Cassie. Apesar ter adorado o presente, ela passou meses rindo da minha cara por causa do embrulho.

Ela pega a sacola da minha mão e me dá um retângulo perfeitamente embrulhado. Levanto o pacote, animado.

— Uau! Um pônei? Não precisava.

Ela me dá um empurrão e sorri.

— Você é hilário. Abra seu presente, sabichão.

Rasgo o papel, e ao perceber o que estou segurando, meu peito se comprime.

— Sério? — pergunto. — Este é seu presente? Você andou me espionando? Ou é outra brincadeira?

Cassie franze a testa.

— Não. Por que você está dizendo isso?

Aponto para a sacola espalhafatosa e sorrio.

— Olhe aí dentro.

Ela abre caminho através das camadas de papel de seda até tirar dali o livro que comprei para ela. Exatamente o mesmo que estou segurando.

— Comprei faz meses — explico, enquanto ela olha sem acreditar. — Não consegui pensar em nenhum presente mais perfeito pra você.

Cassie abre um sorriso satisfeito, olhando para o irmão gêmeo de seu livro em minhas mãos.

— Grandes mentes pensam igual.

Se alguma vez eu quis uma prova concreta de que somos almas gêmeas, aqui estava. Nunca fui religioso ou mesmo muito ligado em assuntos espirituais, mas não tenho dúvida de que eu e Cassie nos conhecemos antes desta vida. E também tenho certeza de que vamos nos conhecer depois dessa vida. Em cem vidas diferentes, sempre vou encontrá-la. Ela é minha outra metade. Minha *melhor* metade.

Como foi que eu tive tanta sorte?

— Tem uma dedicatória — avisa ela, tímida, como se estivesse envergonhada que eu lesse na frente de todo mundo.

Abro o livro na folha de rosto e leio a mensagem escrita em sua letra de mão.

Ao meu querido Ethan.

Eu queria dar a você algo especial em nosso primeiro Natal juntos, e aqui está. Escolhi este livro porque, não importa o que a vida nos reserve, você sempre será o meu Romeu. Apesar de seu desprezo pelo personagem, se não fosse por essa peça, e sim, esse seu homônimo desprezível, nós poderíamos não estar aqui.

Afinal, ele ajudou no nosso primeiro beijo, no meu primeiro O (na frente da Erika, de todo mundo. Eu ainda não acredito que fizemos aquilo!) e também nas incontáveis declarações de amor shakespearianas que nos permitiram mostrar nossos verdadeiros sentimentos.

Naquele momento, Romeu me abraçava com carinho quando você tentava me afastar, e ele me mostrou o coração do homem que você era atrás de suas muralhas e de sua armadura espinhenta.

Você sempre achou que era um Romeu ruim, mas na minha cabeça você era perfeito. Eu me apaixonei por você muitas vezes naquela peça, e hoje eu me apaixono por você mais e mais a cada dia. Então, se essa é sua versão de um Romeu ruim, eu quero. Mesmo depois de tudo o que passamos, faria tudo de novo para estar exatamente onde estamos agora.

Conheço muita gente que passa a vida procurando por seu "felizes para sempre", mas não quero isso. Um final feliz significa que a nossa história acabou, e sei que isso não é verdade. Nossa história de amor épica ainda vai ter muitos volumes antes de terminar. Vai transbordar das estantes, tomar quartos e encher mais bibliotecas do que podemos contar. E todos os livros, todas as páginas, cada palavra, vão falar do meu amor infindável por você.

Obrigada por ser o meu Romeu (ruim).

Com todo o meu amor,

Sua grata (ainda que meio despedaçada) Julieta.

Engulo em seco. Ela nunca tinha escrito algo assim para mim. Suas palavras fazem meu coração acelerar, inchar e pressionar dolorosamente minhas costelas. Ergo a cabeça e ela está me olhando.

— Você gostou?

Eu a tomo pela cintura e a beijo.

— É perfeito. *Você* é perfeita.

Ela acaricia meu rosto.

— Não sou não, mas fico feliz que você ache que eu sou.

— Amo você, Cassie.

— Não tanto quanto eu amo você.

Apesar das risadinhas de Elissa e Josh ao fundo e da minha mãe fungando baixinho enquanto meu pai dá tapinhas em seu ombro, beijo Cassie de novo, vagarosa e suavemente, como se ela fosse um sonho do qual não quero acordar.

Na verdade, é isso o que significa estar apaixonado por Cassie Taylor. Estou vivendo todas as minhas fantasias com a mulher dos meus sonhos.

Eu não poderia pedir mais nada.

Quando voltamos para casa, passo algumas horas mostrando à Cassie exatamente o que ela significa para mim, e então, nus e esgotados, ficamos deitados na cama folheando nossos livros novos.

Cassie me olha e suspira.

— Você acha que se não estivéssemos os dois no elenco de *Romeu e Julieta*, ainda assim acabaríamos juntos?

Sua cabeça está em meu ombro, seu corpo colado ao meu. Enquanto falamos, seu dedo contorna o coração na capa do livro.

Eu acaricio seu braço.

— Não sei. Acho que o destino forçaria nosso encontro de alguma outra forma, mas acho que nunca vamos saber. Uma das razões pelas quais eu estava tão puto em ser o Romeu era porque sabia que, no momento em que fizesse uma cena de amor com você, eu estaria perdido. Até ali, eu podia me enganar, achando que poderia negar meus sentimentos indefinidamente. Mas depois daquele primeiro beijo atrás do palco no teatro? — Balanço a cabeça. — Fim. Arruinado. Completamente cego pra todas as outras mulheres do planeta, pra sempre.

Cassie sorri.

— Você já pensou que Erika talvez soubesse exatamente o que estava fazendo quando nos colocou juntos na peça?

Dou uma risada.

— Sempre. Aquela mulher estava sempre nos manipulando pra ficarmos íntimos, pra que encarássemos nossa ligação. O que me faz lembrar de que ainda preciso mandar a cesta de Natal dela, mando todo ano. É o mínimo que posso fazer.

Cassie passa o dedo médio em volta dos meus lábios.

— Se a minha mão profana esse sacrário, pagarei docemente o meu pecado: meu lábio, peregrino temerário, o expiara com um beijo delicado.

Enquanto recita a fala de Romeu, ela me olha como se eu tivesse o poder de fazer o mundo girar. Nunca me cansarei de tê-la me olhando assim. Nunca.

Eu me aproximo e beijo seus lábios, de leve. Cassie me beija de volta, quente e ansiosa, e não demora muito eu me afasto, atordoado e embriagado. Apesar de querer transar de novo com ela, está quase amanhecendo, e nós silenciosamente concordamos que algumas horas de sono são melhores que nenhuma.

Cassie se aconchega no meu peito, eu acaricio a lateral de seu torso. Após alguns minutos, sua respiração fica regular e seu corpo amolece.

Olho para ela dormindo como um anjo em meus braços e sorrio.

— Minha generosidade — sussurro — é sem limites, como o mar. Meu amor, profundo como ele. Quanto mais dou a você, mais eu tenho, pois os dois são infinitos.

E com isso, beijo sua testa e adormeço. Como sempre, sonho só com minha doce e inacreditável Julieta.

PARTE DOIS:
A LISTA DE SAFADEZAS

Capítulo um
É MELHOR VOCÊ TOMAR CUIDADO

26 de novembro, presente
Teatro Kodak
Los Angeles, Califórnia

Se houvesse um prêmio para lidar com a mais completa incompetência sem matar ninguém, eu deveria ganhá-lo. Normalmente, não sou uma pessoa violenta, mas a lambança épica com a qual estou tendo que lidar aqui não é normal.

— Srta. Holt! — Eu me viro e vejo Ainsly, nossa assustada assistente de produção correndo na minha direção. — Tem um carro bloqueando a plataforma de descarga e o caminhão do florista está aqui pra entregar o carregamento de arranjos para o tapete vermelho.

— Mande anunciar pelo alto-falante. Se não tirarem o carro em cinco minutos, mande guinchar.

— Entendi.

— E por que esse palco ainda não está liberado? Temos que começar os ensaios em uma hora.

—Ah, bom... eu disse para os técnicos que eles tinham que se apressar.

— E?

— Eles... humm... bom, eles riram de mim.

Claro que riram. Ela é bonita, loira e educada. Os machos descerebrados que montam os palcos claramente precisam que uma pequena megera loira os coloque em seu devido lugar.

— Tudo bem, Ainsly. Eu cuido disso. Cadê o James?

— Não sei bem. Eu o vi conversando com o assessor de imprensa sobre a ordem de entrada no tapete vermelho há mais ou menos uma hora, depois, não vi mais.

James é o novo diretor de palco assistente que contratei depois que meu melhor amigo me abandonou, e apesar da propaganda toda, eu quase não o vi nesta manhã. Não sei o que ele está fazendo, mas tenho certeza de que, o que quer que seja, não está fazendo com nem a metade da eficiência com que Josh faria.

— Certo — assinto, mentalmente acrescentando James à lista das pessoas nas quais eu quero bater. — Confira se os camarins estão arrumados, o.k.? Não podemos ter as maiores celebridades de Hollywood lidando com bagunça como gente normal.

— Sim, srta. Holt.

Deixo escapar um suspiro e esfrego os olhos, enquanto ela desaparece na multidão de gente nas coxias.

Esta noite é a estreia do concerto beneficente de celebridades em prol da dislexia, uma iniciativa da Fundação James Quinn, e não só Liam está fora do país, filmando, acredite se quiser, na Mongólia, como estou tendo que lidar com um cronograma de produção apertado em um teatro desconhecido e sem meu melhor assistente. Faz tanto tempo que eu não enfrentava esse tipo de pressão sem Josh que tinha esquecido como odeio isso tudo.

Eu mando uma mensagem rápida.

Você é o pior, Kane. Você sabe disso, certo?

E outra.

Esse povo de L.A. não me conhece o suficiente pra ter medo de mim.
Eles são ineficientes e desrespeitosos. Não. É. Legal.

Em poucos segundos, o celular vibra com uma resposta.

Então ensine-os. Você é a porra da Elissa Holt. Faça com que não esqueçam esse nome.

Reviro os olhos. Claro. Como se fosse fácil. Passei minha carreira em Nova York, construindo relacionamentos e treinando equipes. Aqui em L.A. sou só uma loirinha mandona da Broadway.

Digito mais uma mensagem.

Não acredito que você prefere estar na Austrália com Angel a se matar de trabalhar por pouco dinheiro aqui comigo. Isso me magoa, Joshua. Você prometeu que nossa amizade não ia mudar quando você saiu de Nova York. Mentiroso.

Meu celular vibra.

Para de choramingar e vai trabalhar. Todos aqueles astros mimados não vão ensaiar sozinhos.

Apesar de Josh estar morando com Angel em L.A. há algum tempo, dessa vez ele decidiu viajar com ela para a locação do filme por uns meses para eles poderem fazer carinho em coalas, ou sei lá o que, nos intervalos da filmagem. Egoísta. Justo no momento em que eu mais precisava dele.

Atravesso o palco em passadas largas, tomando cuidado para não tropeçar em pedaços de cenário ainda em construção e em barras de luz suspensas, em direção a um grupo de homens corpulentos conversando e rindo perto dos cordames.

— Senhores, preciso que este palco esteja vazio em cinco minutos.

O maior dos homens olha indiferente para mim.

— Sim, claro, lindinha. Não precisa ficar puta.

Estou paralisada. *Não, ele não disse isso.*

— O que foi que você disse?

Ele se vira e me examina com mais atenção, e dessa vez seu olhar se fixa nos meus peitos por tempo o bastante para que eu imagine como seria esfolá-lo vivo antes de queimar sua carcaça.

— Eu disse, vai ficar pronto quando ficar pronto — responde ele, com um tom irônico. — Agora vai latir pra outra pessoa, baixinha.

Armo meu sorriso mais doce para esconder a fúria mortal que sobe pela minha garganta.

— Ah, entendo. Desculpe ter incomodado. Só uma coisa, qual é seu nome, grandão?

Sua postura assume um ar de franca lubricidade.

— É Tom, linda. Tom, de Tom Cat. — Ele enfia os dedões pelos passadores do cinto de uma forma que anuncia: EU, HOMEM. TENHO PÊNIS. MULHER AGORA IMPRESSIONADA.

Rio.

— Bom, isso é ótimo. — Eu o chamo mais para perto e abaixo a voz. — Então, deixa eu explicar pra você como vai ser, *Tom Cat*. Você vai se desculpar comigo por ter sido um porco machista repugnante, depois vai colocar sua equipe pra limpar o palco. Daí, vai montar e instalar aquelas barras de iluminação em tempo recorde. Porque, se não for assim, você não só vai ser demitido e colocado na lista negra de todos os produtores teatrais que conheço, e acredite, eu conheço muitos, como também vou arrancar o seu pequeno pinto murcho e usá-lo como decoração de palco na cena final. Você está me entendendo, garotão?

Os olhos de Tom brilham de ódio, o que me dá a nítida impressão de que ele tem sérios problemas de ereção.

— Agora, espere aí, mocinha...

— *Não*, Tom, *você* fecha a sua matraca de homem das cavernas e ouve o que *eu* estou dizendo. Pra você, este teatro é o Templo Sagrado da Megera Lacradora e eu sou sua Deusa. Então, você tem três segundos pra fazer exatamente o que eu mandei ou vai encarar minha ira divina. A escolha é sua.

Ele me dá uma última olhada e se vira para seus homens.

— Vai se foder, dona.

— Como quiser.

Pelo rádio, dou uma ordem rápida para a equipe de segurança, antes de me aproximar para falar com o resto da equipe.

— Muito bem, senhores, o negócio é o seguinte. Dentro de instantes Tom vai ser expulso do teatro de um modo muito desagradável por ser uma mancha desrespeitosa e repugnante para a sociedade. Então, se vocês não quiserem se juntar a ele, minhas regras são as seguintes: vocês fazem o que eu mandar, quando eu mandar. Se não fizerem, estão fora. Se me chamarem de alguma outra coisa que não seja "srta. Holt", estão fora. E quem não se comportar como um *perfeito cavalheiro* daqui em diante, está muito, realmente muito fora. Todo mundo entendeu?

Tom solta um grunhido de desprezo e me dá um olhar condescendente.

— Eles são os *meus* caras, docinho. Se você me mandar embora, eles vão junto. Pode ter certeza.

Olho calmamente para os homens.

— Se é assim que vocês preferem, não tem problema. Vocês estão todos convidados a se juntar a Tom na fila dos desempregados. Terei uma nova equipe de montagem aqui em uma hora. A decisão é de vocês.

Sem mais nenhuma palavra, eles correm para fazer o que eu tinha mandado.

Olho para Tom com um ar triunfal.

— Ah, veja só, Tom Cat. Seus amigos decidiram trabalhar sem você. É um milagre de Natal! Mais sorte da próxima vez. Agora, dá o fora do meu teatro.

Ele dá um passo ameaçador em minha direção, e eu imediatamente meço a distância entre meu punho fechado e seu saco, enquanto calculo quanta força seria preciso aplicar para colocá-lo de joelhos. Parece que as lições de defesa pessoal que Liam me deu antes de viajar vão finalmente servir para alguma coisa.

Eu já estava me preparando para brigar, mas dois seguranças chegam e escoltam Tom até a saída. Aceno para ele animada, ignorando os xingamentos machistas que ele dirige a mim.

Lindo. Um problema resolvido, só mais algumas centenas mais para resolver.

Meu celular vibra, com uma mensagem de Liam.

> Cinco dias.

Meu corpo formiga. É meio ridículo que ele possa fazer isso comigo com algumas palavras em uma tela. Fico me perguntando se é normal eu ouvir sua voz ressoando em minha cabeça enquanto leio suas mensagens. Isso me dá arrepios.

Outra mensagem aparece.

> Só pra deixar claro, cinco dias até eu pode te ver. E te beijar. E arrancar a porra da sua roupa com os dentes, pra poder pôr minha boca em você toda. Em você TODA, Liss.

Outro arrepio. Eu realmente não tenho tempo para responder agora, mas, meu Deus, como eu queria.

Tento tirar os pensamentos obscenos da cabeça enquanto caminho para as coxias para verificar os camarins.

Liam continua escrevendo.

> Você sabe quanta saudade eu sinto de você? Porque, sério, é um inferno. Eu preciso estar com você. E dentro de você. Agora.

Eu me abano com a prancheta, repassando mentalmente a lista de verificação dos camarins. Homem maldito. Ele sabe que estou trabalhando. E que provavelmente estou nervosa. Esse é seu jeito de me distrair, e sim, está funcionando.

> Quero comer você aqui no meu trailer. Está gelado lá fora, mas aqui dentro você poderia passar o dia todo sem roupa. Eu tomaria conta de você direitinho. Você teria orgasmos quentes e frios à disposição, de manhã, de tarde e de noite.

Meu *Deus*. Não consigo me lembrar da última vez em que tive um orgasmo. Até tentei algumas vezes depois que ele viajou, mas meu corpo não quis colaborar. Meu corpo está de luto pela ausência do Liam, com a paixão de uma viúva italiana.

Você quer que eu faça você gozar, Liss? Porque eu faço. Uma, duas, muitas vezes. Até você desmaiar.

Meu rosto está queimando quando chego ao último camarim. Para ser honesta, o maldito camarim podia estar cheio de lixo tóxico e ter um jukebox só com músicas do Billy Ray Cyrus e eu não teria notado. Não consigo parar de imaginar Liam me fazendo gozar.

Outra mensagem:

Como você prefere que eu faça? Com a boca? Minhas mãos? Meu pau? Meu pau está morrendo de saudade de você.

— Srta. Holt? — Eu me viro e vejo Ainsly me olhando com um ar preocupado. — Você está bem? Você está muito vermelha.

Volto a respirar.

— Estou bem. Continue cuidando das exigências dos atores, o.k? Este camarim tinha que ter... — Meu celular vibra novamente.

Meu pau quer que você o chupe. E o lamba. E sente nele. Ele está doendo de vontade. Meu corpo todo está doendo de vontade. Quero ficar cercado de você, Liss. Apertada e quente e...

— Srta. Holt?

— Hã...? — Pisco e obrigo meus olhos a se desgrudarem do celular e conferir a lista na minha prancheta. Minha visão está embaçada e meu cérebro se enche de imagens mentais do meu noivo gostoso ao extremo, nu, duro e me agarrando de formas que fazem minha pernas esquecerem que têm ossos.

— Srta. Holt? Você estava dizendo o que devo providenciar.

— Ah... sim. Sim. Uma máquina de café espresso. E uma tigela de M&M's sem nenhum M&M's verde.

— Certo. Vou ver isso. Posso trazer uma água pra você? Alguma coisa pra comer, talvez? Você não parece bem.

Ela não está errada. Estou doente de amor. E com síndrome de abstinência de Liam. E com deficiência de orgasmos. Nada disso é saudável.

— Você tem razão, Ainsly, vou comer um sanduíche e volto em cinco minutos, tudo bem? Continue arrumando esses camarins.

— Pode ir, estarei aqui.

Volto correndo para minha sala. É bem verdade que tenho um sanduíche na bolsa, mas a fome que tenho não é de comida. Entro, tranco a porta e me encosto nela. Meus dedos tremem enquanto digito o nome de Liam no FaceTime.

Em segundos, ele aparece na tela.

Meu Jesus, ele está sem camisa. Devia ser proibido ser tão gato.

Nunca vou me acostumar à visão do peito nu de Liam. Pior, o papel dele requer cabelos compridos, então ele está usando apliques e tranças que o fazem ficar parecido com um Deus Viking do Tesão Extremo.

Demoro alguns momentos para me adaptar ao acesso de tontura que me assalta quando o vejo.

— Ei.

Conheço essa voz. É a voz que indica que ele está tão excitado que mal consegue falar.

— Você está me matando, Quinn. Você sabe disso, né?

Ele se aproxima da câmera.

— Não consigo evitar. Você está linda, aliás. Tire a blusa.

— Liam, está tudo um caos aqui. Eu não tenho tempo pra...

— *Agora*, Elissa.

Meu Deus. Não consigo discutir quando ele dá ordens assim. Isso me dá muito tesão.

Levanto rapidamente a blusa e mostro meu sutiã preto básico.

— Caralho, isso. — Ele lambe os lábios. — Você não teria tempo pra um striptease rápido, teria? Ou, melhor ainda, pra um lento?

— Infelizmente, não. — Ele faz uma cara de tristeza ao me ver abaixar a blusa. — Mas só pra saber, você está sem roupa?

Liam sorri e se levanta para me mostrar uma calça de couro toda trabalhada, manchada de sangue falso e enfeitada com pelos.

— Não. Estou descansando com minha elegante e barata calça de matar gente. Ela é surpreendentemente confortável.

Por mais estranho que isso seja, meu homem loiro de olhos azuis está fazendo o papel de Genghis Khan em uma superprodução tão milionária quanto historicamente incorreta.

Ahhh, Hollywood e sua mania de escalar atores brancos para personagens de outras raças, desde sempre.

A única razão pela qual Liam nem sequer cogitou não aceitar o papel foi o fato de o diretor ser James Cameron, que ele idolatra. Eu nunca tinha visto o lado fã de Liam, mas no dia em que Cameron ligou para convidá-lo para participar do filme, ele ficou extremamente vermelho. Foi adorável e sensual ao mesmo tempo.

— Você fica muito sexy nessa calça, sr. Quinn — comento com um sorriso afetado. — Ela faz seu "pacote" parecer ainda mais épico do que já é.

Ele se senta e ergue a sobrancelha.

— Você gosta de uma calça de couro, né? Bom, se você pedir com jeitinho, posso até tirá-la pra você.

Cara, como eu queria.

— Você não faz ideia como eu queria, agora mesmo, mas já estou atrasada. Ver você sem roupa só vai fazer eu me concentrar ainda mais no quanto eu estou com saudades.

Ele se aproxima, e, mesmo com a imagem ruim da transmissão via internet, vejo a saudade em seus olhos.

— Liss, eu sinto tanto a sua falta que não consigo nem ver direito. Estou ficando louco aqui. É como se eu estivesse com uma febre estranha e pegajosa, e a única cura fosse estar de novo perto de você. — Ele fala mais baixo agora. — Preciso de você. Estou quase esquecendo de como é te tocar.

— Eu sei. Mas a espera está quase no fim, né? Daí, vamos ter quatro semanas de pura alegria juntos. Nada de teatro. Nada de cinema. Nada de publicidade. Só eu e você.

Ele sorri.

— É só o que me faz acordar de manhã. Mal posso esperar.

— Alguma hora você vai me dizer pra onde vamos?

— Não. Mas acredite em mim quando digo que você vai adorar.

— Mas como vou saber o que levar, sem saber pra onde vamos?

Ele dá uma gargalhada maligna.

— Desde que você vá, dane-se o resto. E você nem vai precisar de roupas. Pretendo manter você sem elas o tempo todo.

Eu me jogo na cadeira da minha mesa.

— Sim, por favor. Sem roupas. Você. Um pouco de comida e água pra manter as energias. É só o que eu preciso.

Alguém bate na porta, e ouço a voz de James.

— Ah, ei, Elissa. É... acho que você precisa vir aqui falar com o projetista de luz. Todo o sistema de controle de iluminação deu pau. Um pico de tensão ou coisa assim.

Engulo um grunhido de frustração.

— Você tem o backup do sistema, James. Resolva isso.

— Ah, sim, sobre isso. Esqueci de fazer o backup. Você tem a lista de entradas? Vamos precisar programar tudo de novo.

Trinco os dentes.

— Estou indo.

Ouço passos se afastando da porta e retorno ao celular.

— Preciso ir. Nenhum descanso para os amaldiçoados.

Dá para notar o desapontamento na cara dele.

— Sinto muito não estar aí pra ajudar, mas o espetáculo está em boas mãos. Você vai arrasar. E quando eu voltar, vou agradecer mostrando a você tudo o que eu fantasiei nesses três longos meses. Prepare-se.

— Bom, agora estou intrigada.

Mesmo através da tela, a intensidade do seu olhar me deixa arrepiada.

— Bom. Porque nem tudo que tenho planejado pra você é suave.

Meu corpo todo vibra de ansiedade.

— Você só provoca.

— Provocar está na minha lista. E acredite quando eu digo que, apesar de adorar você mais que qualquer outra coisa no mundo, vou gostar de te ouvir implorar.

Alguém mais bate na porta.

— Srta. Holt? Sou eu, Ainsly. Temos um problema com o tapete vermelho e Hugh Jackman está aqui pra uma reunião sobre suas tarefas como apresentador. — Ela faz uma pausa. — Ah... e o pessoal da assessoria do George Clooney ligou, ele vai se atrasar uma hora, então precisamos passar a participação dele pra mais tarde. E tem alguém aqui que quer ver você e não me diz quem é, mas fica me dizendo o que fazer.

— Merda. — Minha cabeça fervilha. — Tá bom, Ainsly. Estou indo. — Dou uma última olhada em Liam. Seu rosto está tão próximo da tela que dá vontade de fazer carinho. — Desculpa.

— Vá — insiste ele. — Conversamos amanhã.

— Certo. Eu te amo.

Liam dá o mesmo sorriso melancólico que aparece sempre quando digo essas palavras a ele.

— Eu te amo mais. O show vai ser fantástico. Tchau.

Desligo e solto um suspiro, afasto o cabelo do rosto e escancaro a porta. O burburinho atrás do palco parece ter acelerado o ritmo, e quando me aproximo, fico satisfeita em ver que o caos acabou e o cenário está quase pronto.

— Graças a Deus.

James passa por mim e eu o pego pelo braço.

— Ei. Como estamos com a iluminação?

Ele está um pouco vermelho.

— Ah, está tudo bem. Um cara apareceu e conseguiu recuperar todas as entradas.

— Um cara?

— Sim. Cabelo castanho. Óculos. Meio mandão.

Congelo ao ouvir uma voz familiar atrás de mim.

— Cara, eu te deixo sozinha por cinco segundos e tudo vira uma merda. Graças a Deus eu fiquei com pena e peguei um voo direto de Sydney ontem de manhã. Sinta-se à vontade pra demonstrar sua gratidão. Eu espero.

Eu me viro e tenho a mais maravilhosa e inesperada surpresa. Josh está ali, mochila na mão e um sorriso irônico na cara. Exceto por Liam, acho que nunca fiquei tão grata por ver alguém de novo.

Corro para ele e o abraço. Ele solta a mochila e me envolve em um abraço apertado e, porra, ter Josh aqui é tão reconfortante que fico emocionada como uma pessoa normal, não como a gerente mandona que passei anos aprendendo a ser.

Pare, Elissa. Você não pode chorar na frente da equipe. Você conseguiu fazer eles sentirem a quantidade perfeita de medo de você. Não estrague tudo.

Respiro, trêmula, e seguro as lágrimas enquanto Josh me aperta em seus braços.

— Sentiu saudades de mim, é?

— Você não sabe o quanto.

— Sim, bom, mas do jeito que você está quase quebrando minhas costelas neste momento me dá uma ideia. Seja gentil com seu melhor amigo, por favor. Ele é uma flor preciosa e delicada, que por acaso vive no corpo de um deus hipster de vinte e poucos anos.

— Então, quando você mandou aquelas mensagens...?

— Eu estava em um táxi, saindo do aeroporto. Eu sabia que esse trabalho ia ser um pesadelo sem mim. Além do mais, Angel está ocupada filmando, então eu não tinha nada melhor pra fazer do que voltar pra cá e salvar a sua vida.

Solto uma risada irônica.

— Não se engane, Josh. Eu poderia ter cuidado disso sozinha, mas ainda assim estou feliz por você estar aqui. Suspeito que você voltou correndo porque não se aguentou de saudade de mim, além de ter ficado entediado de ser o assistente pessoal da Angel. Estou certa?

— Loucura. Você sabe como adoro fazer café e anotar recados. É a minha razão de viver. — Ele me solta e me examina. — Angel manda beijos, aliás. Ela sente muita saudade de você.

— Eu também. — Nem acredito que sinto tanta falta dela. Considero Angel tanto uma irmã quanto Cassie. E apesar de ser difícil ficar tantos meses sem vê-la, dá para notar que ficar longe dela já está afetando meu amigo. — Josh...

Ele dá um passo para trás e me dispensa.

— Certo, certo, chega de conversa. Só me passa todas as informações que eu preciso pra botar o espetáculo em pé. Estamos perdendo tempo aqui.

Sorrio e passo minha prancheta para ele.

— Vai fundo, querido.

Neste instante, James passa perto de nós e Josh o intercepta.

— Ei, você, garotão. Passe seus fones pra cá.

— O quê? Por quê? — James está espantado.

— Porque — Josh dá um tapinha nas costas do outro — você não conseguiu chegar nem perto de preencher o imenso vazio que eu deixei. Então, passe pra cá todos os aparelhos e vá ajudar Ainsly a arrumar os camarins. Daqui a pouco vamos ser consumidos por egos de celebridades e agentes intrometidos, e vou precisar de você a postos ao meu lado.

James olha para mim, confuso.

— Quem é esse cara?

Sorrio.

— Ele é quem você deveria querer ser, se quer ser alguém nesse negócio. Agora, faz o que ele mandou e se mexe.

James fica tão vermelho quanto um pimentão, passa o fone e o intercomunicador para Josh e corre para a coxia.

Josh enfia a prancheta sob o braço, coloca os fones e prende o intercomunicador no cinto.

— Você pensou mesmo que aquele babaca podia me substituir? Acho que seus delírios pioraram desde que eu viajei.

— Ele foi muito bem-recomendado.

— Por favor. Olha aquele corte de cabelo desgrenhado ridículo e os óculos Dolce & Gabbana. Ele parece um idiota.

— Josh, ele parece com você. Acho que só isso foi metade das razões pelas quais eu contratei ele.

Ele me dá um sorriso sarcástico.

— Você está louca. Ele é um nerd.

— E você é...?

— Eu sou um nerd *gostoso*. Tem uma grande diferença.

— Claro. Como não pensei nisso.

Ele pega sua mochila e se endireita.

— O.k., temos um show pra ensaiar, vamos foder essa ovelha.

— Hã?

— Ah, sim, conheci alguns neozelandeses em Sidney. Eles me ensinaram essa nova expressão.

— Ótimo. Vamos.

Depois de deixar a mochila de Josh na minha sala, vamos para o camarim de Hugh Jackman.

— Nossa primeira tarefa é brifar nosso ilustre apresentador.

Josh tenta esconder a animação.

— Legal. Devo dizer pra ele que estou usando minha cueca de Wolverine em sua homenagem?

— De jeito nenhum.

— Desmancha-prazeres.

— Outra coisa, não diga nada sobre foder ovelhas.

Ele suprime um sorriso.

— Sem referências à vida sexual na fazenda, também? Uau. Parece que você ficou chique depois que eu parti. — Ele faz uma pausa, depois completa: — Eu já disse que estava morrendo de saudades de você?

— Sim, sim. Chega de babação. Está ficando vergonhoso.

Enquanto subimos a escada em direção aos camarins principais, toda a minha ansiedade sobre o show desaparece. Esse pode até ser um dos maiores e mais complexos shows que já montei em um teatro desconhecido com uma equipe inexperiente, mas se Josh estiver comigo, vai ser um passeio no parque.

A Batman dos Bastidores e seu Robin vão cuidar disso.

Capítulo dois
É MELHOR VOCÊ NÃO CHORAR

27 de novembro
Casa de Liam Quinn
Los Angeles, Califórnia

Na manhã seguinte, acordo com a cabeça latejando. Tento fazê-la parar me agarrando ao travesseiro. Como se isso tivesse funcionado alguma vez.

É minha culpa mesmo. Tomei champanhe demais na festa de ontem, depois do show, e agora estou pagando o preço. Pelo menos tenho o dia todo de folga antes de voar de volta pra Nova York.

Eu me estico na cama e suspiro. É impressionante como posso me espalhar toda na imensa cama do Liam sem nem tocar as bordas. Já trabalhei em teatros menores do que essa aberração.

Fico hospeda na casa de Liam em Hollywood Hills enquanto estou em L.A. Apesar de seu apartamento em Nova York ser imenso para os padrões de Manhattan, ainda assim tem apenas três quartos e quatro banheiros. Essa monstruosidade extravagante tem oito quartos, dez banheiros e a melhor vista de L.A. que eu já vi da piscina de borda infinita.

A melhor coisa desta casa? A geladeira só de queijos na cozinha. Tive um imenso queijorgasmo ao constatar que Liam a tinha enchido com os meus favoritos. Se eu ainda tinha alguma dúvida sobre o que ele sente por mim, aquela geladeira de queijos acabou com elas. Só um homem completamente apaixonado compra tanto *fromage* especial para sua mulher.

Viro de costas e me estico. Acho que vou fazer macarrão com queijo para o café da manhã. É a única comida que meu estômago aceita durante minhas ressacas.

— Bom dia, linda.

O quê...?

Abro os olhos e me viro para ver Liam olhando para mim do meu laptop, que está aberto sobre um travesseiro. Ele também está deitado na cama, a cabeça apoiada no braço dobrado, fazendo seu bíceps saltar.

De repente, estou completamente acordada.

— Oi pra você também, homem sexy. Que horas são aí?

Ele olha para o relógio na mesinha.

— Quase onze da noite. Preciso sair daqui a pouco. Nós vamos filmar ao amanhecer, meu motorista vai vir me pegar daqui a meia hora. Só queria passar um tempo com você antes de ir.

— Hummm, sinto muita falta de acordar com você, mesmo esse você digital. Odeio seus horários de filmagem.

— Eu também.

Eu me arrumo na cama para vê-lo melhor.

— Tenho essa vaga lembrança de ter caído no sono enquanto a gente estava na nossa sessão sexy de Skype ontem à noite. Não é verdade, né? Só pode ter sido um pesadelo.

— Engano seu. Eu estava dizendo um monte de incríveis obscenidades. Aí, você simplesmente pôs a cabeça no travesseiro e começou a roncar. Sua mão ainda estava dentro da calcinha, pelo amor de Deus. É óbvio que você não sente mais atração por mim. — Ele põe a mão no peito, como se estivesse com dor. — Mas, tudo bem. Eu sabia que esse dia chegaria, só não achei que fosse acontecer tão rápido. Bom, foi bom enquanto durou. Você pode ficar com o apartamento, mas se eu não tiver a custódia compartilhada do queijo, vou à Justiça.

— Ah! Você só pode estar delirando se acha que vai ficar com o queijo sem uma boa briga, meu caro. E devo lembrá-lo que da última vez que visitamos seus pais, roubei algumas fotos suas do colégio com um cabelo que lembra muito um *mullet*. Se você me irritar, mando aquela merda pra TMZ sem pensar duas vezes.

Ele dá um tapa na cama.

— Maldição, mulher! Você realmente quer colocar nossos lindos e frágeis queijos no meio dessa sujeira toda? Eles vão ficar traumatizados pelo resto da vida!

— Tá. Vou me livrar da foto. Mas estou fazendo isso pelo queijo, seu babaca. Não por você.

Sua expressão sombria me arrepia inteira.

— Melhor assim, sua megera. Mas isso vai pra sua lista de safadezas.

Tento não rir.

— Lista de safadezas?

— Sim. É uma lista com todas as suas infrações, e está ficando bem grande.

— E que tipo de infração vai pra lista?

— Várias coisas. Discordar de mim. Desobedecer minhas ordens. Estar a milhares de quilômetros de distância, onde não posso tocar em você. Ser bonita a ponto de fazer meu peito doer. Olhar pra mim como você está olhando neste exato momento, quando sabe muito bem que isso vai me fazer ficar de pau duro. O de sempre.

— Entendo. E você está fazendo a lista para...?

— Pra saber depois exatamente quanto vou precisar te punir.

— E vou gostar da punição?

— Se eu deixar você gostar, você vai. Então, olhe onde pisa, ou vou transformar a sua vida em um inferno. Nenhum orgasmo pra você!

Sorrio e abraço o travesseiro. Meu Deus, ele fica tão sexy quando finge estar bravo. Por que será que acho isso tão excitante?

— Bom, se ajudar, sinto muito ter dormido. Você sabe como fico sonolenta depois que bebo. Na verdade, cochilei no táxi na volta da festa. Se Josh não estivesse lá pra ajudar a me carregar pra dentro, nosso gentil taxista russo, que cheirava a vodca e repolho, provavelmente ainda estaria passeando comigo por Hollywood e ganhando a melhor corrida da sua vida.

— Espere aí, volta um pouco. Josh está aí?

— Sim, não contei pra você ontem à noite?

— Não. Você resmungou alguma coisa sobre como o show tinha sido fantástico e como você tinha conseguido 8 milhões de dólares em doações para a fundação, o que, aliás, foi incrível. Daí você ficou toda safada e me mandou tirar a roupa. Não foi um grande espetáculo, porque eu já estava só de cueca, mas ainda assim você pareceu ter gostado.

— Ah, sim. Gostei mesmo. — Ver Liam tirando a roupa é uma das coisas que mais gosto no mundo, mesmo que eu esteja meio dormindo.

— Achei que Josh estava na Austrália com Angel.

— Estava, mas voltou pra me ajudar.

Liam sorri.

— Sério? Que bom. Eu me sinto péssimo por deixar você sozinha, mas saber que Josh estava aí pra resolver parte do trabalho faz eu me sentir menos canalha, inútil e ausente. Ele vai voltar pra Nova York com você?

— Sim. A mãe dele o fez se sentir culpado, então ele vai ficar lá até o Ano-Novo.

— Bom, se ele precisar dar um tempo de mamãe e papai Kane, ele pode sempre ficar lá em casa. Eu me sentiria melhor sabendo que alguém vai ficar tomando conta do apartamento quando você viajar. — Liam faz uma pausa. — Por falar em viajar... — diz ele, se aproximando da tela. — Quatro dias, Liss. Quatro interminavelmente longos dias até estarmos juntos.

— Você pode pelo menos me dar uma pista de pra onde vamos?

— Tá bom, uma pista. Leve roupa de banho.

Sento com os joelhos encostados no peito.

— Sério? Tem uma nevasca em Nova York neste momento e mesmo aqui em L.A. está bem gelado.

Liam ergue a sobrancelha.

— Então, acho que você pode tirar L.A. e Nova York da lista de possíveis destinos, não?

Maldito homem que sabe guardar um segredo.

— Quer dizer que vai estar quente no lugar pra onde vamos?

— De muitas maneiras. Falando nisso, quero que você leve uma mala inteira de lingerie. Quanto mais sexy, melhor.

Dou uma gargalhada.

— Claro. Vou providenciar imediatamente.

Liam se aproxima pra falar mais baixo.

— Não estou brincando, Elissa. Vá fazer compras. Use o cartão de crédito que eu te dei. Não se preocupe com o preço. Quero ter a maior quantidade de opções possíveis pra poder escolher.

— Liam... — Dou um suspiro. — Não entendo nada de lingerie. Nunca usei nada mais complicado que sutiãs e calcinhas pretas e brancas simples.

— Eu sei. E apesar de serem inacreditavelmente excitantes, quero ver você em alguma coisa diferente. Sinta-se à vontade pra ser criativa. Quero que você me torture com sua sensualidade. — Seu olhar desce até o ponto onde a sombra dos meus mamilos aparece sob a camisa social branca que eu coloquei pra dormir. — Bom, mais do que você já faz, de qualquer jeito. Essa camisa fica mil vezes melhor em você do que em mim.

— Eu respeitosamente discordo, mas gosto que ela tenha o seu cheiro.

— Fico feliz que você se sinta confortável usando uma camisa de oitocentos dólares pra dormir. — Liam engole em seco e solta o ar. — Mas, meu Deus, eu queria estar aí pra arrancá-la do seu corpo.

Eu me sento e abro vagarosamente o primeiro botão da camisa.

— Por que rasgar? Posso tirar a camisa, se você pedir com educação.

Liam senta e molha os lábios.

— Caralho, sim. Tira. Agora.

— Mas você não pediu “por favor”. — Brinco com o segundo botão.

— Elissa... — sua voz está baixa, em tom de aviso — ... a menos que você queira que eu coloque outra infração na lista, sugiro enfaticamente que você tire essa porra dessa camisa o mais rápido possível.

Dou meu sorriso mais provocante para ele enquanto acabo de lidar com os botões. Então, fico de joelhos e me asseguro de que estou na melhor posição possível em relação à câmera antes de abrir a camisa e dar a ele a visão completa dos meus peitos nus.

Liam solta um grunhido e seus dedos se enrolam no lençol à sua frente.

— Talvez eu deva repensar todo esse plano da lingerie. Se você faz isso comigo só com uma camisa masculina e uma simples calcinha branca, ver você em uma coisa projetada pra fazer os homens perderem a cabeça pode até me matar. Meu pau nunca esteve tão duro.

— *Quid pro quo*, sr. Quinn. Você vai precisar mostrar algo também — rebato, minha voz denunciando o quanto sua excitação me entusiasma. — Me dá alguma prova.

Com um olhar malicioso, ele ajusta o ângulo da câmera e tira o lençol da frente, exibindo exatamente o quão nu e duro ele está.

Ah. Uau.

Meu Deus, o pau dele é incrível. Grande, grosso e duro, apontando para a sua barriga definida. Apesar de adorar ver o efeito que causo nele, fico com pena. Seu pau parece apertado e inchado, deve ser dolorido. O que não impede meu corpo de ir de zero a *eu-preciso-dele-dentro-de-mim-agora* em menos de dois segundos.

— Está vendo o que você me faz? — pergunta Liam. — Preciso de ajuda, Elissa, porque me tocar não está nem no mesmo universo que ter você me tocando. Quase não vale nem mais a pena.

Sento de volta na cama.

— Sei o que você quer dizer. Desisti também. Outro dia, tentei por tanto tempo que chegou a me dar cãibra.

Liam aponta a câmera de volta para seu rosto.

— Espera lá. Sua *mão*?

— Sim. Você estava achando que eu uso alguma outra parte do corpo pra me masturbar?

Ele parece confuso.

— Não, mas vocês, mulheres, normalmente não têm certos... aparelhos pra ajudar na tarefa?

— Aparelhos? Vibradores, você quer dizer?

— Bom, sim. — Ele parece tão envergonhado em falar no assunto que eu quase começo a rir.

— Sinto informá-lo, mas nunca tive um desses.

— Por que não?

— Não sei. Na faculdade, Cassie e Ruby tentaram me arrastar até uma sex shop, mas eu não estava interessada. Talvez tenha sido um erro, porque as duas compraram uns vibradores fantásticos e ficaram se gabando pelos dois anos seguintes. Segundo elas, Buzz e Woody levavam elas às nuvens.

Liam tenta não sorrir.

— Buzz e Woody? Sério?

— Sim. Eles eram os personagens principais em *Sex Toy Story*, um emocionante conto em alto-relevo para o prazer feminino.

Ele dá uma gargalhada.

— Aposto que sim. Você nunca usou um?

— Não, mas não acho que tenha perdido grande coisa. Tipo, minha mão pode ser primitiva, mas tem muito talento.

— Ah, eu sei, acredite em mim.

— Não é? E agora que tenho *O Homem Mais Sexy do Mundo,* segundo a revista *People* à minha disposição, pra me comer no minuto que eu quiser, não preciso de mais nada, preciso?

Soa um alerta de mensagem e ele procura na cama até encontrar seu celular e olhar para a tela.

— Merda. Meu motorista vai chegar em quinze minutos. Melhor eu entrar no banho e tentar fazer meu pau se acalmar antes disso, ou ele pode ficar com a impressão de que estou feliz demais em vê-lo. — Ele olha para mim. — Falamos amanhã?

— Claro.

Ele suspira.

— Quatro dias, amor. Lembre-se disso.

— Sempre.

Nós trocamos um “eu te amo” e desligamos. Então, ele desaparece da tela, eu abotoo a camisa e deito de novo na cama.

Quatro dias. Posso sobreviver até lá. Sem nenhum problema.

Meu corpo grita que sou uma mentirosa, mas acho que se eu ignorá-lo, esse desejo dentro de mim talvez vá embora sozinho.

Estou pensando em tomar um banho frio quando ouço uma batida na porta do quarto.

— Ei. Você já terminou sua conversa sexual nojenta com Quinn?

Puxo o lençol, cobrindo minhas pernas, e sorrio.

— Sim. Pode entrar.

Josh entra e, com um grunhido cansado, se joga na cama ao meu lado.

— Por favor, diga que você tem algum remédio pra dor de cabeça.

Pego uns comprimidos e a garrafa de água na mesinha de cabeceira e entrego a ele.

— Divirta-se.

— Obrigado. Levando em consideração que essa ressaca é culpa sua, o mínimo que você pode fazer é cuidar de mim.

— Ei, eu disse pra você parar de beber depois da sétima cerveja. Não é minha culpa que você não tenha me ouvido.

Josh pega duas pílulas e abre a água.

— Não me lembro disso. Eu me lembro, entretanto, de Miley Cyrus me tocando de formas estranhas e inapropriadas enquanto você não conseguia parar de rir.

— Você não pode me culpar, a sua expressão estava muito engraçada. Você ficava gritando que Angel Bell era sua namorada e que por isso você não estava disponível, o que só fazia Miley te querer ainda mais.

Ele assente, joga as pílulas na boca e toma um gole de água.

— Às vezes, ser tão atraente é uma maldição.

— Eu não saberia dizer.

Josh ri.

— Claro que não. Você é horrenda. Não tenho a menor ideia do que Quinn viu em você. Aliás, como ele está? Continua alto e lindo?

— Sim, mas ele parece exausto. Acho que ele está até mais ansioso por essas férias do que eu.

— Aposto que sim. Ainda não acredito que você está deixando ele organizar tudo. Eu me lembro de quando tentei planejar uma festa surpresa pro seu aniversário de dezesseis anos. No instante em que você descobriu, assumiu o controle.

— Bom, claro, mas foi só porque você estava fazendo tudo errado.

— Em outras palavras, eu estava fazendo diferente do que você faria.

— Minha definição de *errado*, sim.

— Aham.

Dou um soco em seu braço.

— Se você parar de me encher o saco por cinco segundos, pode ser que eu faça macarrão com queijo de café da manhã. Quer?

Seu rosto se ilumina.

— Deus, sim. Faz semanas que eu não como carboidratos. Angel acha que eles são obra do diabo. Encha minha boca de massa, imediatamente!

Meia hora depois, estamos sentados no banco da cozinha, entupindo nossas bocas de uma delícia cremosa de queijo. O interfone toca e aperto o botão para a câmera do portão principal. Vejo um homem com a cabeça para fora de uma perua de entrega.

— Olá?

— Entrega para Elissa Holt.

— Ah. Certo, entre. — Aperto o botão para abrir o portão, pego algum dinheiro na bolsa e dou para Josh. — Você pode receber a encomenda e dar a gorjeta para ele? Pra atender, vou ter que vestir uma calça, e eu não preciso desse tipo de negatividade na vida neste momento.

— Claro. — Josh pega o dinheiro. — Já que você fez o café da manhã, o mínimo que posso fazer é ajudar a manter suas pernas nuas. — Ele olha em volta. — Agora, se você puder me dar um mapa que me mostre onde é a porta da frente, eu posso ir.

Sorrio e aponto para o corredor.

— Vá naquela direção por alguns quilômetros, então vire à esquerda. Se você chegar ao boliche, é porque foi longe demais.

Josh ri.

— Muito engraçado. — Seu sorriso desaparece ao notar minha expressão. — Você não está brincando, né? Quinn tem um maldito boliche neste lugar?

— Sim. E um cinema. E um quarto inteiro só pra embrulhar presentes.

— Quê?! Ele gosta muito de dar presentes, é isso?

— Esta casa era de um produtor de TV cuja esposa era a quintessência da dona de casa de Hollywood. Há também um quarto imenso onde ela costumava guardar sua numerosa coleção de bolsas de grife, mas Liam converteu esse cômodo em uma academia.

— É mesmo? Então agora as bolsas ficaram sem um lar? Trágico. Pelo menos ele pode embrulhar presentes até cansar.

— Não ria. Os donos anteriores só se mudaram porque decidiram que esta casa não era grande o suficiente. Eles acabaram indo pra uma McMansão ainda mais ridícula, que tem *três* quartos pra embrulhar presentes.

— Tudo bem, agora você está inventando coisas só pra me irritar.

— De jeito nenhum. É tudo verdade.

Josh faz um som de nojo.

— Quando eu acho que os ricos não têm como ser mais estranhos... — Ele sai em direção à sala. — Já volto. Talvez. Se você não tiver notícias minhas em algumas horas, mande uma equipe de busca.

Na verdade, ele só demorou cinco minutos. Ao voltar, trazia uma imensa cesta de presente envolta em papel de seda de bolinhas, com um enorme arco vermelho por cima.

— É só um pressentimento — diz Josh —, mas acho que é um pendrive cheio de músicas. — Ele coloca o pacote na bancada e me passa um pequeno envelope. — Isso veio junto.

Eu apanho o cartão.

Querida Liss,

Agora você pode descobrir o motivo de todo aquele entusiasmo. Vou querer um relatório completo, o.k.?

Divirta-se.

Com amor, Liam.

P.S.: Traga tudo para a viagem. Eu vou querer ver o que você aprendeu.

— Do Quinn, imagino? — pergunta Josh, tentando ler sobre o meu ombro.

— Ah... sim.

— Então, vem, vamos abrir — diz ele, começando a rasgar o papel. — Vamos ver o que ele mandou. Talvez seja um filhote de cachorro.

— Josh, espera...

Antes que eu pudesse terminar a frase, o papel cai e revela uma quantidade impressionante de brinquedos sexuais diferentes, incluindo uma dúzia de vibradores de vários tamanhos e formatos, uma coisa que parece um arco de cabelo de borboleta e um monte de pornô na forma de filmes e revistas.

Josh arregala os olhos quando vê um pênis de silicone particularmente grande e realista.

— Que porra é essa?! — Ele cobre o rosto e se afasta. — Meu olhos! Meus pobres e inocentes olhos!

Dou uma risada e pego um dos filmes.

— Bom, esse é seu castigo por abrir o presente dos outros, seu enxerido.

Josh olha por entre os dedos.

— Qual é o problema do seu homem, Elissa? A maioria dos caras manda flores ou chocolate. Talvez joias, se eles estão querendo um boquete. Mas o Quinn precisa mandar metade da sex shop? Ele não tem nenhum respeito pela minha sensibilidade delicada?

— Acho que ele não esperava que você visse isso.

— Claro que não. Tarado.

— Quer dizer que você nunca mandou um pau de borracha gigante para a Angel? Eca. Que namorado horrível.

Josh cruza os braços e me encara.

— Você acha que eu sou trouxa? Por que eu daria pra ela uma coisa tão, tão *grande*, e que pode fazer coisas que nenhum pênis natural faria?

— Como o quê?

Ele pega um dos vibradores.

— Dá uma boa olhada nisso. — Ele aperta um botão, e a ponta da coisa começa a rodar em uma direção, enquanto o corpo roda na direção oposta. O mastro todo zumbe, vibrando fortemente. — Você viu? Nenhum homem pode competir com isso. Este negócio pode alcançar zonas erógenas que os cientistas ainda nem descobriram.

— Devo perguntar como você sabe disso?

Ele desliga o vibrador e joga no balcão.

— Uma das garotas com que eu costumava sair sempre queria terminar com uma dessas porcarias, independente de quantas maravilhas ela tivesse experimentado com o Magic Mike aqui. Acho que um pênis normal não servia para ela. Era humilhante. Quinn não tem ideia, ele corre o risco de ser a segunda opção da sua vagina pra sempre.

Rio alto, porque, sério, duvido que Liam alguma vez vá experimentar qualquer tipo de competição no que diz respeito à minha vagina, mas ainda que Josh e eu sejamos muito próximos, acho que dizer isso em voz alta agora não vai ajudar.

Josh coça a nuca e olha em volta.

— Então, agora que nós já terminamos mais essa sessão de excesso de informação compartilhada na nossa longa e gloriosa amizade, podemos fazer alguma coisa divertida? Quer jogar boliche?

Penso no assunto por um segundo.

— Depende. Tenho que vestir uma calça?

— Não, mas fique avisada, você pode querer alguma proteção extra quando eu passar *por cima de você*.

— Vai sonhando, Josh, vai sonhando.

De repente, ele dá um salto e uma palmada em minha bunda, forte. Daí, sai correndo em direção ao boliche, rindo como um idiota.

Pego o maior pênis de borracha da cesta de presentes e corro atrás dele.

Ah, o jogo COMEÇOU.

Capítulo três
MELHOR NÃO FAZER CARA FEIA

30 de novembro, presente
Casa de Charles e Maggie Holt
Nova York

— Ethan, por favor!

— Não.

— Sério? Sua irmãzinha diz que precisa da sua ajuda e você diz não? Que tipo de monstro é você?

— O tipo de monstro que não vai mais falar sobre esse assunto. Pede pra Cassie.

— Eu pedi! Ela me mandou falar com você, já que você é o especialista. Ela é só o manequim.

Meu irmão me ignora e continua abrindo caixas de enfeites de Natal para a festa anual de decoração da árvore da família Holt. Bom, não é exatamente uma festa, é todos nós lutando para colocar a maior quantidade de enfeites possível na árvore gigante que papai enfiou na sala. Então todos voltamos para nossas casas e mamãe vai tirar os enfeites e redecorar a árvore com uma precisão matemática. Deus nos acuda se a distribuição da fita dourada estiver vagamente irregular.

É por isso que eu a amo.

Desde que Josh e eu voltamos para Nova York, há alguns dias, estou terminando os preparativos para minha viagem de Natal com Liam, mas tem algumas coisas que eu não consigo fazer sozinha. O problema é que o chato do meu irmão se recusa a cooperar.

— Ethan, *por favor*.

— Não.

— Por que não?

— Porque você é minha *irmã*. Seria estranho e errado.

— Ah, pelo amor de Deus, vocês dois, parem de brigar. — Minha mãe nos lança um olhar de censura quando traz outra caixa do armário do corredor. — É como ter adolescentes em casa de novo. Sobre o que vocês estão discutindo tanto?

Ethan me lança um olhar sério.

— Nada, mamãe. Não se preocupa.

— Sim, está tudo bem, mãe. É só o Ethan sendo um idiota.

Minha mãe cerra os olhos em nossa direção e encolhe os ombros.

— Ótimo. Nem quero saber mesmo. Aliás, Ethan, seu pai quer saber se você pode conseguir ingressos para um espetáculo pra nós, pra esta semana.

— Claro. Posso conseguir o que vocês quiserem.

— Que tal *Hamilton*?

Ethan dá um sorriso amarelo.

— Menos pra esse. Não dá para conseguir esses ingressos sem vender um órgão ou um membro da família. Espera aí, podemos tentar vender Elissa e ver o que acontece. Ninguém vai querer, certo?

Dou uma risada e jogo um rolo de fita nele.

— Você é um idiota.

— Elissa… — Mamãe estala a língua em resposta à minha linguagem vulgar. Ela teve sorte, porque contive minha vontade de chamá-lo de um *puta* idiota.

— Ei, sra. H. — diz Josh do sofá, onde está assistindo TV. — Esses croissants caseiros estão fantásticos. Tem mais?

Minha mãe larga a caixa no chão.

— Claro, querido, vou pegar mais pra você. Qualquer coisa pra ficar longe dessa briga.

Josh abre um sorriso.

— Você é a melhor, Maggie. Eu já disse como você está linda esta noite?

Minha mãe revira os olhos e vai para a cozinha. No fundo, ela adora mimar Josh, e ele aproveita todas as chances que tem.

— Você podia me ajudar, sabe? — sugiro enquanto meu perverso melhor amigo se vira de volta para a televisão.

— Eu adoraria — responde Josh —, mas agora estou armazenando carboidratos. Angel volta da Austrália em janeiro, e antes que ela chegue quero comer lixo processado o suficiente pra causar diabetes em um batalhão de veganos. Não tenho tempo pra essas frivolidades natalinas.

— Então, Angel não vai estar aqui pra festa de Réveillon de Marco? — pergunto.

Ele toma um gole de cerveja e continua passeando pelos canais.

— Não. Nem quero acreditar que finalmente estou em um relacionamento no Ano-Novo e não vou poder beijá-la até ficar sem ar à meia-noite. O que está errado com o mundo?

— Eu te beijo, querido — propõe Ethan, impassível. — Você só tem que prometer não usar língua.

Josh sorri para ele.

— Ah, confessa, grandão. Não seja tímido. Você sabe que quer língua.

Ethan finge vomitar no presépio antes de se virar para abrir outra caixa. Estou quase começando a pedir o favor para ele mais uma vez quando Cassie aparece no vestíbulo. Como é costume, sempre que sua nova esposa está em um raio de cinco quilômetros, o resto do mundo deixa de existir para meu irmão. Nem acredito que apenas um ano atrás eles estavam transando no quarto como adolescentes, enquanto tirávamos a mesa da ceia de Natal.

E parece que estar casado não atenuou a fascinação sem fim de meu irmão por Cassie. Ele olha pra ela cruzando a sala com o mesmo orgulho de um pai vendo o filho competir nas Olimpíadas. Se não fosse tão açucaradamente fofo, eu poderia vomitar sobre as estátuas de colecionador das renas do Papai Noel.

— E aí? — pergunta Cassie pra mim enquanto sorri pra Ethan. — Meu homem te ajudou? Já está pronta pra viajar?

— Nem perto disso. Ele diz que seria estranho.

Cassie se vira para meu irmão.

— Ethan, sua irmã precisa de você. É seu dever ajudá-la.

— Amor, não me peça pra fazer isso. Eu imploro. Vou ficar traumatizado pelo resto da vida.

— Ah, por favor. Liam quer que ela compre lingerie sexy, e ninguém sabe mais sobre isso que você.

Ethan coloca seus braços em volta dela.

— Acredita em mim, ela poderia usar um saco de lona e Quinn ainda assim ia ficar fora de si. Qualquer coisa que ela escolha vai ficar bom.

— Ethan, vamos lá. — O tom de voz de Cassie me diz que meu irmão já perdeu essa batalha. — Se você ajudar, você e Liam podem ir juntos comprar roupa íntima estupidamente inconveniente para suas mulheres. Não ia ser legal, dividir seu hobby com um amigo?

Ethan apoia a cabeça no ombro dela e suspira.

— Tá bom. Mas quero deixar registrado que não me sinto nem um pouco confortável ajudando minha irmã a comprar roupa de baixo que vai fazer seu homem querer fazer coisas obscenas com ela. As minhas contas de terapia já são caras o suficiente.

— Anotado. — Cassie corre os dedos pelo cabelo de Ethan e se inclina para sussurrar: — E, como recompensa, você pode comprar alguma coisa pra mim.

A postura de Ethan muda imediatamente.

— Sério? Não estou mais de castigo?

— Um item — esclarece Cassie. — Não a loja inteira. Nossas contas de cartão de crédito ainda estão se recuperando da última vez que você perdeu o controle.

Ethan acaricia sua nuca.

— Sim, mas valeu a pena, não é?

— Talvez. — Cassie pressiona seu corpo contra o dele, e meu desagradável irmão a beija com tanta paixão que vejo toda a sua língua. Meu Deus, ele é nojento.

Depois de violar a boca da esposa, ele tira a caixa de fita das minhas mãos e a coloca no sofá.

— Certo, vamos. Nós temos uma hora antes do jantar ser servido, e quero toda essa experiência apagada de meu cérebro antes disso.

Eu me viro para Josh.

— Quer ir?

— Onde vocês vão?

— Na loja de lingerie.

— Você vai desfilar pra mim?

— Não.

— Então eu passo. Mas divirtam-se.

Pego minha bolsa, Ethan joga meu casaco em mim e saímos para pegar um táxi.

Levando em conta que estamos na época das festas de fim de ano, a viagem é bem rápida. Em quinze minutos estamos entrando na La Perla da Quinta Avenida.

Meu queixo cai quando entro na extravagância que é a loja. Meu Deus, nunca vi tanta roupa de baixo tão bonita. Todos os manequins parecem presentes em forma de mulher, só esperando para serem desembrulhados.

Assim que entramos, as duas moças atrás do balcão reconhecem Ethan e seus rostos se iluminam como uma vitrine de Natal, antes das duas tropeçarem uma na outra tentando chegar até ele.

— Sr. Holt! Bem-vindo de volta.

— Faz um tempo que não o vemos por aqui.

— Se precisar de alguma coisa, estamos às ordens.

— Qualquer coisa.

Não sei se elas estão tão solícitas porque normalmente ganham um caminhão de comissão das compras épicas de Ethan ou se é porque ele é alto, meio famoso e, de acordo com a maioria das mulheres, lindo. Pelo sim, pelo não, reviro os olhos.

Ethan cumprimenta as mulheres com um aceno e um sorriso antes de se virar pra mim com sua expressão séria.

— Certo, ouça bem, baixinha, é assim que vai ser. Vou escolher um monte de coisas pra você. Em nenhum momento você vai questionar minhas escolhas, comentar como as peças vão ficar em você, dizer qual o tamanho do seu sutiã ou descrever como Quinn vai reagir ao ver você vestida com elas. Depois que eu terminar de escolher, vou embora. Se você quiser experimentar alguma coisa, é problema seu. Não vou querer saber o que você comprou. Na verdade, na minha opinião, você sai daqui sem comprar nada e passa suas férias usando um cinto de castidade e uma blusa de gola alta. Estamos entendidos?

Ponho as mãos na cintura.

— Você entende que eu também não estou feliz com isso, não entende? Mas pelo menos você sabe o que está fazendo. Eu não tenho a menor ideia.

— Sim, estou acostumado. Vamos.

Ele passeia pelas prateleiras de peças delicadas de renda e babados, e é completamente bizarro ver meu irmão macho e gigante cercado de tanta beleza singela. Ele para aqui e ali, pega alguma coisa e enfia nas minhas mãos. Em dez minutos meus braços estão transbordando. No momento em que não consigo carregar mais nada, uma das vendedoras pega tudo e leva para um provador. Quando Ethan termina, o provador é que está transbordando com sutiãs, calcinhas, bustiês, camisolas e maiôs superdelicados.

Ele fica com um lindo conjunto azul-marinho de sutiã e calcinha com uma cinta liga e uma meia-calça combinando.

Eu olho para ele meio de lado.

— Cassie disse *um* item, Ethan.

Ele entrega tudo para a funcionária junto com seu cartão de crédito.

— Semântica. É um conjunto. Não é minha culpa que seja composto por quatro itens. — A vendedora embrulha tudo cuidadosamente em papel de seda antes de enfiar o conjunto em uma linda sacola de papelão e entregá-la a Ethan. — Agora, se você me der licença, tenho uma esposa pra vestir e depois desnudar.

— Em primeiro lugar... *eca*. Lembra o que você disse sobre mim e Liam? Também não quero imagens mentais suas maculando minha amiga. Em segundo lugar, você esqueceu que mamãe vai servir o jantar em... — eu olho meu relógio — meia hora? Então, a menos que você e Cassie pretendam fazer sua bagunça no quarto de cima de novo, qualquer selvageria vai ter que esperar até vocês voltarem pra casa.

Ethan fecha a cara.

— Odeio esperar.

— Ei, você não tem do que reclamar. Pra você, são algumas horas. Estou esperando por Liam há *três meses*.

Ele me olha com sua expressão mais sarcástica.

— Você tem razão. Não tenho ideia do que é ter que esperar por sexo. Ah, exceto por aqueles *três anos* que esperei por Cassie. — Ele ergue uma sobrancelha para mim.

Solto um grunhido, derrotada.

— Está bem. Você venceu. Dessa vez.

— E todas as outras vezes, irmãzinha. Como você ainda não entendeu isso? — Ele me dá um beliscão suave na bochecha. — Está bem, foi divertido, de uma forma meio distorcida, mas agora vou embora. Nos vemos no jantar.

— Sim, até lá.

As duas vendedoras murcham ao vê-lo sair. Acho que nunca vou entender o que as mulheres veem no meu irmão. Quer dizer, eu o amo, mas se elas tivessem que lidar com o Ethan de onze anos peidando em seus travesseiros todas as noites antes de dormir, não haveria como olharem para ele com aqueles olhos cheios de tesão.

Com meu irmão fora do caminho, me dirijo ao provador e pego o sutiã mais próximo para olhar. Deus, essas coisas são frágeis. Não têm suporte algum. Se usasse isso sob uma camiseta, meus peitos iam balançar como balões cheios de água.

Metodicamente, separo tudo em categorias. Não que me ajude muito a tomar alguma decisão. Apesar de cada peça ser indiscutivelmente linda, não tenho a menor ideia do que vai deixar Liam excitado. Será que aproveito a ideia de Ethan e levo a cinta liga? Ou será que Liam prefere o bustiê imitando couro e a tanga combinando?

Argh, isso é impossível.

Rapidamente tiro as roupas e coloco uma delicada camisola vermelha que é completamente translúcida, exceto por flores de renda estrategicamente posicionadas sobre meus mamilos.

É disso mesmo que os homens gostam? Não é nada prático.

Há também três outras camisolas de vários tamanhos e transparências. Qual eu compro?

E como se meus pensamentos tivessem viajado magicamente até a Mongólia, meu celular acende com o número de Liam na tela.

Atendo e sinto todo o meu nervosismo desaparecer assim que ele aparece na tela.

— Oi, lindo.

Ele me dá um sorriso cansado.

— Oi, amor.

Seu rosto está coberto de sujeira, e os cabelos e os apliques estão presos em um coque malfeito. De um modo geral, desaprovo todo esse movimento de homens de coque. Para mim, isso está na mesma categoria de leggings para homens e sapatos sociais sem meias. Mas, Liam, não posso negar, fica extremamente gato de coque.

— Como vão as filmagens?

Ele limpa o rosto com a mão e suspira.

— Devagar. Só faltam algumas cenas da batalha final, mas o tempo está nos ferrando. É um dos problemas de filmar na tundra gelada. Nós ficamos à mercê das nevascas.

— Tá vendo? Esse é um dos problemas dos filmes do James Cameron. Vocês podiam ter filmado em um maravilhoso estúdio no Canadá e adicionado neve com computação gráfica. Mas nããão. Precisava de um cenário autenticamente mongol, ainda que o cara interpretando o mais temido oriental da história seja um garoto com cara de irlandês nascido em Hoboken, Nova Jersey.

Ele solta uma gargalhada.

— Sim, bom, mas apesar do clima, tem sido uma experiência incrível, mesmo que tenha me mantido longe de você. E, então, como você está? Na casa dos seus pais?

— Não. Fugi pra comprar umas coisas antes do jantar.

— Ah? E onde você está?

— Bom, estou tentando fazer o que você pediu, mas está sendo mais difícil do que eu imaginava. — Apoio o celular na cadeira felpuda do provador, para ele poder ver o que estou vestindo. — Preciso da sua ajuda. Você gosta desta? Ou... — Pego as outras duas camisolas. — Uma destas? — Mostro uma de cada vez antes de pegar o bustiê de couro. — Ou você preferiria este? Ou... — Vou escavando a montanha de sutiãs e calcinhas de cores brilhantes. — Estes? Tipo, as possibilidades são infinitas. Você quer doce ou safada? Linda ou ousada? Camisolas recatadas ou tangas tão pequenas que você vai precisar de uma tesoura pra tirá-las da minha bunda? Sério, amor, não tenho ideia do que você quer.

Jogo as mãos para cima e espero pela resposta de Liam. Depois de alguns segundos, eu me inclino para conferir a tela, achando que a conexão tinha caído e a imagem tinha congelado. Resulta que Liam de fato congelou. Sua boca está aberta, e seu olhar está analisando meu corpo e a lingerie translúcida que quase não é uma vestimenta.

— Liam?

— Hã...?

Espero mais um pouco. Ele continua mudo.

— Liam? Você consegue me ouvir?

— Sim, ouço você. E vejo você. — Ele coça a barba em seu queixo. — Puta merda, Liss, eu com certeza vejo você.

Uma vez, li em uma edição da *Cosmo* que lingerie bonita faz uma mulher se sentir poderosa, mas nunca entendi esse conceito até agora. O modo como Liam está olhando para mim? Eu poderia pedir qualquer coisa neste instante e ele me daria.

— Muito bem. Qual devo levar?

Ele fecha a boca e engole em seco.

— Todas. Cada uma delas.

Dou uma risada.

— Claro. Vou comprar a loja inteira. — Seu olhar penetrante deixa claro que ele aprova a ideia. — Você está brincando? Fala sério, Liam.

— Elissa... — Ele aproxima o telefone do rosto. — Você me ama?

— Claro.

— E você quer me fazer feliz?

— Você sabe que sim. Mas essas coisas são caras demais. Tipo, olha aqui... Esta aqui custa... — Minha boca fica seca quando finalmente entendo o número impresso na etiqueta de preço. — Meu Jesus! Mil e quinhentos dólares?! Estão de brincadeira? Pelo quê? Um pedaço minúsculo de tule e renda? Isso é ridículo.

Ouço passos e uma das auxiliares me pergunta:

— Está tudo bem aí, senhorita?

Quero gritar que não, não está tudo bem. A porra das calcinhas deles custam mais do que eu pagava de aluguel, pelo amor de Deus. Mas, em vez disso, respondo:

— Está tudo bem, obrigada. Tudo bem.

Os passos se afastam e eu retorno a Liam.

— Amor, sério, o preço dessas coisas... — aponto para a catástrofe de lingerie à minha volta – ... dá pra alimentar uma pequena nação africana por um ano.

Liam me encara com um ar de obstinação inabalável. Somado à crina mongol, ao coque e à cara toda suja... Sim, ele parece mesmo um Genghis Khan muito sexy, pronto para fazer coisas bem ruins comigo se eu desobedecer. Nunca tive fantasias com figuras históricas, mas eu não me oporia a algumas sessões na cama com a versão Liam-rei-guerreiro.

— Elissa — sua voz soa tão selvagem quanto sua aparência —, eu prometo que na volta das férias vou doar uma mala de dinheiro para o projeto humanitário de ajuda à África que você escolher. Mas, neste momento, preciso que você pegue cada pedaço de renda, cetim e couro nesse maldito provador e pague tudo com o cartão de crédito que eu te dei. Você entendeu?

Solto tudo no chão e suspiro. Discutir seria inútil.

— Sim, mestre.

O peito de Liam emite um ronco surdo.

— Você precisa me chamar assim com mais frequência.

Pego o celular e trago para a altura dos olhos.

— Ah, você gosta disso?

— Não. Caralho, eu amo isso. — Seu olhar está tão compenetrado que me dá arrepios. Então, ele balança a cabeça e dá uma risada. — Uau. Acho que estou imerso nesse personagem há tempo demais. Preciso voltar pra civilização e parar de me comportar como um homem das cavernas. Tudo bem, preciso entrar no chuveiro. Você vai voltar pra casa dos seus pais?

— Sim. Mas eu preferia assistir a você tomar banho.

— Não se preocupe. Logo você vai poder tomar banho *comigo*.

— Mal posso esperar. Você ainda vai estar com esses apliques de cabelo quando nos encontrarmos?

Ele ergue a sobrancelha.

— Eu ia mandar tirar depois da nossa última cena, mas se você quiser que eu fique com eles...

Eu me sinto como uma menininha de ginásio revelando uma paixão secreta.

— Talvez. E a barba. Só por uns dias, pelo menos. O suficiente pra você fingir que eu sou metade da Europa Oriental e me saquear toda.

Um sorriso sexy se espalha lentamente por seu rosto.

— Acho que consigo fazer isso.

Enquanto nos olhamos, a tensão sexual aumenta, e lembramos que, por causa dos horários de filmagem, essa vai ser a última vez que vamos nos ver antes de chegarmos ao nosso destino final de férias.

— Eu amo você. Nós nos vemos logo.

— Eu também amo você. Boa viagem.

Desligo o telefone e uma onda de emoção sobe pela minha garganta, obrigando-me a respirar fundo algumas vezes para não chorar. Quando ele voltar para casa dessa vez, chega. Vou pregar seus pés no chão. Ele não pode me deixar assim de novo. Sinto saudade demais.

E não ajuda em nada o fato de eu, há quatro meses, estar usando o anel de noivado que ele me deu, ainda que não haja nenhum plano para o casamento. Apesar de adorar que ele seja meu noivo, quero que ele seja meu marido.

Depois de superar meu ataque emocional, visto minhas roupas e junto cuidadosamente minha pilha de pedaços caríssimos de tecido. Levo-a para o balcão e informo às moças que vou comprar tudo. Consigo ver os cifrões de neon piscando dentro dos seus olhos.

Feliz Natal, meninas. Tomem uma garrafa de champanhe, cortesia de Liam Quinn.

Enquanto espero a ruiva terminar de registrar as compras, a morena alta me examina.

— Ei, nós nos conhecemos?

Sorrio educadamente e balanço a cabeça.

— Acho que não.

— Mesmo? Porque você me parece familiar. Você nunca comprou aqui antes?

— Não. Meu irmão vem aqui o bastante por nós dois.

— Ah... Certo.... — Ela continua me encarando, e isso me faz querer estar em outro lugar. Claro, embrulhar um milhão de peças de roupa íntima demora séculos, então parece que vou ficar aqui mesmo por algum tempo. Para escapar do exame não solicitado, vou até a prateleira com o cartaz que diz *"Noivas"*. Tem um monte de coisas lindas e vaporosas, em branco, creme e cores pastel. Talvez eu volte aqui antes de nossa noite de núpcias para comprar alguma coisa especial. Ou, se eu for ouvir meu futuro marido, a prateleira toda.

— Liam Quinn! — exclama a morena, de repente.

— Perdão?

— Você é a garota que estava com Liam Quinn no tapete vermelho alguns meses atrás. Com quem ele saiu depois que se separou de Angel Bell. — Ela se vira para a ruiva. — Sabe, ainda não superei aquilo. Eles eram tão perfeitos um para o outro. Eu nunca imaginaria.

A ruiva assente.

— Não é? Chorei quando soube. Ainda não acredito que eles não estão juntos. O modo como ele olhava pra Angel. Aquilo era amor *verdadeiro*.

Pigarreio. Elas se viram surpresas, como se tivessem esquecido que eu estava ali.

— Ah, desculpa — diz a morena. — Mas, então, foi divertido? Sair com um astro de cinema? Ele partiu seu coração? Ainda dói falar a respeito?

Volto ao balcão e pego minha bolsa.

— Estamos acabando aqui?

A morena balança a cabeça.

— Eu entendo. É difícil perder alguém como ele, né? Quer dizer, aquele homem é maravilhoso. Você o beijou? Ele beija bem?

— Chastity, para — alerta a ruiva, me olhando de soslaio.

Sério? Ela trabalha numa loja que cheira a sexo e seu nome significa "castidade"? Ah, a ironia.

— A coitada provavelmente nem saiu com ele — sussurra a ruiva antes de me olhar com um ar de genuína preocupação. — Desculpe por ela. Minha colega se deixa levar por fantasias românticas. Você não tem que nos contar nada. Mas, só por curiosidade, você ganhou aquele encontro? Telefonando pra um programa de rádio ou coisa assim?

Vê? É isso que eu ganho por proibir Liam de falar sobre nosso relacionamento nas entrevistas. Achei que estava facilitando minha vida, levando em consideração que aquela minha única aparição no tapete vermelho me obrigou a encerrar todas as minhas contas em redes sociais para evitar ser atingida pelos mais odiosos ataques virtuais que eu já tinha visto. Não consigo entender como as fãs de Liam alegam querer o melhor para ele, mas acham que podem ameaçar bater na mulher que ele ama.

Por Deus, as pessoas são estranhas.

Quando Liam viu quantas mensagens de ódio eu estava recebendo por "substituir" Angel, ele concordou que o melhor era mesmo manter nosso relacionamento em segredo, pelo menos por enquanto. Entretanto, agora que essas duas modelos glamorosas estão me encarando como se eu fosse um inseto no para-brisa do carro, eu meio que gostaria de ter mantido os meus direitos sobre Liam públicos.

— Não. Não ganhei o encontro. Liam e eu somos velhos amigos. Nós nos conhecemos há anos.

— Ahhh — diz a morena, como se uma lâmpada tivesse queimado. — Faz mais sentido. Tipo, sim. Você e ele? — Ela ri, e a ruiva se junta à diversão. — Como se fosse possível, né?

A ruiva finalmente termina sua montanha de papel de seda e me passa minhas sacolas.

— Bom, se você alguma vez o vir de novo, diga a ele que é muito bem-vindo aqui. Nós daremos a ele um desconto *especial*.

Fico pensando se esbofetear uma vendedora presunçosa faria com que Liam anotasse outra malcriação na lista. Se ele testemunhasse essa conversa, tenho certeza de que ia me incentivar a ir em frente. Engulo a irritação e olho para as duas com minha expressão mais feroz. Em um segundo, os sorrisos desaparecem.

— Na verdade, vou passar quatro semanas de férias com ele, viajo amanhã. — Ergo minha mão esquerda e balanço o meu imenso anel de diamante. — E essa pedra, ele me deu quando me pediu em casamento. Incrível, não é?

A morena pisca por alguns segundos antes de gaguejar:

— Não. Não pode ser.

A ruiva nem sequer tenta falar. Ela só arfa.

— Pode ser, sim, Chastity. — Sorrio para ela. — Então, feliz Natal pra mim. — Caminho a passos largos para a porta, mas logo antes de sair me viro de volta para elas. — Ah, e sobre a sua pergunta, sim, o beijo dele é fantástico. Melhor ainda, ele transa como um deus. — As duas engasgam. — Boa noite, senhoritas, e obrigada pela ajuda. Aproveitem a comissão, tá?

Com isso, abro a porta e saio para o frio congelante da rua. Infelizmente, minha saída triunfal só acaba prejudicada porque escorrego no gelo e caio pesadamente de bunda no chão.

Merda.

Como uma verdadeira fodona, eu levanto e continuo a desfilar pela calçada como se fosse uma supermodelo de um metro e oitenta de altura e três por cento de gordura corporal, em vez de uma diretora de palco de um metro e sessenta viciada em queijo.

Acho que estava errada sobre lingerie bonita. No fim, ela pode mesmo fazer você se sentir poderosa.

Capítulo quatro
VOU TE DIZER O PORQUÊ

1º de dezembro
Apartamento de Liam Quinn
Nova York

— Lissa, você pode parar de andar de um lado pro outro? Você está me deixando enjoado, o que é até engraçado, porque não sou eu quem vai viajar.

Eu me jogo no sofá ao lado de Josh e suspiro.

— Desculpa. É que eu nunca viajei sem ter planejado cada detalhe. Estou nervosa.

— Você disfarça bem. Eu jamais chegaria a essa conclusão apenas pelo modo como você já rodou quinze vezes pelo apartamento inteiro enquanto rearrumava a bagagem, ou pelas vinte vezes que verificou o passaporte. — Ele ajeita os óculos no nariz. — Sei que ainda não é nem meio-dia, mas você devia tomar uma taça de vinho. Ou um calmante. — Josh pressiona alguma coisa no tablet e centra os olhos na tela. — Putaquepariu filhodaputa.

— O que foi?

— Nada.

— Claro, você sempre xinga os aparelhos e os encara como se quisesse matá-los. Vai falando, por favor.

Ele se recosta no sofá e vira a tela para eu também poder ver. Uma página de um site de fofocas mostra uma dúzia de fotos de Angel na Austrália, aparentemente em uma noite íntima com o protagonista do seu filme. Eles estão rindo e se abraçando, e em uma das fotos parece que vão se beijar. A manchete diz: "Queridinha de Hollywood encontra o amor na Terra dos Cangurus com um novo Príncipe Encantado".

— Josh...

— Sei que você vai dizer que não é o que parece e que eles estão só trabalhando juntos, mas, que merda, Lissa. Eu não aguento vê-la com ele. Não aguento. — Ele joga o tablet na mesinha lateral e sai pisando duro para a cozinha.

— Por que esse ciúme todo? Você não ficava assim quando ela fingia estar apaixonada por Liam.

— Agora é diferente. — Josh abre a geladeira e pega uma cerveja. — Naquele tempo, eu não achava que tinha a menor chance com ela, então, não tinha nada a perder. Agora, tenho tudo a perder, e essa merda me deixa aterrorizado. — Ele abre a cerveja e toma um longo gole. — Vê-la desejar aquele sujeito nas filmagens, todos os dias... Vê-los se beijarem, fazer sexo...

— *Fingir* que deseja. *Fingir* fazer sexo. Ela está trabalhando, querido. Você sabe disso.

— Lissa, você não entende. Esse cara, Julian... — Ele toma outro gole de cerveja. — Eu nunca quis tanto bater em alguém em toda a minha vida.

— Por quê? Ele é muito babaca?

Josh ri.

— Ao contrário. E esse é o problema. Ele parece ser um cara legal. Engraçado. Amigável. Tem uma puta coleção de revistas em quadrinhos. Ele até concorda comigo que o Capitão Kirk acabaria fácil com qualquer outro capitão da Frota do universo de *Star Trek*.

— E isso é ruim porque...?

Ele vem se sentar ao meu lado.

— Você não vê? Ele é igual a *mim*. Uma versão alta, bonita e gostosa de mim.

— Josh, você tem um metro e oitenta. Isso não é exatamente baixo. E você é bonito.

— Sim, mas sou bonito do tipo normal. Ele é bonito do tipo *astro de cinema*. Por que Angel ficaria comigo, se ele tem tudo que eu tenho e muito mais? Ele é um nerd gostoso no corpo de um deus grego.

— Isso é ridículo. Angel ficou anos com Liam e nunca o desejou. Mesmo assim, no instante em que ela viu você, queria pular em cima. Você já pensou por acaso que talvez ela não sinta tesão pelo tipo deus grego? Talvez ela goste de seus nerds gostosos... bom... nerds mesmo.

Josh respira fundo.

— Talvez.

— Se a sua maior preocupação é que o outro cara é malhado, então combata fogo com fogo. Volte pra academia. Você tem um corpo muito legal. Não daria tanto trabalho pra deixá-lo definido.

Ele semicerra os olhos.

— Você acabou de sugerir que eu vá malhar? Porque se foi isso, quem é você e o que você fez com a minha melhor amiga?

— Ei, só estou tentando ajudar. A academia particular de Liam é logo ali. Você não precisa nem sair do apartamento.

Antes que ele possa me dar uma resposta engraçadinha, ouvimos uma batida tão alta na porta que dou um pulo.

Josh coloca a cerveja na mesinha e sorri para mim.

— Parece que sua carona chegou.

Ele abre a porta para um homem negro bem grande em um terno cinza-chumbo.

— Boa tarde. Meu nome é JT e estou aqui para pegar a srta. Holt.

— Oi, JT. — Josh acena para cumprimentá-lo. — Cara, eu adorei seu último CD. Muito bacana.

O homem olha para Josh sem um resquício de sorriso no rosto.

— Creio que o senhor está me confundindo com o sr. Justin Timberlake. É um engano frequente. Entretanto, ele é um garotinho branco e eu sou um motorista profissional. Somos pessoas diferentes.

Josh balança a cabeça.

— Ah, entendo. Desculpe a confusão.

— Nenhum problema. Acontece o tempo todo. — Ele olha para mim sobre o ombro de Josh. — Boa tarde, srta. Holt. Você está pronta?

— Mais pronta impossível, JT. — Ele pega as malas enquanto eu abraço Josh. — Tchau, querido. Tento ligar de onde quer que eu esteja indo pra dizer que cheguei lá sã e salva.

Ele me abraça de volta.

— Divirta-se. Quando você voltar, quero ouvir todas as histórias. Sem as partes de sexo, claro.

— Ah, então você pode esperar uma história bem curta.

Ele faz um som de nojo e se afasta. Eu aceno enquanto JT me acompanha do apartamento até uma limusine estendida.

Entro e tomo um susto. O carro está repleto de centenas de rosas frescas.

Normalmente não curto esses estereótipos de adolescente, mas isso? Boa jogada, sr. Quinn. Boa jogada.

Abro o cartão no banco e leio a mensagem.

Querida Liss,

Não sei se você entendeu o recado, mas pretendo mimar você de uma forma infernal nessa viagem. A maior parte do tempo, você deixa de se cuidar pra cuidar dos outros, incluindo de mim. Bom, agora é minha vez de cuidar de você. Por favor, não resista. Você merece. Há champanhe à sua esquerda, caviar à sua direita. E tem uma surpresa aguardando sua chegada ao aeroporto.

Prepare-se pra ficar sem roupa.

Vejo você em breve.

Muito amor,

Liam

Uma surpresa no aeroporto, é? Ah, queria tanto que fosse ele. Viajar juntos seria tão melhor que ficar presa sozinha em um avião.

Tomo dois grandes goles de champanhe ante de me recostar no banco de couro macio.

Bom, acho que é isso. Que comece a aventura.

* * *

Um gemido sai vibrando da minha garganta, e fico envergonhada por não conseguir contê-lo.

— Meu Deus — minha voz está grossa de tanto prazer —, é tão bom.

— Você está tão tensa — diz uma voz rouca vinda de cima. — Me avise se eu estiver machucando você.

Solto o ar e tento relaxar.

— Dói, mas é bom. Não pare. Por favor.

— Como a senhora quiser.

A imensa massagista enterra seus polegares na base da minha espinha e gemo novamente. Nunca fui massageada. Bom, pelo menos não por uma profissional. Liam faz massagem em mim o tempo todo, mas ele nunca demora muito para querer massagear lugares que sua mão não alcança.

Já no aeroporto, JT me deu um bilhete que dizia para eu ir para a sala VIP da primeira classe. Eu estava esperando encontrar Liam lá, lindo e cheio de si. Em vez disso, encontrei Jane. Neste momento, eu não sei o que preferia. Jane e suas mãos mágicas são um estouro. Ela se dedica aos meus ombros e pescoço, e fico tão extasiada que quase perco a consciência.

Pelas duas horas seguintes, ela trabalha por todo o meu corpo, até as mãos e os pés. Depois disso, outra mulher entra na penumbra da sala de tratamento para fazer minhas unhas das mãos e dos pés, enquanto uma terceira me aplica uma limpeza de pele. Aí, quando eu não podia ficar mais relaxada, sou brutalmente trazida de volta à realidade por uma pequena mulher chinesa, que depila minhas pernas inteiras e ainda faz uma depilação cavada completa.

Apesar da dor, fico feliz que tudo vai ficar limpo e arrumado para a viagem com Liam. Nada como estar completamente sem pelos para fazer uma garota ficar com vontade de se esfregar no seu homem.

No momento em que chamam meu voo, estou tão cheia de endorfinas que me sinto bêbada. Talvez por isso eu saia da sala VIP e atravesse diretamente o caminho de um pobre homem desavisado que passava em frente à porta. Grito quando colidimos e, apesar de soltar a mochila em um esforço para nos manter em pé, fica claro que a gravidade vai nos engolir. Ele, então, galantemente gira e cai por baixo, absorvendo quase todo o impacto.

Ele grunhe enquanto suas costas batem no chão e, meio segundo depois, caio pesadamente sobre sua barriga e de alguma forma ainda consigo ainda enfiar meu joelho no seu saco.

— Puta que pariu! — Ele vira de lado e segura suas partes íntimas. — Ah, puuuta que pariuuuuu.

— Desculpa! — Saio de cima dele e dou um tapinha amistoso em seu ombro. — Foi sem querer. Sinto muitíssimo.

Ele solta o ar entre os dentes.

— Tudo bem. Estou bem. — Ele geme novamente e rola para o outro lado. — Eu não queria ter filhos mesmo. Dizem que eles são superestimados. Bagunceiros. Barulhentos. Muito caros.

Ele se senta e, depois de recuperar o fôlego, estende a mão.

— Sou Scott, aliás. E você, suponho, é um furacão em forma de gente.

Aperto sua mão e rio.

— Isso mesmo. Mas pode me chamar de Elissa.

— Dolorido conhecê-la, Elissa.

Ele segura minha mão, e me sinto desconfortável com o modo como ele está flertando abertamente. Será que ele não sabe que eu estou com o homem mais fantástico da Terra e nunca mais vou precisar flertar com ninguém?

Ele ignora a minha indiferença e continua segurando minha mão enquanto se levanta e me ajuda a ficar em pé. Apanho minha bolsa, ele pega sua mochila e nos voltamos um para o outro.

— Então, pra onde você está indo, Furacão Elissa? Alguma pequena nação insular que depois vai demorar meses para se recuperar?

— Ah, boa pergunta. Não sei ao certo. Estou voando pro Brasil, mas, depois disso, não tenho ideia. Meus planos de viagem são um segredo mais bem-guardado que a Área 51.

— Então, ou você realmente confia em seu agente de viagens ou alguém fez as reservas pra você.

— A segunda opção. Meu noivo, na verdade.

Ele põe a mão no peito.

— Ah. Ai. E aqui estava eu pensando que teria uma história legal pra contar para os nossos filhos sobre como eu conheci a mãe deles.

Dou um sorriso simpático.

— Desculpe.

— Tudo bem. — Ela dá de ombros. — Estou acostumado, todas as mulheres interessantes que me atropelam no aeroporto nunca estão disponíveis. É a história da minha vida. — Ele abaixa a cabeça e sorri. — Também estou indo para o Brasil. Eu ia dizer que nos vemos no avião, mas... — ele aponta para a sala VIP da primeira classe — ... acho que seu noivo colocou você com a turma legal da parte da frente do ônibus. Eu vou estar apertado lá atrás. — Ele sorri, irônico. — De qualquer forma, melhor eu ir. Preciso comprar algumas bebidas baratas antes de partirmos. Quem sabe nos vemos do outro lado.

— Sim, quem sabe.

— Adeus, Furacão Elissa. Boas viagens para você. — Ele estende a mão novamente e eu a aperto.

— Tchau, Scott. Foi um prazer conhecê-lo.

Com um aceno, ele se apressa na direção do *free shop*, e eu sigo para o portão de embarque.

Capítulo cinco
ELE VÊ VOCÊ DORMIR

É uma verdade universalmente reconhecida que, uma vez que se tenha viajado na primeira classe, qualquer outro tipo de acomodação de viagem deixa de servir para você. Essa foi minha primeira experiência na parte da frente do avião, e eu mal consegui acreditar que durante aquelas dez horas de voo me empanturrei de delícias gastronômicas, dormi em uma cama normal com lençóis de grife e até tomei um banho de chuveiro. Tudo isso a milhares de quilômetros do chão.

Inacreditável.

Quando compro minhas passagens, sempre viajo na classe econômica, porque não tenho como justificar o preço ultrajante da classe executiva e muito menos da primeira classe. Liam, é claro, não tem esses escrúpulos. Não admira que ele sempre chegue de viagem feliz e revigorado.

No desembarque, avisto Scott na fila de imigração, parecendo exausto e bastante infeliz. Ah, a maldição da classe econômica. Ele acena solenemente quando passo, e eu aceno de volta. Dali, o perco de vista.

Depois de pegar a bagagem e passar pela alfândega, vejo um bonito homem grisalho, de camisa social e calça comprida, segurando uma placa onde se lê: "Srta. Elissa Holt".

— Olá?

Ele abre um sorriso.

— Srta. Holt! Olá. Você é ainda mais bonita do que na foto que o sr. Quinn me enviou. Meu nome é Luís. Por favor, permita que eu leve sua mala.

Ele leva a bagagem, e eu o sigo até um carro estacionado fora do aeroporto.

— Luís, quanto tempo até nosso destino?

— Não muito, se o vento ajudar.

— Vento?

Ele assente gravemente.

— Você não poderia me dizer alguma coisa sobre o lugar pra onde estamos indo, né?

— Temo que não. O sr. Quinn foi bem claro, é uma surpresa.

Suspiro e fecho os olhos. Odeio surpresas.

Está bem, tenho que admitir, essa surpresa foi bastante impressionante.

É a primeira vez na vida que ando de helicóptero, e é fantástico. Luís, na verdade, é piloto, e ele vai me contando sobre a região e as pessoas enquanto voamos ao longo da costa brasileira.

Depois de algum tempo viramos em direção ao mar aberto e ele aponta para uma ilha distante.

— É pra lá que vamos.

— Para a ilha?

Ele balança a cabeça.

A sombra esverdeada cresce conforme nos aproximamos e, no momento em que ficamos exatamente sobre ela, colo a cara na janela para conseguir ver melhor.

Ou estou louca ou essa ilha tem quase a forma de um coração.

No centro da ilha há o que parece ser um grande lago, com praias intocadas de areia branca por toda a volta.

— É lindo.

Luís assente.

— O sr. Quinn achou que a senhorita ia gostar.

— Tem um resort na ilha? Não consigo ver. — Fico me imaginando sentada à beira de uma piscina enquanto uma bronzeada garçonete brasileira me traz uma bebida com um pequeno guarda-chuva e um pedaço de abacaxi enfeitando o copo.

— Não — responde Luís. — Exceto por minha mulher e eu, que tomamos conta da casa do sr. Quinn, a ilha é completamente desabitada.

Eu me viro para Luís.

— Liam tem uma casa aqui?

— Bom, sim, mas só porque veio com a ilha.

Perco o fôlego no instante em que entendo o que ele acabou de dizer.

— Luís... você está me dizendo que Liam... — Meu Deus, é bizarro demais até para falar em voz alta. — Liam comprou uma *ilha*?

Sim, eu sei, soa tão ridículo quanto achei que soaria.

Luís, aparentemente, não pensa assim, porque sorri feliz para mim.

— Ele a comprou há alguns meses. Para a senhorita. Ele a chama de *Êxtase*.

Perco o ar.

— Deixe eu entender isso direito. Liam comprou uma ilha.

— Sim.

— Pra mim?

— Sim.

— E ele a chama de Êxtase?

— Sim.

Tenho um ataque de riso.

Maria, mãe de Deus. A maioria das garotas dá sorte se consegue um jantar e um cinema. Meu homem comprou um minicontinente para mim.

Dou outro risinho e percebo que há uma grande chance de eu estar perdendo meu contato com a realidade.

— Ele deve te amar demais — comenta Luís, enquanto inclina o helicóptero em direção à ilha.

Minha ilha.

Com a sensação de que meu coração vai explodir, respondo:

— Sim.

Luís sobrevoa uma grande área gramada e pousa suavemente em um heliporto pintado de amarelo brilhante.

Sei que eu deveria estar fazendo mais perguntas sobre o Brasil, mas ainda não me recuperei da coisa de "Meu noivo acha que um grande gesto romântico é comprar um grande pedaço de terra cercado de água por todos os lados".

Apesar dos protestos, ajudo Luís a colocar a bagagem em uma SUV que estava nos esperando. Em seguida, partimos por uma trilha pela floresta tropical.

Passado algum tempo, chegamos a uma clareira onde há um lindo chalé branco.

— Aqui é onde Alba e eu moramos — mostra Luís. — Se precisar de qualquer coisa que seja, você nos chama. Nós estamos disponíveis vinte e quatro horas por dia.

— Certo. — Minha ilha. Meus funcionários. Faz todo sentido.

Algumas centenas de metros depois, a floresta termina, revelando uma das praias que vi lá de cima. Sobre ela se ergue uma impressionante mansão contemporânea, aparentemente construída só com aço e vidro. É tão linda que fico sem ar.

— Era de um sultão — explica Luís. — Ele não economizou na construção.

— Por que ele vendeu?

Uma sombra atravessa o rosto de Luís.

— Ele era um homem supersticioso. Achava que a casa estava amaldiçoada.

— Amaldiçoada?

Luís dá de ombros.

— Toda vez que ele vinha pra cá, alguma coisa ruim acontecia. Pessoalmente, eu acho que o homem era meio louco, mas pelo menos ele a vendeu para o sr. Quinn por uma pechincha.

— Liam sabe sobre essa história de *maldição*?

— Sim. Mas tenho certeza que o sr. Quinn não tem medo dessas coisas.

Verdade. Liam não tem medo de muita coisa. Exceto de palhaços, o que é completamente justificado. Palhaços são criaturas do demônio.

— Pronta pra ver sua nova casa pelas próximas semanas? — pergunta Luís com um sorriso, estacionando o carro próximo à imensa porta principal.

— Claro. — Minha viagem já estava tão cheia de experiências inacreditáveis que mais uma não vai fazer diferença.

Jesus Cristo. Você deve estar brincando.

— *Senhorita?*

Quando eu era adolescente, eu muitas vezes passava os olhos nas revistas de decoração e arquitetura da mamãe. Todas as vezes que lia sobre as características das casas dos ricos e famosos na *Home Beautiful*, não acreditava na opulência que cercava a vida de algumas pessoas.

— Srta. Holt?

Cada um daqueles parques de diversão de milionários pareceria um barraco comparado a este lugar, com seu salão aberto e suas escadas de madeira flutuantes. Toda a parede frontal da casa era de vidro, para aproveitar ao máximo a maravilhosa vista do oceano. A decoração é contemporânea, mas confortável, e parece tão familiar que eu fico pensando se não vi fotos da casa em algum lugar.

— Senhorita. — A mão quente de alguém toca meu braço, e eu me viro para ver a mulher de Luís, Alba. Ela já estava na casa nos esperando chegar e agora olha para mim com um ar preocupado. — Você está parada aí há algum tempo. Está se sentindo bem?

Balanço a cabeça.

— Desculpe, Alba. Só tentando entender isso tudo.

— Você gostou da casa?

— Muito.

— O sr. Quinn achou que você gostaria. Posso mostrar tudo, se você quiser.

— Claro.

Pelos próximos quinze minutos, Alba passeia comigo pela casa, descrevendo cada parte, incluindo o moderno sistema de entretenimento, a grande biblioteca, a imensa varanda de arenito, a piscina e uma cozinha gourmet que faria minha mãe gritar de prazer.

Quando ele me leva à suíte principal no andar de cima, perco a fala. No meio do quarto está a maior cama de dossel que eu já vi, mas, ao contrário das versões pesadas de madeira com as quais estou familiarizada, essa é de metal cortado a laser, então os pilares parecem ser feitos de rendas tridimensionais brilhantes. É indescritivelmente linda.

— Uau.

Luís traz as malas e as deixa ao pé da cama.

— Quer que desfaçamos as malas para você, srta. Holt?

— Uh, não. Está ótimo, Luís. Eu mesma posso fazer isso. — A simples ideia de alguém ver a quantidade de lingerie na minha mala me dá arrepios. Eles iam pensar que sou alguma espécie de maníaca sexual. Quer dizer, eu até sou quando Liam está por perto, mas ninguém precisa saber.

— Se a senhorita não precisa de mais nada — completa Luís —, vamos deixá-la descansar.

Faço menção de pegar o dinheiro para dar uma gorjeta a eles, mas Alba abana as mãos negativamente.

— Não há necessidade, senhorita. O sr. Liam já cuidou de tudo.

— Parece que sim. Vocês sabem quando ele chega?

Eles se entreolham. Então Luís tira um envelope do bolso do casaco e me passa.

— Talvez a explicação esteja aqui.

Os dois sorriem antes de sair. Então, abro a carta.

Querida Liss,

A essa altura, acho que você já conheceu a casa e a ilha. Espero que tenha gostado. Quando penso que vamos ficar sozinhos por um mês inteiro, sem ninguém nos encarando, apontando ou tirando fotos, fico estupidamente animado. Privacidade absoluta é o único presente de Natal que desejo este ano. Fodam-se os presentes normais. Tudo que eu preciso é estar com você. Espero que você não se importe de eu ter organizado tudo pra entregar meu presente um pouco adiantado.

Se tudo correr como planejado, devo chegar à ilha ainda nesta noite, logo antes do jantar. Então, descanse, almoce, peça a Luís pra levar você à cachoeira e nade um pouco. Vou estar aí em breve e, meu Deus, amor, mal posso esperar pra te ver.

Todo o meu amor,

Liam

P.S.: Você viu o tamanho da cama? Ah, as coisas que eu vou fazer com você em cima dela...

Sorrio e me jogo sobre o edredom macio. Liam logo vai estar aqui. Graças a Deus. A espera está chegando ao fim.

Depois de tomar um banho para me refrescar, visto um dos biquínis novos que comprei para a viagem. Apesar de poder contar nos dedos a quantidade de vezes que usei qualquer tipo de traje de banho, fico surpresa ao perceber como esse é confortável, apesar de ser dos menores.

Eu me cubro com um leve sarongue amarrado ao pescoço e desço para a sala de estar. Alba está na gigantesca cozinha, preparando no moderno fogão de vidro alguma coisa que tem um aroma delicioso.

— Bem na hora, srta. Elissa. O almoço está pronto.

— Você não precisava fazer isso, Alba.

— Ah, não tem problema. Além disso, o sr. Quinn não me contratou só pelo meu rostinho bonito. Adoro cozinhar.

Ela desliga o fogo e serve algumas conchas da panela de feijão-preto, carnes e uma verdura em um prato com arroz branco.

— Isso se chama feijoada. É muito popular no Brasil e é o prato favorito do meu marido.

Sento em um dos bancos, em frente a uma grande bancada de mármore, e Alba coloca o prato na minha frente.

— O cheiro é fantástico.

Ela sorri antes de se virar e começar a limpar a cozinha.

No fim, o gosto é ainda melhor do que a aparência, e tento agir como uma moça educada enquanto vou enfiando tudo na boca. Mas duvido que tenha enganado Alba por um segundo sequer, e ela sorri para mim enquanto lava a panela.

— Você vai à praia depois do almoço? O dia está lindo.

— Na verdade, Liam sugeriu que eu fosse conhecer a cachoeira. É muito longe?

A panela escorrega da mão de Alba e bate com força no lado da pia, produzindo um estrondo metálico. Quando ela me olha, parece um pouco pálida.

— Não. Não é longe. O Luís pode te levar.

— Ah, com certeza consigo ir sozinha, se você me mostrar em que direção fica.

Ela volta a lavar a panela.

— Você não deveria ir sozinha. Há criaturas selvagens na ilha. Melhor ter alguém com você.

Criaturas selvagens? Como o quê, leões? E tigres? E ursos? Meu Deus...

Quando Luís chega, Alba conversa com ele em português e em voz baixa. O que quer que ela tenha dito, Luís a tranquiliza. Ela sorri para ele antes de vir recolher meu prato vazio.

— Obrigada, Alba.

— Não tem de quê, srta. Elissa.

— Então — Luís se apoia na bancada —, Alba me disse que a senhorita gostaria de conhecer a cachoeira.

— Sim, se não for incomodar. Se você tiver alguma outra coisa pra fazer, eu posso...

Luís levanta a mão para me interromper.

— A minha única tarefa por aqui é cuidar de você, srta. Holt. Gostaria de sair agora?

— Claro.

Antes de sairmos, Alba apanha uma sacola de lona em um armário próximo.

— Na sacola tem uma toalha, um chapéu, protetor solar e repelente. O repelente é o mais importante. A floresta está cheia de mosquitos.

Pego a sacola e sorrio para ela.

— Obrigada, mãe.

Ela ri enquanto Luís e eu saímos e nos dirigimos a um jipe estacionado perto da porta.

A folhagem densa chicoteia os dois lados do jipe enquanto Luís dirige pela floresta. Lembrando-me do aviso de Alba, me concentro em passar repelente por todo o corpo.

— Tem alguma coisa errada com a cachoeira? — pergunto.

Ele parece confuso.

— Não. Por quê?

— Fiquei com a impressão de que Alba não queria que eu fosse até lá.

Ele dá uma gargalhada.

— Minha bela esposa ouve histórias de fantasma demais, e ela acha que a cachoeira é amaldiçoada.

— Uma casa *e* uma cachoeira amaldiçoadas? Uau. Não me admira Liam ter conseguido comprar a ilha a preço de banana.

Luís ri de novo.

— Bom, se você for acreditar na minha mulher, a cachoeira é a fonte dos espíritos malignos que assombram a casa. Veja bem, essa ilha nem sempre foi tão idílica. Muitos anos atrás, uma tribo particularmente brutal morava aqui. Eles acreditavam que seu deus só os manteria a salvo se eles lhe oferecessem sacrifícios humanos. Há um imenso altar de pedra perto da cachoeira, e a lenda diz que era ali que aconteciam os sacrifícios.

— E você não acredita nisso?

— Ah, claro que acredito. Na época em que o sultão comprou a ilha, retiraram quase uma centena de restos mortais humanos daquela área. Eu só não acredito que isso signifique que a cachoeira seja amaldiçoada. Mas, até aí, minha mulher tem muito mais imaginação do que eu. Quando os pedreiros estavam construindo a mansão, eles alegaram ter visto algo na floresta, algo que chamaram de *Espírito Vingativo*, aquele que busca vingança. Eles juravam que ele os sabotava o tempo todo, mudando as ferramentas de lugar ou interferindo nas máquinas. — Ele me dá uma olhada rápida. — Você acredita nessas crendices, srta. Holt?

Dou de ombros.

— Na verdade, não. A única superstição em que eu acredito é em uma coisa chamada "luz do fantasma". Na maioria dos teatros, os diretores de palco deixam uma luminária alta acesa no meio do palco durante a noite, depois que todos vão embora. Algumas pessoas dizem que é só uma medida de segurança, pra evitar que alguém cruze o palco no escuro e acabe caindo no fosso da orquestra. Mas muita gente das artes cênicas acredita que teatros são mal-assombrados, e essa luz permite que os espíritos atuem no teatro vazio. Eles acham que se os fantasmas ficarem felizes, não vão causar acidentes no teatro.

— E você acha que isso é verdade?

— Pra ser sincera, não tenho certeza. Mas ainda assim deixo uma luz acesa em todas as noites de espetáculos em que trabalho. Melhor prevenir do que remediar, né?

Ele sorri.

— Claro.

Saímos da estrada e pegamos uma trilha de terra. Logo começo a ouvir o barulho de água correndo. O carro emerge da abóboda verde da floresta e avisto o lago azul-safira que vimos do ar.

— Nossa. É tão lindo!

Luís para o carro e desliga o motor.

— Sim, é uma vista maravilhosa.

Na nossa frente há uma praia branca e do outro lado do lago circular há um pico de basalto de onde despenca uma esplêndida cachoeira. O lago é cristalino e eu mal posso esperar para ver se a água é tão boa quanto parece.

Luís me leva até uma luxuosa "cabana de praia" próxima à água. A essa altura, nem sequer me surpreendo que a cabana seja do tamanho de uma pequena casa.

— Há bebidas e petiscos na geladeira — diz ele, abrindo as portas francesas para uma sala espaçosa. — Também tem um banheiro completo, com banheira. Se precisar de mim, pegue este fone aqui e aperte o botão. Toca direto no meu celular.

— Obrigada, Luís. — Olho em volta, para a margem escura da floresta que cerca o lago. — Alba disse que existem criaturas perigosas por aqui. É verdade?

Luís balança a cabeça.

— Não que eu saiba, e eu já andei por cada centímetro desta ilha nos últimos meses. Há alguns macacos, um ou outro javali-anão e um monte de pequenos répteis, mas nada que possa causar problemas. A maioria dos animais daqui vai fugir correndo ao nos ver.

— Certo, legal. Contanto que não existam jaguares comedores de Elissa ou coisa parecida, está tudo bem.

— Ah, tínhamos alguns desses, mas eu me livrei deles antes de você chegar. — Ele sorri e aponta para o telefone da cabana. — A senhorita está perfeitamente segura. Quando se cansar, me ligue e venho buscar você.

— Farei isso.

Ele acena, entra no jipe e dirige de volta para a floresta.

Dou uma olhada na cabana e, depois de abrir um refrigerante gelado, descubro uma pequena estante de livros.

— Excelente.

Pego um a esmo, minha bebida e a sacola, e vou para a beira d'água. O sol não está muito quente, então, tiro minha saída de banho, abro a toalha e fico à vontade.

Sentar ao sol é uma das experiências mais estranhas que alguém que passa a maior parte de seu tempo no escuro pode ter. Mas, apesar de eu ser uma quase-vampira-nova-iorquina, até que poderia me acostumar com isso.

Já li cinco capítulos de um livro horrível sobre um apocalipse zumbi, então ouço um barulho atrás de mim, vindo da floresta. Eu me viro para ver da onde veio e me deparo com um grupo de macacos de braços compridos me estudando do alto das árvores.

— E aí, galera. Tudo bem? — Eles piscam para mim. Meu Deus, como são fofos. — Uma informação, não percam tempo com este livro. É péssimo. Não me entendam mal. Vou acabar de ler, mas estejam preparados pra me ouvir reclamando, o.k.? O autor não tem a menor ideia de como se luta contra zumbis. Um completo idiota.

Mais olhos arregalados piscando.

— Muito bem, a conversa foi boa, mas preciso nadar um pouco agora. Vocês podem tomar conta das minhas coisas, por favor?

Deixo o livro e ando até a água. Sem pensar muito, saio correndo e mergulho. A temperatura baixa dá um choque em meu corpo quente pelo sol, mas é refrescante. Sentindo-me cheia de energia, nado até o centro do lago. Mesmo aqui a água é transparente, posso ver peixes abaixo de mim e os siris e as pedras no fundo rochoso.

Abismada com esse lugar inacreditável, fico de costas e flutuo por algum tempo, aproveitando minha primeira experiência tropical verdadeira. Só lamento um pouco não estar dividindo isso com Liam. Rezo para que o tempo passe rápido até ele chegar.

Depois de alguns minutos flutuando, o som da cachoeira me faz cochilar, e eu fecho meus olhos e relaxo os membros.

Equilibrando-me no limiar da consciência, perco a noção do tempo. Quando abro meus olhos, o sol está mais baixo no céu e foi amenizado por um grupo de nuvens escuras no horizonte.

— Certo, aquilo não parece bom.

Nado de volta para a margem e pego minha toalha. Enquanto me seco, vejo que os macacos continuam parados no mesmo lugar, me olhando. Noto também que meu livro e minha bebida sumiram.

— Tá bom, quem foi o ladrão? — Passo a toalha em volta do peito e ando na direção deles. — Peço pra vocês olharem as minhas coisas e vocês me roubam? Muito chato, rapazes. — Eles me olham assustados enquanto me aproximo. — Vocês podem ficar com o refrigerante, mas que tal devolver o livro? Tenho que saber como aquela porcaria termina, certo?

Olhando para eles, não vejo evidências das minhas coisas. Talvez as tenham espalhado por aí.

Cavo um pouco o chão antes de entrar na floresta para valer, para ver se não enterraram as coisas. Mal caminhei para dentro da sombra quando vejo uma abertura no meio das árvores. É uma clareira, e bem no meio há uma enorme pedra retangular.

— Ah, uau. Será que é esse o horripilante altar da morte? Acho que sim.

Vou até lá examiná-lo. O topo é liso, quase vitrificado, e há uma canaleta levando para fora da pedra em um dos lados.

— Provavelmente pra drenar o sangue — sussurro para mim mesma como uma completa idiota. Sempre fui fascinada pelo macabro. Acho que é o resultado de ter lido toneladas de livros de Stephen King e Dean Koontz na adolescência.

Passo a mão pela superfície da pedra. É fria, mas a temperatura não é o que me faz ficar arrepiada. Estou passando o dedo pelo canal de sangue no instante em que ouço um barulho à direita. Olho para as árvores para ver se meus amigos macacos-aranhas me seguiram, mas a copa das árvores está vazia. Então, ouço o barulho novamente e percebo que ele não está vindo de cima.

Paro de respirar ao avistar de relance o que parece ser alguém parado ali, me olhando, meio escondido atrás de uma árvore.

— Luís?

Só dá para ver o contorno de uma cabeça, mas, mesmo sem muita luz, sei que não é o Luís.

Os pelos da minha nuca se arrepiam.

— Quem quer que seja, estou avisando, sou treinada pra matar um homem com as mãos. — Bom, fui treinada para pelo menos socar um homem no saco com força mortal. Liam não chegou à parte em que me transforma em uma arma ambulante.

Ouço uma grande algazarra bem acima da minha cabeça. Olho para cima e vejo os macacos parados ali, fitando a figura misteriosa. Olho de volta, mas não há nada na floresta.

— Turista perdido? — Sussurro para mim mesma. — Ou o *Espírito Vingativo*? — Certo, isso é assustador demais de imaginar, até para mim.

Meio choramingando, corro o mais rápido que consigo de volta para a beira d'água, o que não é grande coisa, já que meu exercício favorito é andar até a geladeira para pegar queijo.

Estou passando pela última linha de arbustos quando a mão forte de alguém segura meu braço.

Dou um grito e me viro para encarar a cara preocupada de Luís.

— Srta. Holt? Você está bem?

— Luís! Você estava ali perto do altar agora pouco?

— Não. Tem uma tempestade chegando, achei melhor vir te buscar. Por quê?

— Por nada. Pensei ter visto alguém na floresta.

Ele olha na direção de onde eu vim e franze a testa.

— Bom, nós somos as únicas pessoas na ilha neste momento, então não sei o que poderia ser. — Ele olha de volta para mim. — Talvez seja melhor não dizer nada pra Alba. Se ela achar que você viu o *Espírito Vingativo*, nunca mais vou ter paz. — Ele dá um tapinha em meu ombro. — Com certeza era só uma sombra. Na floresta, algumas vezes a luz prega peças em nossos olhos.

— Sim, acho que foi isso.

Volto para pegar minha toalha e a sacola e um trovão ecoa, vindo das nuvens escuras que se aproximam da ilha.

— Com certeza. Uma sombra. Foi só isso. Sem problemas.

Exceto pelo fato de as sombras não desaparecerem ao perceberem que foram vistas.

Quando termino meu jantar, uma chuva torrencial está bombardeando as janelas de vidro. Raios cortam o céu.

— Talvez seja melhor você ficar aqui esta noite — sugiro enquanto Alba termina de tirar a mesa. — Você vai ficar ensopada se tentar chegar em casa debaixo dessa chuva.

— Ah, eu vou ficar bem. Meu Luís logo estará aqui. Ele vai tomar conta de mim.

Nós duas levamos um susto quando a porta dos fundos se escancara e Luís aparece vestido dos pés à cabeça com roupa de chuva. Ele parece um capitão Nemo que ficou no deque enquanto o *Nautilus* submergia.

Ele fecha a porta e fica parado no corredor dos fundos, pingando sobre o piso de cerâmica.

— Certo, então... está chovendo.

Alba ri.

— É mesmo? Não tínhamos notado. Estou quase pronta pra irmos.

— Na verdade, vim mais cedo pra dar más notícias para a srta. Holt. — Ele olha para mim com uma expressão de pesar. — Eu devia pegar o sr. Quinn no continente uma hora atrás, mas com esse tempo o helicóptero não pode voar. Temos que esperar a tempestade passar. Sinto muito.

Meu coração afunda.

— Você falou com o Liam?

— Não. Tentei ligar, mas estamos sem sinal. Assim que a tempestade acalmar, tento de novo. Acho que não vamos poder buscá-lo antes de amanhã cedo.

Eu suspiro. Claro que isso ia acontecer. Não nos vemos há três meses, não é como se eu estivesse morrendo de saudade nem nada.

Droga.

Tomo um grande gole de vinho e o engulo com força.

— Não é culpa sua, Luís. Obrigada por me informar.

— Sem problemas. Se eu descobrir mais alguma coisa, ligo pra você.

— Obrigada.

Eu me sinto arrasada. Pensei que finalmente iria para a cama enroscada em meu homem deslumbrante, mas parece que vou dormir sozinha de novo. Meu Deus, estou cansada de dormir sozinha.

Depois que Alba e Luís se vão, pego minha taça de vinho, subo as escadas e entro no enorme banheiro para encher a banheira. Pelo menos posso tentar aproveitar esse tempo sozinha. Procuro nos armários sais de banho e velas, e, com a banheira cheia, tiro a roupa e afundo na espuma. A sensação é tão boa que dou um gemido.

Enquanto a água morna relaxa meus músculos, fecho os olhos e ouço o barulho da tempestade lá fora. Com a minha sorte, esse clima estúpido vai durar dias, e Liam vai ficar preso no continente por sabe lá Deus quanto tempo.

Queria poder falar com ele. Liam deve estar tão desapontado quanto eu. Talvez mais. Afinal, não fui eu quem passou meses filmando em um deserto gelado. Tenho certeza de que ele está mais do que necessitado de uma boa dose de sol.

Ouvindo o vento uivar lá fora, fico com medo de que o sol nunca mais volte a brilhar.

Estou quase dormindo quando a luz de um relâmpago mais intenso clareia o céu, seguida de um trovão ensurdecedor. Três segundos depois, as luzes se apagam.

— Tá de brincadeira comigo!

Com um grunhido de frustração, engulo o resto do vinho e saio da banheira. Isso é ridículo.

Movendo-me com cuidado à luz de velas, visto um dos macios roupões brancos pendurados em ganchos na parede e escovo os dentes com tanta força que minha gengiva sangra.

Sentindo pena de mim mesma, pego uma vela, volto para o quarto e deito na cama.

Quando me afundo no colchão suave, sinto como se estivesse cercada de vazio. Uma casa gigante vazia. Uma cama imensa e vazia. Braços vazios onde Liam deveria estar.

Suspiro, fecho os olhos e fico horrorizada quando a letra daquela música do espetáculo *Annie* começa a ecoar na minha cabeça.

O sol vai sair... amanhã. Aposte seu último dólar que amanhã vai ter sol.

Não enche o saco, mulherzinha chata.

Capítulo seis

ELE SABE QUANDO VOCÊ ACORDA

Não consigo dormir direito. Pesadelos sobre ser presa a um altar de pedra enquanto o *Espírito Vingativo* se prepara para me sacrificar aos deuses faz com que eu me revire na cama por horas. O tempo não ajuda. Ainda que a intensidade da tempestade diminua, o vento continua a uivar em volta da casa, fazendo parecer que a ilha está gritando.

Eu me arrasto para o banheiro sem ter a mínima noção das horas, mas a energia elétrica ainda não voltou e as velas já se consumiram. Então faço meu melhor para não trombar nas coisas em meio à escuridão.

Ao acabar, sigo aos tropeços na direção do quarto. No momento em que me preparo para voltar para a cama, percebo algum movimento com o canto dos olhos. Eu me viro e noto o vulto de um homem parado bem na minha frente.

— Jesus Cristo!

Assim que abro a boca para gritar, o vulto se adianta e me agarra. Minhas costas atingem a parede e uma mão gigante e molhada cobre minha boca.

Instintivamente, luto com ele tentando me libertar, mas ele é alto e forte, e quando me pressiona com todo seu peso, mal posso me mover.

— Ei, calma. Sou eu. Shhh. Sou só eu.

A voz dele me arrepia toda, até a coluna, no mesmo instante em que um relâmpago ilumina o ambiente e, subitamente, posso ver melhor o seu rosto.

Assim que o reconheço, ele me solta e se afasta um pouco.

— Desculpa pelo susto. Não me dei conta de que a luz tinha caído.

— Ah, meu Deus, Liam! — Passo meus braços em torno de seu pescoço, e ele me puxa contra o peito em um abraço apertado. O cabelo dele chega abaixo dos ombros e está ensopado. Posso sentir a aspereza de sua barba quando ele esfrega o rosto no meu pescoço.

— Como você chegou aqui? Pensei que o helicóptero não pudesse voar enquanto a tempestade não diminuísse.

Liam estreita o abraço antes de responder:

— Se você pensa que um pouco de mau tempo é suficiente pra me manter longe da mulher que eu amo, subestima minha desesperada e patológica necessidade de você.

Percebo que ele está pingando.

— Espera, você nadou até aqui?

Liam dá uma risada.

— Você está brincando? Até os patos estão morrendo afogados nessa tempestade. — Ele acaricia minhas costas. — Posso estar desesperado, mas não sou suicida.

— Então como?

— É uma longa história, mas caso a polícia brasileira apareça por aqui amanhã em busca de um americano maluco que guiou um iate de luxo, você não sabe de nada. — Ele se afasta um pouquinho e me encara. — Não consigo acreditar que você está aqui, Liss. Não consigo... — Liam balança a cabeça. — Você não pode imaginar como estou me sentindo agora. Senti saudade pra caralho.

Ele se inclina e, com cuidado, pressiona seus lábios contra os meus. Ofego quando sou atingida por uma carga elétrica mais potente do que os raios que explodem lá fora. Enquanto estivemos separados, pensei que me lembrava de como era intensa a química entre nós. De como abraçá-lo era o mesmo que atear fogo à minha pele. Eu estava errada. Quaisquer que fossem minhas lembranças de como Liam Quinn me afetava, eram uma tênue e triste imitação da explosiva e atordoante realidade.

Ofegando, Liam muda o ângulo de sua boca sobre a minha e gentilmente suga meus lábios, primeiro o de cima, depois o de baixo. Deus, o cheiro dele, o gosto dele. São perfeitos.

A princípio ele hesita, como se não se lembrasse de como me beijar. Não o culpo. Faz tanto tempo. Também não estou certa de que me lembro. Mas nossa memória sensorial retorna rapidamente, nossas bocas se abrem e línguas deslizam uma contra a outra até que nos envolvemos em uma deliciosa confusão de gemidos e grunhidos guturais e desesperados.

Tento senti-lo todo de uma vez só. Reclamo seu corpo, o corpo que venho desejando tanto. Liam parece fazer o mesmo e desliza suas mãos do meu cabelo até a minha barriga. Seu corpo, seu toque, são novos e, ao mesmo tempo, completamente familiares para mim. Ainda que o cabelo rebelde e a barba sejam tão diferentes, pela primeira vez em meses me sinto completa. Os lábios dele são tão intoxicantes como sempre foram, e a carícia leve, mas insistente, de sua língua faz com que eu anseie por mais.

— Sua barba é esquisita — comento, e me afasto só um pouquinho, ofegante e zonza.

— É? — Ele baixa os olhos e dá um puxão no nó que mantém meu roupão fechado. — Esquisita de um jeito bom ou ruim? — Liam abre o roupão e corre suas mãos por minha cintura nua.

Arfando, passo, bem de leve, minhas unhas pelo rosto dele.

— Não sei. Melhor me beijar de novo pra que eu possa decidir.

Dessa vez, quando ele me beija, não há hesitação. É um beijo cem por cento padrão Liam de qualidade.

Ele desliza o roupão por meus ombros com suas mãos rudes, e faz meu corpo pegar fogo de desejo com o toque de seus dedos enquanto sua boca joga gasolina nas chamas.

Estou despreparada para sentir tanto de uma vez só e me agarro aos seus ombros tentando me manter em pé. Meu sistema parece estar sobrecarregado. Eu me acostumei a me sentir entediada e segura, não excitada dessa forma desconcertante e, por isso, tenho mesmo medo de desmaiar.

— E aí, gostou da ilha? — pergunta Liam enquanto desenha uma trilha de beijos, primeiro pelo meu pescoço e depois por meu peito.

— É incrível. — Ele pega meus peitos e preciso me apoiar na parede em busca de equilíbrio.

— E a casa? — Liam cai de joelhos e esquadrinha meus seios, beijando-os na lateral, na parte de cima e, finalmente, nos mamilos.

Fecho meus olhos e o agarro pelos ombros.

— Sim... é... legal...

Ele para de fazer movimentos circulares com a língua em torno dos meus mamilos e faz um barulho. Quando abro os olhos, percebo que ele me encara com uma expressão perplexa.

— É isso? Viro o mundo de cabeça pra baixo pra encontrar a ilha com a casa perfeita e tudo que você tem a dizer a respeito é "legal"?

Enterro as unhas em sua pele.

— Liam, neste momento estou tão excitada que estou praticamente desafiando a gravidade aqui, então talvez a gente deva adiar a conversa sobre o meu vocabulário pra quando eu estiver mais lúcida. Por exemplo, depois que você me fizer gozar.

— Então essa conversa nunca vai acontecer, pelo menos não nas próximas quatro semanas, porque pretendo te fazer gozar o tempo todo.

— Duvido.

— Você acha que não estou falando sério?

— Ainda não vi nenhuma prova disso.

— Muito bem. Prepare-se pra enlouquecer. Mais tarde você pode me dizer o quão "legal" é.

Ele aproxima a boca do meu mamilo, e a onda de prazer que me atinge é tão intensa que chego a choramingar. Não satisfeito em provocar um peito, Liam acaricia o outro, e o efeito me deixa enlouquecida.

— Meu Deus, senti saudades de vocês, garotas — resmunga ele, afundado em meu peito. — Acho que vocês também sentiram de mim.

Meus olhos acabam por se acostumar à penumbra. Não vou mentir, seu rosto perfeito emoldurado por todo aquele cabelo é a visão mais sexy de todas. Tomo sua cabeça em minhas mãos e o empurro para baixo.

Liam me encara e ergue uma sobrancelha.

— Liss, se você quer que eu coloque minha boca em alguma parte de seu corpo, tudo o que precisa fazer é pedir. — Ele desliza as mãos por minhas coxas, contornando-as até alcançar minha bunda, que ele aperta enquanto beija a minha barriga. — Ou, se estiver desesperada, você pode implorar. Isso também funcionaria.

Estou tão embriagada de prazer e ansiedade que mal consigo respirar. E não ajuda em nada quando ele mordisca meu quadril.

Xingo e encosto a cabeça na parede.

— Liss? — Ele belisca meu mamilo suavemente, brincando. — Quer dizer alguma coisa?

— Eu... — respiro fundo antes de continuar. — ... só quero que você lembre que... há mais do que meus peitos pra explorar.

— Ah, mas eu sei disso. Pode acreditar. — Ele beija o alto da minha coxa e corre a ponta do dedo por minha pele, do meu umbigo até o centro do meu desejo por ele, onde sinto meu corpo latejar até quase a dor absoluta.

— Por mais que eu adore seus peitos, o que eu estava mesmo querendo provar fica um pouco mais a sul. — Liam agarra minha perna esquerda e a passa por cima do seu ombro, depois fecha os olhos e me acaricia com a boca.

— Ah, meu Deus. Por favor, Liam. Por favor, por favor, *por favor.*

— Está implorando muito bem. Eu aprovo. — Ele roça os lábios contra mim e sussurra: — Agora fica quietinha e deixa eu me concentrar, porque quero aproveitar cada momento.

Cheia de desejo, desesperada, vibro com a antecipação do prazer que sei que virá quando, inesperadamente, Liam me ergue contra a parede. Dou um gritinho e me agarro ao seu cabelo, enquanto ele também se ergue, posicionando minhas coxas sobre seus ombros.

— Estou te segurando — Liam me tranquiliza com um sorriso malicioso. — Mas se quiser continuar puxando meu cabelo assim, não vou reclamar.

Antes que eu possa processar que Liam, de alguma forma, ficou mais sexy desde a última vez que o vi, ele empurra seu rosto entre minhas coxas e finalmente me deixa experimentar toda a força de sua boca mágica.

— Ah, meu Deus! Liaaaaam!

Liam ergue meu corpo, levantando-me até que eu esteja exatamente onde ele me quer, antes de usar sua boca para assumir o controle do meu corpo, coisa que ele parece ter nascido para fazer. Em poucos minutos, ele me leva à beira da hiperventilação.

— Por favor... — As palavras brotam em meus lábios com uma frequência embaraçosa enquanto ele me conduz ao portal do meu primeiro orgasmo em meses.

— Um pouquinho carente, Liss?

Com um gemido, empurro a parede, projetando o corpo para a frente, para tentar ter sua boca de volta em mim.

— Liam, por favor...

— Por favor, o quê?

Estou tão desesperada por algum tipo de alívio que dou um gemido que é meio riso, meio soluço.

— Por favor, não para.

Liam envolve minha cintura com ambas as mãos antes de me puxar para longe da parede e me levar na direção da enorme cama. Então, me lança contra o colchão como se eu não pesasse nada.

Depois de tirar sua camiseta e jogá-la no chão, ele sorri para mim.

— Se você acha que eu tenho alguma intenção de parar antes de te dar o maior orgasmo da sua vida, então se esqueceu de quem é o seu noivo.

Um senso de urgência primária acelera seus movimentos enquanto ele tira os sapatos e as meias e os joga longe.

Descalço, só de jeans, Liam para por um momento para encarar, faminto, minha nudez.

— Meu Deus, você é linda. Agora, fique deitada, minha quase-esposa, e abra suas pernas. Tenho um trabalho a terminar.

Movendo-se com determinação, ele flexiona os músculos do peito e dos braços ao me puxar pelos tornozelos para a beirada da cama. Então, se ajoelha e me pega pelo quadril, antes de cobrir a parte interna das minhas coxas com beijos quentes e ávidos.

Zonza e indefesa, agarro-me ao edredom e tento me lembrar de respirar.

Dessa vez, ele vai mais lentamente, mas com maior intensidade.

Liam me beija aqui e ali e me dá mordidinhas que me levam à loura. Não demora muito para ele ter controle absoluto sobre cada uma das minhas terminações nervosas. Ele é como um pescador experiente lidando com um marlim gigante em alto-mar, atraindo-o gentilmente, centímetro a centímetro, esticando a linha ao máximo, sem rompê-la.

Finalmente, sua boca se fecha sobre mim mais uma vez. Meu desespero por esse toque é tanto que soluço de alívio. Dessa vez, sei que ele não vai parar. Liam faz com que a tensão se acumule, aumentando a pressão de sua sucção enquanto empurra lentamente seus dedos longos para dentro de mim.

Deus, é demais. É intenso demais. Camada após camada de prazer se solidifica dentro de mim. Agarro-o pelo cabelo e sinto que meu orgasmo começa a pulsar, me incendiando. Meus membros estão tensos com a impaciência que me toma e estremeço, paralisada enquanto meus pulmões buscam por ar.

— Liam... Liam... *Liam*. — Repito seu nome em êxtase, e no instante em que penso que tanto tempo se passou desde que tive um orgasmo que posso ter me esquecido de como era, tudo se encaixa e se desenrola com tal intensidade que um gemido estrangulado escapa de mim.

Por longos segundos cheios de prazer, meu orgasmo me atinge em ondas. Ao final, sinto como se eu tivesse derretido contra o colchão macio.

— Jesus, como eu estava com saudade disso.

Liam afunda na cama ao meu lado e acaricia meu cabelo, afastando-o do meu rosto enquanto tento recuperar a respiração. Minutos depois, o meu semilúcido cérebro registra Liam me erguendo. Com ternura, ele me acomoda na cama. Estou quase inconsciente. Liam se aninha ao meu lado e pressiona seu corpo grande e quente contra o meu.

Instintivamente, eu me aconchego junto a ele, e Liam passa o braço em torno de mim, trazendo-me para junto de seu peito.

— Liam... eu... — Sou interrompida por um bocejo que não pode ser ignorado.

Posso senti-lo sorrindo contra minha testa enquanto acaricia meu cabelo.

— Durma, Liss. Amanhã podemos fazer isso tudo de novo, prometo. Estamos juntos agora. E isso é tudo o que importa.

Quero dizer que não preciso dormir. Que desejo lhe dar tanto prazer quanto ele acaba de me dar, mas a agradável sensação de estar aninhada em seus braços é intoxicante.

Contra minha vontade, sucumbo ao lento e persistente chamado do sono.

E conforme sou arrastada para os mares da inconsciência, sorrio ao escutar o gemido rouco de satisfação que ecoa no peito de Liam.

Quando abro os olhos, a tempestade passou e a luz do sol brilha livre de seu esconderijo.

Que tal? Annie estava certa.

Tenho que piscar algumas vezes para me certificar de que estou acordada. Então, identifico o pedaço de carne masculina embrulhado ao meu lado. Ele está aqui. Apesar de o mundo conspirar para nos manter separados, finalmente estamos juntos. Ao realmente me dar conta disso, meu sorriso está tão largo que meu rosto dói.

Estamos de frente um para o outro, com o braço dele apoiando minha cabeça e as pernas enlaçadas.

Não posso descrever como é maravilhosa a sensação de finalmente acordar junto ao homem que amo. Liam, por sua vez, parece totalmente desacordado. Seus olhos se movem abaixo das pálpebras e sua respiração é curta e sincopada.

Apoio meu peso sobre o cotovelo, para poder me erguer e observá-lo melhor. Mesmo nessa sua nova versão barbuda, Liam ainda é o homem mais lindo que já vi. Apesar disso, não posso deixar de notar as olheiras abaixo dos olhos e a palidez de seu rosto. Depois do insano ritmo de filmagens que ele enfrentou, e depois de ter atravessado uma tempestade, mal posso imaginar como ele está exausto.

Corro os olhos pelo seu corpo e vejo alguns hematomas e arranhões bem feios. Sei que são o resultado da insistência de Liam em fazer a maior parte das cenas sem dublê e desgosto tanto disso quanto a companhia de seguros do estúdio. Mas se tem uma coisa que sei sobre Liam é que, se está decidido a fazer alguma coisa, são poucas as chances de que alguém o faça mudar de ideia.

Sua determinação é apenas uma das muitas coisas que amo nele.

— Nããããão. Nada de ervilhas. — Ele franze a testa e faz um biquinho. — Não, mãe, não quero is... — Sorrio enquanto ele continua a resmungar algo ininteligível antes de se virar de costas.

Como ele consegue ser tão incrivelmente adorável e, ao mesmo tempo, sexy como o pecado em si é algo que não consigo mesmo entender.

Uso sua inconsciência como trunfo e cuidadosamente saio da cama para tomar banho e escovar os dentes. Deve ser burrice minha querer causar uma boa impressão matinal, considerando que já estamos em um relacionamento, mas não me importo. Só quero que Liam me ache cheirosa.

Quando estou me sentindo fresca como uma flor, visto um robe e volto para a cama, para assisti-lo dormir. Enquanto o encaro, eu me pergunto se é normal ser tão fascinada por um homem. Sendo justa, ele não é um homem comum. Mesmo inconsciente, Liam Quinn é estranhamente atraente.

Depois de um tempo, ele começa a resmungar de novo, antes de jogar longe as cobertas e revelar que está nu, a não ser por sua cueca boxer.

Bom, oláááááááá, sr. Quinn.

O tecido escuro envolve cada centímetro ereto dele e, quando Liam começa a fazer barulhos que parecem suspeitamente eróticos, minha resolução em respeitar o sono dele se dissolve.

— Como se qualquer outra mulher fosse durar tanto tempo — sussurro para mim mesma. — Quer dizer, pelo amor de Deus, olha pra ele.

Eu me inclino para puxar o elástico da cueca. Se eu ao menos conseguir tirá-la sem acordar Liam, posso surpreendê-lo com um boquete matinal.

Prendo a respiração enquanto abaixo a cueca o suficiente para que passe pelo quadril, revelando seu impressionante pau duro. Então, eu me permito ficar ali alguns instantes, só apreciando o meu futuro marido em toda sua glória.

Estou prestes a correr um dedo por toda a extensão de seu pau, quando uma mão, de repente, agarra meu pulso.

— O que você pensa que está fazendo, srta. Holt?

Levanto a cabeça e dou de cara com seus olhos turvos me encarando.

— Ahhhh, nada. Só dando bom-dia.

— Pro meu pau?

— Bom, ele estava acordado e você, não. Seria falta de educação ignorá-lo.

— Claro que ele estava acordado. Eu estava sonhando com você. — Ele sobe a cueca novamente. — É melhor você se afastar. Você não faz ideia de como ele estava perto de explodir bem na sua cara. Você poderia ser morta.

Ergo a sobrancelha.

— Morta?

— Tudo bem, talvez não morta, mas ele poderia atingir seus olhos, que arderiam loucamente. Acredita em mim, eu sei.

— Ah, é mesmo? — Tento suprimir um sorriso. — Você já mandou fogo amigo em si mesmo?

Liam se vira de lado para apoiar a cabeça em uma das mãos.

— Claro que sim. A maioria dos homens já fez isso. O negócio não acontece sempre na mesma velocidade. Às vezes, é como abrir champanhe morna, mas às vezes é como aquela experiência de laboratório na qual você joga Mentos em uma garrafa de Pepsi, e tudo explode, virando um gigante gêiser melado.

Rio e acaricio o rosto dele.

— Você deveria registrar esse nome.

— Gigante Gêiser Melado?

— Sim, pro caso de você resolver produzir um filme pornô.

— Ah, é mesmo? — Em apenas um instante, ele me vira de costas e prende minhas mãos contra o colchão. — E você estrelaria esse pornô comigo? — Liam tenta permanecer sério, mas posso ver sua boca se retorcendo.

— Claro que sim. Meu nome de estrela pornô é Horácio Sessenta e Dois.

Ele fecha os olhos e resmunga:

— Nossa, amor. Isso é incrivelmente sexy.

Dou um jeito de liberar minhas mãos e empurrá-lo. Ele ri e rola para o lado.

— Olha aqui — dou um tapa no peito dele —, saiba que esse nome foi cientificamente formulado. É formado pelo nome do meu primeiro animal de estimação mais a rua onde eu cresci. Quando eu tinha cinco anos, tive um peixinho dourado chamado Horácio Nadador III e cresci na rua 62. Então, é isso. Meu nome é legítimo.

Ele coloca as mãos atrás da cabeça.

— Bom, seguindo essa lógica, meu nome de estrela pornô é Bunda Dançante Washington.

Solto uma gargalhada.

— Ah, meu Deus. Isso é tão perfeito pra você! Bunda Dançante!

Liam senta e me dá uma bronca.

— Como você ousa rir disso? O sr. Bunda Dançante era um gato muito digno. Não foi culpa dele se meu irmão escolheu esse nome estúpido.

— Ah, é mesmo? E como você queria chamá-lo? Thor? Hunter? Brick?

— Não seja ridícula. Ninguém batiza o próprio gato de Brick.

— Então, tudo bem. Diga qual é seu nome preferido para um gatinho.

Liam encara o teto.

— Gostaria de ter batizado ele como Senhor Fofura.

Meus olhos quase saltam das órbitas de tanto que rio.

Liam revira os olhos.

— Vai, ri de mim. Não se reprima. Não quero que você acabe tendo um câncer ou algo assim.

— Senhor Fofura! — Não consigo parar de rir.

— Seria um grande nome para um gato! — retruca Liam, indignado. — Mas Jamie e eu disputamos no jokenpô, e o pobre gatinho foi chamado de Bunda Dançante pra sempre. Ele se sentia humilhado.

— Quantos anos você tinha quando escolheu esse nome? Cinco? Seis?

— Quinze. Batizar nossos gatos era coisa séria naquele tempo.

A essa altura, não sei mais dizer se ele está brincando ou não.

— Bom, pessoalmente, acho que não dá pra errar com qualquer um dos dois nomes: tanto Bunda Dançante quanto Senhor Fofura são perfeitos pra seu nome de estrela pornô. Ambos te descrevem perfeitamente.

— Sua pequena... — Liam tenta me agarrar, mas torço o corpo e escapo dele, correndo escada abaixo e indo na direção da sala, certa de que estou em vantagem.

Acontece que, apesar de seu tamanho, Liam é rápido e finalmente me alcança e me apanha pela cintura um segundo antes de eu chegar à cozinha.

Dou um gritinho quando ele me joga em seus ombros como um saco.

— Liam! Para com isso! Me coloca no chão!

— Não. Você precisa de uma lição, mocinha, e vou te dar uma.

Eu me debato nas costas dele antes de ser jogada no sofá.

— Bom, acho que há coisas piores do que ser disciplinada por Bunda Dançante Washington.

— Certo. Há mesmo. — Liam se acomoda no sofá e me ajeita de bruços em seu colo. — Você tem tantas ocorrências na sua lista de safadezas que perdi a conta. Hora de aceitar seu castigo, mocinha. — Liam afasta meu robe para deixar à mostra minha bunda nua e, então, dá tapas em ambos os lados até que minha pele começa a arder.

— Liam! — Rio enquanto ele acaricia a área na qual acabou de bater. Isso faz cócegas!

— Parece que você está gostando mesmo disso. — Ele me acerta de novo, mais forte dessa vez, três vezes de cada lado. Arde bastante, mas eu gosto. Sentir a força dele me mantendo quieta e o golpe firme de sua mão... Uau. É definitivamente sensual.

Ele acaricia de novo a minha bunda.

— E agora, você vai se comportar? Ou você quer mais?

Permaneço em silêncio por um instante e depois digo:

— Mais.

A mão dele congela.

— Como é? — Liam parece realmente surpreso.

Limpo a garganta.

— Eu disse mais, por favor. — Faço uma pausa. — Mestre.

O apertão involuntário que Liam dá em minha bunda ao ouvir isso mostra que ele aprova minhas palavras.

— Liss, você tem certeza? — Ele parece excitado, mas nervoso. Parece que estamos na mesma página sobre o assunto.

— Sim. Por favor, mais — digo com firmeza.

Liam dá um suspiro.

— Tudo bem, você que pediu. Não se mexa.

Liam dá um tapa em cada lado da minha bunda, sucessivamente, aplicando mais força. Estou surpresa com a constatação de que cada golpe faz disparar uma onda de prazer que se espalha pelo resto do meu corpo. Fecho os olhos e gemo, enquanto minha pele começa a inchar e queimar.

Sempre tive uma vaga fantasia sobre Liam me dar uns tapas na bunda, mas agora que está acontecendo, é ainda mais incrível do que eu imaginava.

Ao terminar, ele acaricia minha bunda gentilmente. Mas gentileza não é o que quero agora. Quero seus dedos dentro de mim. Ásperos e insistentes. Alcançando meus lugares mais profundos.

Em vez disso, Liam solta um suspiro.

— Você aprendeu a lição? Ou preciso continuar? — A voz dele soa estranha. Há uma nota ali que nunca ouvi.

Eu realmente gostaria que ele continuasse com outras coisas.

— Lição aprendida — sussurro enquanto meu pulso acelera. — Obrigada.

Ele me ergue em seus braços até que eu esteja acomodada em seu colo e então segura a parte de trás do meu pescoço e puxa minha cabeça na direção de sua boca.

— Obrigada...? — Seus lábios acariciam meu ouvido, fazendo minha pele se arrepiar.

— Obrigada, *mestre*.

Um gemido surdo ecoa em seu peito e, por um momento, acho que ele vai me jogar contra o sofá e, enfim, vai me comer. Mas sua expressão se transforma em uma profunda contemplação, e Liam abruptamente se levanta e me põe em pé.

— Você está bem? — pergunta ele. — Machuquei você?

— Sim — respondo um pouco envergonhada. — Mas só porque eu pedi.

— Ah, merda. — Liam balança a cabeça e pensa por alguns segundos antes de se afastar de mim. — Eu... ah... — Ele olha para o corredor. — Preciso tomar um banho.

— Liam...

— Você pode chamar a Alba e pedir pra ela trazer roupas limpas pra mim? Deixei cair minha mala no caminho pra cá ontem à noite. Ficou tudo encharcado.

— Claro, mas eu...

— Não vou demorar.

— Tudo bem.

Ele avança para a escada, subindo de dois em dois degraus até sumir de vista.

Um pouco mais confusa do que deveria, vou à cozinha e ligo para Alba. Depois, me sento em um dos banquinhos, tomando cuidado com meu traseiro dolorido.

Bom, a coisa toda deu uma guinada interessante.

Será que eu o assustei ao pedir para ser espancada? Quero dizer, nosso sexo raramente é suave, mas isso foi algo que nunca fizemos. Talvez seja muito diferente.

Esfrego meus olhos. Eu não o culparia se ele estivesse assustado. Também estou. Apesar de me considerar durona em todas as vezes que tive um machucado, jamais pensei que eu pudesse sentir certa atração pela dor. O que será que isso diz sobre mim?

Depois que Luís e Alba entregam as roupas de Liam recém-lavadas, todos nós nos ocupamos em arrumar o café da manhã na varanda ao lado da piscina. Liam desce para ajudar. Ele acaba de sair do chuveiro e está usando bermuda de surfista vermelho-vivo, com a cintura deliciosamente baixa. Não deixo de notar o modo como os olhos de Alba se arregalam ao vê-lo sem camisa.

Ela me lança um olhar rápido, e aceno com a cabeça, como quem diz: "Pois é, eu sei, como ele ousa ser tão gato?".

Antes que acabem os preparativos, disparo escada acima e visto outro de meus biquínis novos, antes de cobri-lo com um sarongue.

Quando desço novamente, a grande mesa de madeira ao lado da piscina já está posta, com talheres cintilantes e flores frescas, e Liam está deitado numa espreguiçadeira, de olhos fechados. Seu cabelo está preso em um rabo de cavalo, o que acentua ainda mais as maçãs do seu rosto. Apesar de ainda ser cedo, seu corpo já está brilhando com uma fina camada de suor. Isso só realça seus músculos.

Faço uma nota mental para me lembrar de passar filtro solar nele mais tarde. Afinal, alguém tem que fazê-lo.

Ele abre os olhos ao me ouvir chegar perto, e ao perceber o que estou vestindo, suas sobrancelhas se franzem, e ele se senta.

— Bonito sarongue. — Apesar de suas palavras, seu tom sugere que ele acha que o sarongue é um idiota. — Onde você o comprou? E por que ele quer me magoar, escondendo seu corpo gostoso dos meus olhos?

Com um sorriso paciente, paro na frente dele e desamarro o nó que prende o sarongue atrás do meu pescoço.

Depois, faço uma pose e seguro o tecido aberto para que Liam possa ver meu biquíni. O de hoje é um azul-escuro com detalhes dourados.

Liam suspira, soltando o ar enquanto tenta olhar tudo ao mesmo tempo.

Apesar de percorrer meu corpo todo minuciosamente, seus olhos sempre acabam retornando ao meu peito.

— Certo. — Olhos ainda fixos nos meus peitos. — Então, esta é você de biquíni. Não deixe que isso suba à cabeça, mas é provavelmente a melhor coisa que eu já vi na minha vida.

Sorrio.

— E quanto à vista lá fora? O mar, o penhasco, a praia imaculada lá embaixo? É estonteante.

Finalmente ele consegue subir os olhos até meu rosto.

— Liss, não há nada neste planeta tão estonteante quanto você. Como é que você ainda não sabe disso?

Como de hábito, ele me derrete com essas palavras, mas há mais alguma coisa em sua expressão, e me pergunto se ele ainda está incomodado com o que aconteceu mais cedo.

Estou tentando criar coragem para perguntar quando Alba grita:

— Café da manhã!

Liam suspira, decepcionado, ao me ver amarrar de novo o sarongue. Ele pega minha mão enquanto caminhamos até a mesa onde Alba e Luís serviram omeletes, frutas frescas, chá e café.

Comemos em relativo silêncio, contentes em apreciar a vista. Quando acabamos, Liam se recosta na cadeira e passa a mão pela barriga completamente plana, como se houvesse algo ali além de músculos abdominais sarados.

— Então, srta. Holt, está se sentindo corajosa hoje?

Limpo a boca com o guardanapo de linho, ainda pensando na glória da omelete de queijo de Alba.

— Hummm, depende. Em uma escala que vai de "usar uma marca de creme dental diferente" a "nadar com tubarões", qual o nível de coragem de que estamos falando?

— Corajosa o suficiente pra fazer seu coração disparar.

Ponho a mão na perna dele.

— Estar com você é o suficiente pra fazer meu coração disparar, sr. Quinn. — Ele fica mais empertigado na cadeira à medida que deslizo a mão rumo à sua virilha. — Desde que você esteja comigo, posso fazer qualquer coisa.

Ele sorri.

— Resposta correta.

Capítulo sete
ELE SABE SE VOCÊ FOI BOA OU MÁ

Fecho os olhos com força e agarro as mãos de Liam.

— Certo, então pelo visto, não consigo fazer isso.

— O que houve com "eu faço qualquer coisa desde que você esteja comigo"?

— Isso foi quando eu estava chapada de omelete de queijo e a salvo, lá no chão. Agora estou a 15 mil pés acima do nível do mar e certa de que vou morrer.

— Isso não é verdade, nem de longe. Nós só estamos a dezoito metros de altura.

— Achei que você me amasse.

— E amo.

— Então por que você está tentando me matar?

— Para de ser tão dramática. Abre os olhos. — Balanço a cabeça em negativa, mas ele me beija de leve e sussurra: — Você está em perfeita segurança, prometo.

Abro um olho, de leve, e agarro seus braços. "Vamos dar uma caminhada", ele disse. "Eu sei de um lugar que é lindo a essa hora do dia", ele disse.

Então, bem, depois de passar pelo lago, caminhamos penhasco acima por quase uma hora antes de chegar a este lugar. E claro que é lindíssimo, mas agora ele quer que eu pule da beirada para a morte certa? Não, obrigada. Estou firme no time do Nem Fodendo.

— Que tal abrir o outro olho também?

Suspiro e abro os dois olhos. Nunca pensei que tinha problemas com altura antes, mas, agora, olhando para a água lá embaixo, sinto um pavor me invadir.

— Não estamos tão alto assim, Liss. E eu já saltei daqui. A água é mais que suficientemente profunda. E é muito louco. Eu acho que você realmente ia curtir.

Olho para a praia onde deixamos todas as nossas coisas. O que eu não daria para estar lá, lendo um livro ruim sobre zumbis e conversando com a fauna local. Os macacos-aranhas estão lá de novo hoje, parecendo personagens da Disney que ganharam vida.

Liam vem para trás de mim e envolve minha cintura com os braços.

— Olha, se você realmente não quiser, tudo bem. Sem pressão. Nós podemos caminhar de volta lá pra baixo. Eu só achei que você pudesse gostar de um desafio.

O estranho é que normalmente eu gosto mesmo. Não sei por que estou tão hesitante nesse momento.

Acho que nunca realmente pensei muito na ideia de mergulhar de um penhasco além de *Uau, isso parece ser divertido, desde que não seja eu a saltar.*

— Certo. — Tomo fôlego. — Vou tentar. Mas você tem que ir primeiro.

Liam beija meu ombro.

— Sem problema. — Com sua elegância habitual, ele dá um passo à frente e aponta uma elevação na rocha. — Quando você se sentir preparada, fique de pé ali, na borda, e pule pra a frente, não pra cima. Não há rochas lá embaixo, então vai ficar tudo bem. — Ele volta até onde estou e pega minha mão. — Pronta pra ver como se faz?

— Claro. Mostre-me do que você é capaz, Quinn.

Liam me dá um sorriso travesso, solta minha mão, dá meia-volta e dispara rumo à borda. Chegando lá, ele salta como um super-herói. Fico encantada quando ele completa um perfeito salto de ponta e mergulha de cabeça na água.

Corro até a borda e olho para baixo no exato momento em que ele volta à superfície para acenar para mim.

— Viu? — grita ele para que eu o ouça acima do ruído da cachoeira. — Nada demais.

Rosno para ele.

— Exibido!

Ridículo, com sua capacidade sobre-humana para esse tipo de proeza. Agora vou parecer uma boba desengonçada em comparação. *Argh*.

Caminho até a elevação e respiro fundo.

Tudo bem, Elissa, você consegue. Fique calma, pule com todo impulso que puder e tente não se debater feito um polvo pulando de paraquedas enquanto cai. Calma.

Olho mais uma vez para Liam e ele me dá um sorriso encorajador.

Certo, aqui vou eu. Estou indo.

Flexiono os joelhos e me preparo para saltar, mas aí me endireito de novo e balanço os braços.

Certo. É. Aqui vou eu. Sou uma folha no vento. Vejam como eu flutuo. Flexiono as pernas novamente, mas, na hora de pular, balanço a cabeça e saio da borda.

— Liss? — A voz dele ecoa pelos penhascos, e mesmo sem ver seu rosto, sei que ele está preocupado.

— Não consigo, Liam — grito para ele. — Sinto muito. Por que você não nada de volta para a margem? Vou descer a pé.

Ele parece desapontado, mas sorri mesmo assim.

— Sem problema. Estarei aqui esperando você chegar.

Eu me recrimino mentalmente enquanto começo a longa descida pela trilha rochosa. *Beleza de covardia, Elissa. Bom trabalho. Você deveria ser uma mulher fodona que não tem medo de nada nem ninguém. Coragem, mulher!*

O bom da caminhada de volta é que ela é toda morro abaixo, então só leva a metade do tempo que levamos para subir. Em menos de vinte minutos já estou na clareira com o altar e posso ver Liam a algumas dezenas de metros, tomando sol.

Olho para o local onde vi o vulto. É claro que não há ninguém lá. Talvez tenha sido uma sombra, afinal. Ou uma copa de palmeira em forma de gente.

Juntando coragem, vou até lá cautelosamente, para ver mais de perto.

— Ei, sr. Espírito. Se estiver aí, por favor, não me assassine. Isso me deixaria bem chateada.

Chego à árvore e dou uma espiada atrás dela. Nada. Graças a Deus.

Estou a ponto de ir embora quando avisto algo brilhante debaixo de uma planta rasteira, a poucos metros. Vou até lá e afasto as folhas para revelar o péssimo livro de zumbis que eu estava lendo outro dia. Ao lado dele há uma garrafa vazia de refrigerante.

Um calafrio percorre meu corpo.

— Podem ter sido os macacos — digo a mim mesma.

Sim, claro que foi isso.

Lutando contra o impulso de sair correndo, me apresso para deixar a clareira, esperando com todas as forças não esbarrar em nada no caminho.

Completo o caminho e Liam sorri para mim, franzindo o rosto contra a claridade.

— Oi, caçadora de emoções. Bem-vinda de volta.

— Oi.

— Você está bem? Parece agitada.

— Sim, só meio assustada com o altar de sacrifício lá atrás. Fico imaginando coisas.

Ele franze a testa.

— Tipo o quê?

Gesticulo.

— Espíritos vingativos.

— Você tem conversado com a Alba, né?

— Um pouco, mas está tudo bem. Só me diga que essas coisas não existem.

Ele me olha como se achasse que sou ao mesmo tempo adorável e maluca.

— Essas coisas não existem.

— Legal. Obrigada. — Despenco na toalha ao lado dele. — Então, mudando para um assunto menos arrepiante, sinto muito por não ter saltado. Sou uma covarde.

— Não é, não. Pedi muito de você. A maioria das pessoas teria recuado.

— Você não recuou.

— É, mas tenho mais coragem que inteligência. Você é a inteligente deste relacionamento. — Ele se inclina e me beija. — Talvez devêssemos desenvolver seu lado aventureiro com alguma coisa um pouco menos radical.

— Tipo?

Ele dá de ombros e finge inocência.

— Ah, não sei. Talvez... fazer *topless*? — Quando olho para Liam com ceticismo, ele aponta para o próprio peito. — Olhe, eu já estou fazendo. Você devia se juntar a mim.

— Sério, Liam? — Ele está sorrindo como um adolescente prestes a ter seu primeiro vislumbre de um peito.

— O que você tem a perder? — Ele faz um gesto que abarca tudo à nossa volta. — Estamos num local privado, e você pode evitar aquelas marquinhas de biquíni irritantes.

Realmente odeio as marquinhas. Não que eu já tenha me bronzeado de verdade.

— E se o Luís vier ver como estamos?

— Não vai vir. Dei o fim de semana de folga a ele e Alba pra irem ao continente pro aniversário da filha. Os dois não vão voltar até segunda de manhã. Isso significa que temos esta ilha inteira só pra nós por quase três dias.

Ao me ver hesitar, ele cacareja, querendo dizer que eu sou medrosa como uma galinha. Babaca.

Ah, por favor, Quinn. Eu não vou me acovardar dessa vez.

— Tudo bem. — E fico de pé. — Que tal levarmos isso um pouco mais longe? — Tiro a parte de cima do biquíni e puxo a calcinha para baixo também. — Você queria que eu abandonasse minhas roupas nesta viagem. Pronto. Você conseguiu.

Os olhos de Liam quase saltam das órbitas.

— Hum... Uau. Certo. Então, uau. Você está... pelada.

— Você tem algum problema com isso, frangote?

Ele engole em seco.

— Não. Problema nenhum. — Ele apenas me encara por alguns segundos, de boca aberta e praticamente babando.

— Liam?

— Sssh! — Ele abana a mão para me calar. — Conversar me acorda, e este é o melhor sonho que tive em muito tempo. — Ele leva dois dedos à têmpora e semicerra os olhos, como se estivesse se concentrando. — Elissa do sonho, por favor, dê uma voltinha pra que o Liam do sonho possa dar uma boa olhada em você. Talvez você possa aproveitar pra pegar uma coca-cola de sonho pra ele enquanto isso.

Balançando a cabeça, vou até a cabana. No caminho, eu o escuto sussurrar para si mesmo:

— Ai, meu Deus, funcionou. Eu sou Obi-Wan Kenobi.

É esquisito estar nua ao ar livre, mas eu meio que gosto. Neste momento, a garota que passou a maior parte da vida na selva de pedra de Nova York está se sentindo livre e selvagem, e bastante poderosa.

Pego duas Cocas na geladeira e volto até onde Liam está. Ele me estuda com a intensidade de um alcoólatra observando alguém lhe servir uma bebida. Há desejo, mas também um pouco de medo.

Eu lhe passo seu refrigerante e ele desvia o olhar com algum esforço. A julgar pela sua cor, ou o sol está começando a afetá-lo ou ele está enrubescendo.

— Ainda tranquilo com o fato de eu estar sem roupa? — pergunto.

Ele encosta a garrafa gelada no rosto.

— Sim. É... bom.

— Bom? Hummm. Tão excitado que está tendo problemas com o vocabulário, Liam?

— Hum... não. Tô... bem.

Gosto mais do que deveria do seu desconforto quando ele tenta olhar para mim e se manter no controle ao mesmo tempo.

— Então, que tal algum *quid pro quo, Clarice*? — Abro minha garrafa. — Se eu vou ficar sem roupa, é justo que você também fique.

Ele toma um gole e seca os lábios.

— Acho que não.

— Por que não?

— Porque é diferente pra mim.

Dou-lhe um tapa no ombro.

— Ei! Que machista, hein? Qual a diferença?

— Você realmente não sabe?

Faço que não com a cabeça e ele suspira, ficando de pé. Depois abre a bermuda e a puxa para baixo. Assim que seu pau salta fora, livre da roupa, ele aponta orgulhosamente para o céu.

Liam olha para baixo com certo desgosto.

— É por isso. Eu pareço uma porcaria de um rinoceronte. — Ele fuzila o próprio pau com o olhar. — Por que você não pode se comportar, cara? Sério. Só porque Elissa está sem roupa, você não precisa perder o juízo. Você é uma vergonha para os pênis do mundo inteiro.

Eu cairia na risada, se não achasse a visão dele nesse estado tão excitante.

— Na verdade, acho que ele é um modelo peniano a ser seguido. Conheço várias mulheres que ficariam felizes da vida se seus homens estivessem portando uma arma dessas em suas cuecas.

— Você é suspeita. Você *tem* que achar isso.

— Sou, mas isso não faz com que seja mentira.

Me aproximo, enquanto ele chuta a bermuda para o lado. Sua respiração fica acelerada quando apoio uma das mãos em seu peito e toco nele com a outra.

— Sabe, se for desconfortável pra você ficar duro assim, posso ajudar a diminuir a pressão. — Chego mais perto, e ele respira fundo enquanto encosto meu corpo no dele.

Ele agarra meus quadris para me manter quieta.

— Você sabe que é ilegal ser gostosa assim, certo? Qualquer tipo de tortura é considerado ilícito na maioria dos países.

— Achei que você queria que eu te torturasse com meu corpo gostoso. Não foi isso que você disse ao telefone? — Eu me afasto, pego meu filtro solar e o espalho em minhas áreas recentemente expostas. Esfrego a loção em meus seios e Liam para de respirar diante dessa visão. Para realmente aumentar o fogo, começo a me mover do modo mais sensual possível.

— Hã... — Ele balança a cabeça, como que para arejá-la. — Merda, preciso me sentar. Não há sangue suficiente no meu corpo pra lidar com isso. — Ele volta a se afundar na toalha, mas mantém os olhos em mim.

Seguro os seios nas mãos em concha e esfrego a loção nos mamilos com as palmas. Até gemo um pouquinho, ainda por cima.

— Estou tão feliz que estamos sozinhos na ilha. Isso significa que se você me devorasse aqui na praia, ninguém saberia.

Seus olhos ficam vidrados.

— Bom, claro. Mas... ah... sexo na praia não é boa ideia. A areia entra em lugares aonde ela jamais deveria ir.

— Então, nós usamos a cabana. Tire a areia antes.

Ele aperta os olhos fechados.

— Você é má. Gostosa demais, mas totalmente do mal.

Eu me ajoelho ao lado dele e passo minhas mãos lambuzadas de filtro solar pelo seu peito.

— Não, maldade seria deixar você lidar sozinho com todo esse pau duro. Estou sendo uma boa moça e oferecendo ajuda.

Ele se deixa cair de volta na toalha e pressiona os olhos com as mãos.

— Porra.

Quando monto em sua cintura e continuo alisando sua barriga trincada, ele faz um ruído abafado.

— Liss...

— Shhh. Liss está ocupada agora. Você pode falar com ela mais tarde.

Deslizo mais para baixo, de modo a alcançar seu pau. Ali está ele, grande e grosso, pousado em sua barriga.

Faz tanto tempo desde que estivemos tão próximos que eu me sinto como o capitão Ahab encontrando Moby Dick.

Aí vem ela.

Passo o resto da loção nas coxas dele.

— Você não precisa passar filtro solar no meu pau — lembra ele, ainda escondendo o rosto.

— Não estava pretendendo. O gosto deve ser horrível.

Eu me inclino sobre ele e passo a língua da base até a cabeça. Ele começa a gemer baixinho e sobe as mãos dos olhos para o cabelo.

— Jesus.

Chupo a ponta devagarinho. Então, todos os seus músculos ficam tensos e ele geme mais alto.

Havia quase me esquecido do quanto é gostoso ouvi-lo fazer esses sons e observá-lo se segurando, por um fio, sabendo que sou eu quem o está afetando assim. Eu me sinto ainda mais poderosa do que agora há pouco, com a nudez florestal.

— Você gosta disso?

Ele puxa o próprio cabelo.

— Demais. Além da conta. Estou tentando não me transformar num Gigante Gêiser Melado aqui agora, Horácio, mas você não está facilitando.

Sorrindo para mim mesma, ponho tudo na boca, o mais fundo possível. Quando chupo para valer, ele grita:

— Poooooorraaaaa! — Tão alto que ecoa pelos penhascos ao redor.

Ele continua falando baixinho enquanto entro no ritmo, girando a mão na base enquanto provoco a glande com a boca. Cada passada de língua o deixa mais tenso, e não demora muito para que ele comece a fazer sons como se estivesse com dor.

— Elissaaaa. Porra, como você está fazendo isso? — Sua voz é grave e rouca, e ele agarra meu cabelo enquanto empurra o quadril para a frente. Quero colocar tudo na boca agora, mas não tem como. — Meu Deus, Liss... ah, merda... ah, Jesus, você vai me fazer gozar.

Sabendo exatamente do que ele precisa, chupo mais uma vez antes de bombear com a mão de cima a baixo, até que suas costas se arqueiam e ele goza pesadamente sobre a própria barriga e peito.

— Sim... ah, Deus, sim. Lissss... — A cada nova onda, ele geme meu nome, e sua respiração fica curta e desigual.

Quando Liam acaba de gozar, ele relaxa tão completamente que parece até ter desmaiado.

— Liam? — Ele não responde, mas suas pálpebras tremulam. — Tudo bem?

— Não. — Sua voz é um grunhido e ele mal move os lábios. — Você me matou. Assassinato por orgasmo. Que jeito de partir. Pode me deixar apodrecendo aqui. A floresta tomará conta de mim.

Eu me aninho ao lado dele.

— Se você estiver menos morto em alguns minutos, vamos nadar?

— Claro. Parece uma boa ideia.

— Por falar nisso, você devia se lavar antes que esse negócio seque. Vai ficar que nem cola. E acho que entrou areia na minha vagina.

Ele dá uma risadinha, ainda de olhos fechados.

— Eu avisei.

— Shhh. Os mortos não falam.

Capítulo oito

E QUANDO VOCÊ É BOA, ELE TE DÁ PRAZER

O resto do fim de semana passa voando em um borrão de sexo, comida e sono. A noite de domingo chega e estou mais do que ligeiramente exausta. Parece que ficar pelados perto um do outro por longos períodos é uma maneira segura de garantir que vamos nos comportar como tarados completos. Pelos últimos dois dias e meio, temos feito sexo quando e como queremos, e o tempo de recuperação impressionantemente curto de Liam me surpreende com frequência. Ainda me agito ao lembrar do jeito como ele me inclinou sobre o balcão da cozinha enquanto estávamos fazendo o almoço. Ele me comeu tão furiosamente que ninguém diria que já tínhamos feito amor quatro vezes.

Agora estamos na cama vendo filmes dos anos 1980 e tomando sorvete, e não consigo me lembrar de uma época em que fui mais feliz ou estive mais satisfeita.

— Ei — chamo enquanto Liam passa sorvete de caramelo em meu mamilo e o limpa com a língua —, não tem algum grande evento de Natal no continente amanhã à noite?

Ele dá beijos grudentos de caramelo em meu peito e no pescoço.

— Hummm, talvez. Por quê?

— Acho que podíamos ir. Alba diz que vai ter música e fogos de artifício. Parece divertido. Podíamos passar a tarde lá, apreciar a vista, fazer algumas compras e depois ver o desfile.

Ele se ergue apoiado no cotovelo.

— E se as pessoas me reconhecerem? Vim pra cá pra fugir disso tudo.

Acaricio seu rosto.

— Ninguém vai reconhecer você com todo esse cabelo. Vai ser tranquilo.

— Pode ser. — Liam coça a barba. — Só não me deixe voltar pra Nova York antes me barbear e cortar o cabelo. Se minha mãe me vir assim, ela cancela o Natal.

— Mamãe Quinn não é fã de barbas e cabelo comprido?

— Em geral, sim. No filho dela, não. Ela acha que eu fico parecendo "não civilizado".

Passo a mão pelo seu peito e ao longo da sua barriga, adorando o modo como seu corpo reage imediatamente ao meu toque.

— Acontece que gosto de você não civilizado. O Liam selvagem é uma delícia. E ele é obviamente meu fã, porque me deixou toda marcada.

Ele passeia o olhar pelo meu pescoço, meus peitos, e depois pelo meu quadril, e em cada local ele examina as marcas colorindo minha pele. Algumas são pálidas sombras cor-de-rosa, e outras são de um roxo profundo, mas não há como negar que todas são hematomas, e só de lembrar como eu consegui cada uma me faz querer pular em cima dele de novo.

— Você realmente está bem com tudo isso? — Ele acaricia as quatro marquinhas no meu quadril, exatamente no formato de seus dedos, e percebo aquele mesmo ar preocupado em seu rosto, de quando me deu tapas na bunda.

— Estou mais que bem. Gosto de ser marcada por você.

Ele me olha nos olhos.

— Outro dia, quando bati na sua bunda, fiquei apavorado de ter ido longe demais. Eu me senti péssimo por ter te machucado.

— Foi por isso que você surtou?

— Foi.

Acaricio seu rosto.

— Só pra você saber, já fantasiei com você me dando uns tapas várias vezes. Mas a realidade foi muuuito melhor.

— Hummm, conte-me mais sobre o que você acha gostoso.

Deixo o sorvete e monto em Liam.

— Gosto quando você é brusco. E quando você manda em mim. E quando me segura e faz exatamente o que quer comigo. — Passo as unhas em seu peito e sorrio ao senti-lo se enrijecer embaixo de mim. — Na verdade, talvez devêssemos levar as coisas mais longe um pouco.

— Como assim?

— Explorar esta nova dimensão de nossa vida sexual. Será que você não gostaria, talvez, de experimentar... ah, não sei... cordas, que tal? Algemas? Chicotes?

Ele empurra a pélvis contra meu corpo, se esfregando em mim.

— Meu Deus, Liss, justo agora que acho que estou cansado demais pra sequer pensar em transar de novo, você encontra novas maneiras de me excitar. Porra, sim pra todas as perguntas. Quando?

Levanto o corpo um pouco para alcançar o espaço entre nós dois e acariciá-lo. A cada passada firme da minha mão, ele geme e agarra meu quadril.

— Bom — digo —, enquanto eu estava conferindo meus e-mails hoje de manhã, por acaso descobri que há uma loja interessante no continente e parece que ela fica na mesma região em que o festival de Natal vai acontecer. Olha só que coincidência.

— Ah, você encontrou isso por acaso? — pergunta ele, respirando pesado.

Eu me posiciono acima dele, ainda o acariciando enquanto me inclino para beijar seu peito.

— Uhum. Meus dedos escorregaram no teclado e aleatoriamente digitaram sex shop no Google. Foi tão esquisito.

— Esquisito mesmo. Sabe o que mais é esquisito? O fato de você não estar montada no meu pau neste exato segundo. Isso é muito esquisito.

Ele tenta me conduzir para ele, mas me mantenho ligeiramente fora de alcance enquanto beijo seu pescoço.

— Certamente você não quer estar dentro de mim de novo. Você ainda não enjoou disso?

Ele agarra minha nuca e puxa minha cabeça para trás para olhar para meu rosto.

— Liss, acredite quando digo que mesmo que eu vivesse mil vidas, nunca enjoaria de estar dentro de você. — Dou um gritinho no momento em que ele me joga de costas na cama e, com um rosnado na garganta, se enfia fundo em mim. Eu o envolvo com meus braços e pernas e o puxo para que entre mais fundo ainda.

— Você é uma mulher incrível, Elissa Matilda Holt. — Ele começa com movimentos lentos e curtos, tão deliciosos que eu enfio as unhas em suas costas. — Nem acredito que você é minha.

Fecho os olhos quando ele começa a se mover com mais força.

— Deus, Liam, não acredito que você ache que meu nome do meio seja... Matilda. Você é um... ah, sim... noivo horrível.

Ele enfia as mãos nos meus cabelos e puxa minha cabeça para o lado.

— Qual seu nome do meio, então?

— É... — Ele gira a pélvis e toca algo dentro de mim que me faz ver estrelas.

— Ai, meu Deus... é... May.

Liam põe a boca em meu pescoço, mordisca e chupa onde já me marcou.

— Anotado, Elissa May. Agora, você quer continuar conversando ou...

— Não. Chega de conversa. Vamos só... ahhh, caralho.

— Deixa comigo.

Ele põe uma das mãos embaixo da minha bunda para conseguir um ângulo melhor e em seguida me come com o foco e a determinação de um homem em uma missão para fazer sua mulher gozar com a maior força possível. Para meu deleite, ele não só é bem-sucedido como também não é nem um pouco gentil.

Capítulo nove
LIAM, QUERIDO

Enquanto estou no píer, olhando para o que está à minha frente, percebo que estou sem palavras. Liam me surpreendeu mais uma vez.

— Você está brincando comigo, certo?

Ele continua parado, de braços cruzados, parecendo extremamente convencido.

— Não estou brincando. É bem sério.

— Esse é o iate que você "requisitou" pra chegar aqui na noite da tempestade?

— É.

— Então, você não o roubou, você tomou posse dele.

— Bom, se você quer ficar discutindo detalhes, foi. Fiz a encomenda há meses e ia surpreender você com um batizado de verdade antes da primeira viagem dela. Mas o plano foi por água abaixo quando tive que usá-la pra chegar até você. Então, é. Eu só a peguei um pouco mais cedo.

O "ela" a que Liam se refere é o mais maravilhoso iate de luxo que eu já vi. Quando ele disse que íamos de barco até o continente, eu esperava que fôssemos em um daqueles fretados vagabundos para turistas, com buracos para copos nos assentos, não nesse lustroso atestado de excesso de riqueza.

Mas não é o tamanho ou a opulência que me deixam de boca aberta. São as duas palavras estampadas na proa em letras chiques, em caligrafia cursiva: *Elissa May*.

— Então, você sabia meu nome do meio o tempo todo?

— É claro. Que tipo de noivo eu seria se não soubesse?

— E você pôs meu nome no seu barco?

Ele me abraça e suspira.

— Elissa, é uma longa tradição náutica que os homens ponham o nome da mulher que amam em seus barcos. É claro que eu tive que apagar o nome da Angel primeiro. — Ele dá uma risada com a cotovelada que lhe dou.

— Sem graça.

— Você sabe que isso não é verdade. Eu sou engraçadíssimo.

Ele pega minha mão e me leva a bordo, e logo descubro que o interior do iate é ainda mais chique que o exterior. Parece um hotel cinco estrelas flutuante.

— Se algum dia ficarmos de saco cheio da ilha — sugere Liam em um dos seis quartos, cheirando meu pescoço —, podemos navegar pela orla por um tempo. Pescar um pouco. Nadar pelados no mar.

Depois de vermos tudo, ele zarpa na direção do continente, e não me surpreende o fato de que ver Liam pilotando várias toneladas de maquinário náutico seja loucamente sexy.

— Onde você aprendeu a pilotar um barco? — pergunto, desconfiada.

— O irmão do meu pai tinha um barco de pesca. Ele costumava levar a mim e Jamie em algumas de suas pescarias e nos ensinou. Não é difícil. — Liam olha para mim. — Você quer tentar?

Olho para a imensidão de água à nossa frente. Acho que não há perigo de bater em nada.

— Claro.

Vou até o grande leme cromado e Liam se coloca atrás de mim.

— É igual a dirigir um carro — sussurra ele e passa os braços pela minha cintura. — Deixe as mãos na posição "dez para as duas" e fique de olho na velocidade.

Apesar de nunca ter dirigido um carro, entendo o que ele quer dizer. Seguro o timão e sigo as instruções dele. Depois de alguns minutos consigo relaxar o suficiente para curtir.

— Viu? — Liam está orgulhoso. — Você nasceu pra isso. — Ele aponta para um painel cheio de luzinhas ao meu lado. — Agora aperte aquele botão.

— Certo.

Assim que eu o aperto, Liam grita:

— Esse não, Liss! Jesus Cristo, a gente vai morrer!

Fico com o coração na garganta por uns três segundos inteirinhos antes de perceber que Liam está se sacudindo todo, tentando segurar o riso.

Eu me viro e lhe dou um tapa no ombro.

— Seu babaca! Você quase me fez ter um infarto!

Ele me gira para que eu volte a ficar de frente para o timão, me abraça e beija meu pescoço.

— Sim, mas foi um infarto sexy.

Apesar do efeito calmante dos seus lábios, meu coração ainda está acelerado.

— E o que esse botão faz, afinal?

— Não faço ideia. Conheço o botão da ignição e o velocímetro. Acho que a maioria desses painéis é só pra impressionar.

Eu me recosto contra o corpo dele e sorrio.

— Você é um idiota.

Liam me deixa pilotar até chegarmos à marina no continente, aí retoma o comando até o cais. De lá nós pegamos um táxi para um restaurante que Alba e Luís nos recomendaram.

Um pouco nervoso, Liam olha em torno quando entramos, com medo de ser reconhecido, mas o *maître* e os garçons nem piscam.

— Viu? Não há com o que se preocupar — comento, enquanto ele bebe uma cerveja local. — Aqui você é só mais um hipster de barba e coque samurai.

Ele me olha feio.

— Eu te disse o que aconteceria se você continuasse a me chamar de hipster, Elissa May, e ainda assim você continua. Parece que você está pedindo pra levar umas palmadas.

Tento não sorrir.

— Parece, não é mesmo?

Ele faz um ligeiro aceno de cabeça, satisfeito.

— Então, prepare-se pra ser punida quando chegarmos em casa.

Apesar de ele parecer estar no controle, eu não deixo de notar o jeito como sorri para si mesmo, enquanto me olha fixamente.

— Eu não fazia ideia de que estava apaixonado por uma maluca.

Agarro sua camisa e o puxo na minha direção.

— Você se apaixonou por mim *porque* eu sou uma maluca. E pode acreditar que o sentimento é recíproco. — Eu lhe dou um beijo longo e profundo, e ficamos tão absortos um no outro que não notamos o garçom esperando para servir nossa comida até ele pigarrear.

Depois de um delicioso almoço de autêntica comida brasileira, vamos até uma lojinha com vitrines vermelhas opacas. Se nós dois achávamos que éramos depravados antes de entrar, certamente mudamos de ideia depois que saímos.

— Puta merda — Liam sussurra enquanto caminhamos pela rua com nossa comparativamente inofensiva coleção de algemas, cordas e vários chicotes —, você viu aquela coisa perto da porta?

— Vi.

— Que diabo, Liss? — Assim que Liam pôs os olhos na barra cromada, ele ficou branco. A etiqueta dizia que era um *plugue oco de uretra*, e era um pesadelo. — Tem homens que enfiam aquela coisa no pau? Como? E por quê? E *como*? Meu pau correu pra se esconder assim que o viu.

— Que bom que você é um dominador, então. Seu pênis pode permanecer livre de artefatos metálicos de qualquer tipo.

Ele concorda com um gesto de cabeça, mas ainda está pálido. Não quero rir do seu trauma, mas não consigo evitar. Meu homem grande e forte, que nem pisca antes de saltar de penhascos ou de participar de proezas que desafiam a morte, apavorado por um dispositivo que alguns homens enfiam no canal do xixi.

Hilário.

À medida que nos aproximamos de onde o show de música e os fogos vão acontecer, a área fica mais cheia de gente. Camelôs oferecem seus produtos e crianças pedem aos pais para lhes comprar coisas. Música brasileira alegre vem de praticamente todas as casas.

Ao chegarmos a uma praça espaçosa, avistamos uma banda no centro, tendo à frente um grupo de lindas dançarinas, parcamente vestidas com fantasias de Carnaval.

Eu me viro para ver a expressão de Liam e descubro que ele as está observando com intenso interesse.

— Grande fã de dança, você?

Ele assente, com ar sério.

— São anos de treinamento e disciplina, dá pra ver. Elas são atletas. Respeito isso.

— Além disso, seus peitos balançam conforme elas se movem.

— Isso também.

Eu dou risada e puxo seu braço.

— Venha, garotão. Você pode me pagar uma bebida agora.

Eu o arrasto até um quiosque próximo, onde estão vendendo algo com aspecto e cheiro bem parecidos com sangria.

— Dois, por favor — diz Liam, entregando algum dinheiro à atendente.

A mulher sorri para ele distraidamente enquanto pega as notas, mas aí ela o olha de novo, aparentemente perplexa. Imediatamente começa a dar risadinhas e cutuca a mulher ao seu lado, que está servindo a bebida.

— *O garanhão* — sussurra ela para a amiga, que se vira na hora para encarar Liam.

A segunda mulher tem um sobressalto e cobre a boca.

— *Sim!*

Liam fica cabisbaixo.

— Acho que nosso anonimato acaba de voar pela janela.

A mulher nos entrega nossas bebidas, e quando chegamos ao outro lado da praça, já há um murmúrio constante de "O garanhão" enquanto passamos.

Acabamos as bebidas, paramos na frente de um hotel de luxo e jogamos os copos vazios em uma lixeira. Liam olha em volta, cauteloso. Acho que ele está tão surpreso quanto eu por não estarmos sendo cercados. A maioria dos fãs fica doida ao descobrir quem ele é. Parece que os brasileiros se contentam em apontar e cochichar à distância.

— Eu sabia que esse anonimato era bom demais pra durar — comenta ele, colocando os óculos de sol. — Ainda assim, podia ser pior.

Olho para dentro de uma das janelas do hotel para ver a decoração, mas são os jornais e as revistas em uma banca no bar do saguão que atraem meus olhos.

Acaba de ficar pior.

— Ah... Liam...

— Talvez a gente devesse voltar. Se o humor da multidão mudar, nós podemos ter problemas. Eu me sinto muito exposto aqui.

Ele não está errado a esse respeito.

— Liam...

— O que elas querem dizer com "O garanhão", afinal?

Pego sua mão e o puxo até perto da janela.

— Elas querem dizer que você é "pegador".

Ele franze o rosto.

— Sério? Esquisito.

— Não é tanto, quando você vir o que eu estou vendo.

Eu aponto a banca onde há vários jornais e revistas, tanto em inglês quanto em português, e em cada um deles há uma foto de Liam na capa, nu. E ereto. Seu pênis está coberto por um retângulo preto, mas o tamanho do retângulo explica por que todas as manchetes estão gritando sobre "O garanhão".

Assim que Liam entende o que está vendo, ele fica mais branco do que quando viu o tubo de metal na sex shop.

— Ahhhh, merda.

Capítulo dez

NOITE NÃO TÃO CALMA

— Puta que pariu. — O rosto de Liam vai de branco a vermelho enquanto ele fica de pé no bar do saguão e folheia uma das revistas. Por mais zangado que esteja por ver fotos de si mesmo nu, ele fica ainda mais furioso porque também publicaram fotos minhas.

Também não estou muito feliz com isso.

— Como alguém conseguiu isso? — pergunta ele, passando as páginas com força suficiente para rasgá-las. — Ninguém sabia onde estávamos. Mantive o segredo exatamente por isso.

— Odeio dizer isso, mas será que Luís e Alba não...?

— Não — ele balança a cabeça em negativa —, de jeito nenhum. As referências deles eram impecáveis. Devia ter mais alguém na ilha. Uma porra de um paparazzo filho da puta que de algum modo nos farejou e nos seguiu.

Afundo num sofá, chocada e arrasada. Não pensei que as coisas pudessem ficar piores do que quando fomos fotografados nos beijando num beco, na época em que Liam ainda estava fingindo estar noivo de Angel. Mas, uau, como eu estava errada.

Naquela época, eu era a outra, anônima. Agora minha identidade está clara como água.

Não só há fotos em que estou nua, como também há várias fotos em que estou fazendo *sexo oral* no meu bem-dotado noivo. Elas foram tiradas de um ângulo que bloqueia a visão dos detalhes do que estou fazendo, mas qualquer um que tenha um cérebro consegue imaginar o que está rolando ali. Essas fotos devem ter sido tiradas no dia em que fomos ao lago.

— Eu o vi — concluo, sentindo-me tão exausta que minha voz não tem emoção alguma.

Liam se senta a meu lado.

— Quem? O paparazzo?

Faço que sim.

— Lembra que mencionei ter visto alguém perto do altar? Aposto que era ele.

— Porra de filho da puta parasita de merda. — Ele amassa a revista até ela virar uma bola e a joga no lixo. — Fica aqui, o.k.? Preciso fazer umas ligações.

Ele vai até o outro lado do saguão e saca o telefone.

Estou tão preocupada que nem reparo na garçonete de pé ao meu lado até que ela diga:

— Algo para beber, senhorita?

Quase a beijo de tanta gratidão.

— Ah, Deus, sim, por favor.

Estou na metade de uma garrafa de vinho tinto quando Liam finalmente volta. Ele pega a taça que enchi para ele e a esvazia em três goles.

— Bom, Stacey está cuidando do caso. Ela vai conseguir todos os mandados que puder, mas não há muito que possamos fazer. Isso tem tanto potencial pra virar um grande escândalo que não tem como evitar que essas fotos se espalhem por toda a internet.

Depois de todo o fiasco com Anthony Kent, Liam e Angel contrataram uma das mais respeitadas agentes de Hollywood, Stacey Savage. Ela é inteligente, durona e tem conexões em toda parte. Então, se ela não conseguir sumir com essas fotos, ninguém mais consegue.

Encho a taça de Liam novamente e ele a esvazia também. Ele parece estar cheio de adrenalina.

— Quis fazer esta viagem com você pra evitar esse tipo de merda, não pra te jogar no meio dela comigo.

— Meus pais vão ver essas fotos — comento, olhando fixamente para uma mancha no carpete. — Eles vão ficar tão orgulhosos.

Liam xinga baixinho e passa os dedos pelos cabelos.

— Se eu colocar as mãos no filho da puta que fez isso... — Ele está segurando a taça de vinho com tanta força que tenho medo de que a quebre. Abro seus dedos e ponho a taça sobre a mesa.

Liam esfrega os olhos.

— Vamos embora daqui. Podemos não conseguir fugir dessa história, mas certamente podemos ignorá-la. Organizei uma equipe de segurança pra varrer a ilha antes de voltarmos. Se o filho da puta que tirou essas fotos ainda estiver lá, eles vão encontrá-lo.

Liam pega nossas sacolas de compras enquanto termino meu último gole de vinho e me leva para fora do hotel e para dentro de um táxi. Enquanto nos afastamos, ainda consigo ouvir as pessoas gritando "*O garanhão*".

Estamos no táxi há poucos minutos quando meu telefone toca. Nem preciso olhar para saber que é Josh.

— Oi.

— Jesus, Lissa, você e Liam estão bem? Não estou conseguindo entrar na internet ou ligar a TV sem ver muito mais de vocês do que gostaria.

Esfrego as têmporas. Uma dor de cabeça está se formando atrás do meu olho esquerdo.

— Estamos bem.

— Bom, sim, isso eu pude ver pelas fotos. Caralho, hein? Que mulherão! — Solto um grunhido e Josh completa: — Muito cedo pra fazer piada?

— Muito, demais.

— Desculpa. Mas, falando sério, vocês precisam de alguma coisa? Álcool? Valium? Um míssil teleguiado caçador de paparazzi?

— Meu Deus, sim, este último. — Olho para Liam, que está olhando fixamente pela janela, sem expressão. — Só espero que a polícia encontre o cara antes que Liam o encontre, ou ele pode acabar sofrendo algumas lesões corporais pra lá de graves.

— Tentei ligar para os seus pais pra contar o que está acontecendo.

— Você conseguiu falar com eles?

— Sim, mas cheguei tarde. Quando consegui falar, eles já estavam bebendo pesado fazia mais de uma hora.

— Merda. — Apoio a cabeça no encosto do banco. — Isso está ficando cada vez melhor. Acho que meu pai não vai ter escolha a não ser aceitar que sua garotinha não é mais virgem e que Liam e eu somos mais que bons amigos.

Eu me sinto enjoada.

Josh tenta fazer com que eu me sinta melhor me contando que as pessoas estão dizendo coisas simpáticas sobre minha bunda, mas isso não ajuda. Ao chegar à marina, me despeço e digo que ligo para ele daqui a alguns dias. Liam está muito quieto, e isso nunca é bom sinal.

Depois de pagar o motorista, vamos até onde o *Elissa May* está ancorado.

Liam está começando a soltar a corda, quando de repente para e olha para o barco.

— Que foi?

Ele ergue um dedo e sigo seu olhar até as janelas da cabine.

— As luzes estão acesas — sussurra ele. — Apaguei todas antes de sairmos. Aquele cuzão está na porra do meu barco. — Ele deixa a corda cair e segue a passos largos pelo píer, as mãos fechadas em punhos. Eu o sigo, esperando com todas as forças que possa impedi-lo de matar o cara.

Assim que descemos as escadas, ouvimos barulhos, como se quem quer que esteja lá tenha acabado de perceber que foi flagrado. Liam irrompe na suíte master, agarra pelo pescoço um homem vestido de preto e então o joga na parede com tanta força que o chão chega a tremer. Os ombros de Liam escondem o rosto do homem da minha vista, então só vejo o cabelo castanho bagunçado.

— Espera! — grita o homem, sua voz cheia de medo. — Por favor. Não me machuca.

Liam o joga na parede de novo.

— Machucar?! Você tem sorte de eu não quebrar suas pernas. — Liam pega algo do homem, e eu dou um pulo quando uma câmera aparentemente bem cara se parte em mil pedaços ao ser atirada no chão de madeira.

— Tenta tirar mais fotos agora, seu bosta!

— Liam... — Eu agarro seu braço para tentar acalmá-lo. Então, chego perto o suficiente para ver o paparazzo com clareza e percebo que o reconheço.

— Ah, merda. Scott?

Liam se vira para mim.

— Você conhece esse cara?

Estou tão chocada que mal posso fazer que sim com a cabeça.

— Esbarrei nele no aeroporto. Literalmente. Trombei com ele e o derrubei.

Liam volta a fuzilar com os olhos o rosto apavorado de Scott.

— É melhor você se explicar agora mesmo, porra, senão eu vou te levar até alto-mar e te jogar pros tubarões.

— Tudo bem, tudo bem. — Scott ergue as mãos, na defensiva. — Só tenta se acalmar, cara, o.k.?

Deus do céu, será que ele está com vontade de morrer? Será que não sabe que nunca se deve dizer a um Liam possesso para se acalmar?

Liam o joga na parede mais uma vez.

— Fala!

— Tudo bem! — Scott agora está tão aterrorizado que chega a tremer. — Minha irmã trabalha no *La Perla*, na Quinta Avenida. Elissa esteve lá semana passada e estava se gabando sobre sair de férias com você. Minha irmã sabia que eu estava sem dinheiro e precisando conseguir emplacar umas fotos importantes, então, ela me passou a informação.

Sinto meu coração afundar. Com essa informação, posso ver a semelhança entre ele e Chastity.

Ignoro a náusea que sinto.

— Como você me encontrou?

— Não foi difícil. Todo mundo sabe onde fica a cobertura do Quinn. Fiquei de tocaia até ver você entrar numa limusine, a segui, vi você fazer o check-in no aeroporto e comprei uma passagem no mesmo voo. — Ele olha de mim para o Liam. — Hoje em dia os paparazzi têm mais habilidades que a maioria dos detetives particulares. Encontrar pessoas é o que mais fazemos.

— Então — digo, tentando manter minha raiva sob controle —, você esperou que eu saísse da sala VIP da primeira classe, e aí? Fez com que eu esbarrasse em você?

Ele dá de ombros.

— Basicamente. Esperava que você fosse ter mais informações sobre seu destino pra que eu pudesse me organizar melhor, mas Quinn foi esperto ao te manter no escuro.

Liam agarra a camisa de Scott e fala, entre os dentes:

— Você seguiu minha noiva? Você está falando sério, seu merda?

— Como você encontrou a ilha? — pergunto. — Não tem como você ter seguido nosso helicóptero.

Scott olha rapidamente para Liam antes de se voltar para mim.

— Segui seu carro até o campo de pouso particular e, depois que vocês decolaram, paguei um cara de lá pra me arrumar uma cópia do plano de voo. Aí, aluguei um barco pra me levar até a ilha.

Liam empurra Scott, enojado.

— Aposto que você está se regozijando com essa história toda, não é? Todo convencido por estar faturando uma nota com essa invasão de privacidade. — Liam tira o telefone do bolso. — Bom, divirta-se gastando esse dinheiro na cadeia.

A expressão de Scott despenca.

— Espera, calma. Não vamos nos apressar. Com certeza a gente pode dar um jeito, não? — Liam o ignora e digita alguns números. Scott agarra seus braços. — Vamos lá, cara. Por favor! Me diz o que eu preciso fazer pra consertar isso.

Liam o empurra com tanta força que Scott quase cai.

— Tudo bem, seu filho da puta. — A voz de Liam ocupa todo o pequeno espaço. — Eis os meus termos: se você puder recuperar cada uma daquelas fotos, de modo que ninguém jamais as veja de novo, você está livre. Você consegue fazer isso?

Os olhos escuros de Scott vão de um lado para o outro enquanto ele tenta pensar em uma resposta. Quando não consegue, Liam rosna para ele.

— Imaginei.

Liam volta ao telefone e Scott endurece sua postura.

— Tudo bem, então. Você quer fazer jogo duro? Vamos nessa. Chama a polícia, e vou te denunciar por agressão.

Liam dá uma risada curta.

— Você acha que o que eu fiz com você foi agressão? Errado. — Rápido como um raio, ele dá um soco bem no meio da cara de Scott. O nariz do paparazzo explode em sangue. — *Isso* é agressão. Vá em frente e preste queixa.

Scott geme enquanto agarra o nariz e tenta parar o sangramento.

— Meu Deus! Você é louco!

— Não — rebate Liam com a voz sombria e intensa. — Sou um homem que encontrou um criminoso roubando seu iate. O mesmo criminoso que invadiu propriedade privada pra perseguir gente inocente. As autoridades não só vão jogar sua denúncia de agressão no lixo como são capazes de me dar uma medalha por socar sua cara. Agora, senta aí e cala a porra da boca ou eu posso esquecer porque só bati em você uma vez.

Scott se senta pesadamente na cama e segura a camiseta contra o nariz. Liam vira as costas para falar ao telefone. Então Scott olha para mim e implora:

— Elissa, por favor. Não o deixe fazer isso.

Vou até ele.

— Não ouse culpá-lo por isso. Você procurou. Você nos caçou como se fôssemos animais e vendeu fotos nossas, *sem roupa*, em nossos momentos mais íntimos. Você é nojento. Se você não quer pagar por suas ações, comece a fazer escolhas melhores.

Quando eu me viro, ele fica de pé e agarra meu braço.

— Elissa...

Acho que ele não aprendeu a lição da primeira vez. Em um instante, giro e me abaixo, me apoiando no chão com um joelho e simultaneamente lhe dando um soco no saco com toda a minha força. Ele congela, o rosto vermelho de dor, antes de soltar um grunhido dolorido e cair no chão.

Liam se volta e olha para mim, curioso. Dou de ombros.

— Como se você fosse o único que merece bater no bandido...

— Não vejo nenhum problema em você bater nele. Só estou surpreso de ver que você estava mesmo prestando atenção nas aulas de defesa pessoal. Muito bem.

O elogio de Liam faz com que eu me sinta um pouco menos doente com essa situação toda, mas ainda estou furiosa por termos sido colocados nessa posição.

Pelo menos Scott tem o bom senso de ficar parado e quieto até que a polícia chegue.

Capítulo onze

UM FELIZ (E SEXY) NATAL

Finalmente chegamos em casa depois de prestar depoimento na polícia, e são quase duas da manhã. Liam está calado enquanto caminhamos pelo píer, e quando entramos no quarto, ele se senta na beirada da cama e olha para o chão, parecendo arrasado.

Paro de pé diante dele, ele passa os braços em torno de mim e apoia a testa em minha barriga.

— Está com fome? — pergunto.

— Não.

— Sede?

— Estou bem, Liss.

— Não acho que esteja.

Liam permanece em silêncio e me abraça. Eu o abraço de volta. Nunca havia entendido completamente sua paranoia antes, mas agora entendo pra caralho. Na época das fotos em que estávamos nos beijando, em Nova York, eu me senti idiota, porque havíamos baixado a guarda em um local público. Mas isto? Não há como ficar mais isolado do que em uma ilha desabitada na costa de um país estrangeiro. Este era um lugar onde deveríamos poder nos sentir seguros e abertos. Em vez disso, me sinto violada. Vulnerável. Mais abalada do que deixo transparecer.

Scott pegou um momento lindo e privado entre nós dois e o transformou em perversão para vender tabloides. Não há como alguém jamais se acostumar a esse tipo de abuso, e Liam tem lidado com isso há anos. Como pode ser legal que um sujeitinho desprezível como Scott consiga se comportar assim e sair impune? Pior ainda, como é que permitem que eles lucrem com o sofrimento alheio?

Liam me aperta e depois me afasta um pouco, para que possa ficar de pé.

— Volto logo.

Depois que ele entra no banheiro e fecha a porta, eu me afundo na beirada da cama e apoio a cabeça nas mãos.

Como posso ter sido tão burra? Se eu não tivesse sido uma idiota insegura, não teria sentido necessidade de me gabar a respeito de Liam para aquelas garotas no La Perla, e Scott não teria descoberto onde estávamos. Fui eu quem praticamente o trouxe até nós.

A culpa me corrói. Por mais que eu esteja com raiva de Scott, estou ainda mais furiosa comigo mesma. Liam já tem gente suficiente dedicada a manipulá-lo e explorá-lo. Ele não precisa que eu os ajude.

Eu me deito na cama e fecho os olhos. Deus, que bagunça.

Ouvir o mar deveria ser calmante, mas até ele soa irritado comigo.

Liam não sai do banheiro depois de quinze minutos, e começo a imaginar que ele também esteja irritado comigo.

Crio coragem e bato na porta. Ouço o som de água correndo.

— Ei. Está tudo bem?

— Sim. Pode entrar.

Abro a porta e o encontro sem camisa na frente do espelho. Tufos do cabelo comprido estão espalhados pelo chão, e a cabeça dele parece ter sido atropelada por um cortador de grama desregulado. Além disso, seu rosto está praticamente liso. Liam inclina a cabeça para trás e passa a lâmina nos últimos fios que ainda restam em seu pescoço.

— Achei que me parecer com meu eu antigo poderia ser um disfarce útil agora que aquelas fotos estão por aí. — Ele suspira. — Decidi me torturar e conferir os estragos acessando a internet pelo telefone. Você sabia que já existem memes falando de nós? E que algum escroto abriu uma conta no Twitter chamada "O Garanhão", onde ele finge ser meu pau twittando? O que é que tem de errado com essas pessoas? — Ele acaba de se barbear e passa a mão pelo rosto e pescoço. Satisfeito, lava o rosto e o seca com uma toalha.

— Liam?

— Hummm?

— Você cortou seu próprio cabelo?

Ele passa a mão na bagunça que está sua cabeça.

— Foi preciso. Eu não aguentava mais um segundo. Fiz um bom trabalho?

— Nem um pouco.

Ele me entrega a tesoura.

— Então, por favor, Vidal Sassoon, conserte.

Ele se senta na tampa do vaso e eu me coloco de pé entre suas pernas para avaliar o estrago. Será que consigo consertar? Pelo menos preciso tentar. Nunca cortei o cabelo de ninguém antes, mas já vi sendo feito vezes suficientes para poder fingir bastante bem. Acerto os lados e a parte de trás antes de atacar o topo da cabeça de Liam. No fim, não está perfeito, mas definitivamente o deixei melhor do que estava.

Pena que o mesmo não possa ser dito a respeito da nossa situação.

Liam continua olhando para o chão, as mãos entrelaçadas. É esquisito vê-lo tão sem cabelo outra vez. É mais esquisito ainda ele estar tão calado.

— Liam?

Ele olha para mim como se tivesse esquecido que eu estava ali.

— Sim?

— Eu sinto muito. Mesmo.

Ele dá de ombros.

— Tenho certeza que você fez o melhor que podia. Não se preocupa. É só cabelo, certo? Vai crescer de novo.

— Não, não estou falando do cabelo. É dessa bagunça toda. Eu devia simplesmente ter ficado de boca fechada.

— Meu Deus, Liss. — Ele se levanta de um salto e espana tufos de cabelo dos ombros, em movimentos rápidos e impacientes. — Isso não é culpa sua.

Ele joga a toalha no chão e vai para o quarto. Respiro fundo e o sigo.

— É, sim. Se eu não tivesse falado demais com aquelas garotas no La Perla, nada disso teria acontecido. Só fiquei muito puta com o modo como elas estavam me olhando de cima. Elas não acreditaram que fosse possível que você e eu pudéssemos...

Ele se volta para me olhar, e sua expressão é dura.

— Elissa, para com isso. Não ouse tentar se culpar por isso. É culpa minha. A coisa toda. Eu sabia que isso aconteceria, mas fui egoísta demais pra tentar te salvar dessa merda. Eu é que deveria estar me desculpando, não você.

Com um gemido de frustração, ele vai até a janela e olha para o mar. Sua postura sugere que está carregando o peso do mundo nos ombros.

Decido lhe dar um tempo para se acalmar. Depois de passar a mão pelo cabelo recém-cortado, Liam respira profundamente. Quando se volta de novo para mim, ele parece mais calmo, mas ainda abalado.

— Queria poder dizer que este escândalo vai passar e nada parecido vai acontecer novamente, mas não posso. Porque *vai* acontecer de novo. E de novo, e de novo, por décadas. Já me acostumei e aceitei, mas enquanto estivermos juntos, você vai ser um alvo também, e não suporto pensar nessa merda. — Ele abaixa a cabeça. — Foi *exatamente* por isso que eu não entrei em contato com você durante todos aqueles anos. Porque sabia que se eu desse corda ao que sentia e te trouxesse pra minha vida, você acabaria pagando o preço da minha fama. Mas acabei procurando você mesmo assim, porque sou um babaca egoísta que queria você de qualquer jeito.

— Liam, não seja ridículo. Estou com você por livre e espontânea vontade. Você não me obrigou. Eu sabia como seria namorar alguém famoso.

— Isso não faz com que seja certo. De qualquer ângulo que você olhar, a culpa é minha. Esta carreira foi minha escolha, não sua. Você teria continuado a me amar se eu tivesse ficado trabalhando em construção, pelo amor de Deus. Você não se importa com o dinheiro ou a fama. Por mais agradável que seja poder te cobrir de presentes extravagantes, eu desistiria de tudo pra te proteger.

— Desistir do quê? Da fama? Isso é impossível. Mesmo que você deixasse Hollywood amanhã, ainda seria reconhecido aonde quer que fosse. Você é o maior astro de cinema do mundo, e as pessoas não vão simplesmente esquecer isso só porque você quer.

— Liss, o mundo inteiro viu você sem roupa, caralho! Você não vê o quanto tudo isso é errado?

— É claro! Mas não há nada que a gente possa fazer. Você *não* trabalha mais em construção. Você é uma estrela. E eu te amo o suficiente pra aceitar as consequências que isso traz.

— Você diz isso agora, mas, e daqui a cinco anos, quando ficar paranoica só de botar o pé pra fora de casa, achando que está sendo seguida? Ou quando for cercada por paparazzi ao tentar ir ao supermercado? Ou, Deus me livre, quando alguma das minhas fãs loucas te *atacar* fisicamente, porque está com ciúme da mulher que eu amo? Vai valer a pena então?

— Então... o que você está dizendo? Que você não devia ter me contado sobre você e Angel? Que acha que eu seria mais feliz vivendo o resto da minha vida acreditando que *você não me ama*?

— Não, eu só... — Liam dá um passo à frente. — Isso é só o começo. Agora que todos sabem que estamos juntos, todas as agências de notícias e todos os tabloides vão cavar qualquer informação que puderem conseguir sobre você e sobre todo mundo com quem você se importa. E quando você entender em que tipo de inferno embarcou só pra estar comigo, vai ser tarde demais pra fazer alguma coisa a respeito. Se quiser evitar isso, tem que agir agora.

Um calafrio percorre meu corpo. Não gosto do rumo que esta conversa está tomando.

— Do que você está falando? Agir como?

Ele me encara, tenso e em conflito, como se não conseguisse se obrigar a dizer o que está pensando.

— Liam? — Dou um passo na direção dele. — O que você quer que eu faça?

Os músculos em sua mandíbula ficam tensos.

— Vá embora. Vá viver uma vida normal com um cara normal. Não é tarde demais.

Não faço ideia do que está passando por sua cabeça agora, mas, certamente ele não pode estar falando sério.

— Você acha que não é tarde demais pra eu me afastar de você? — Dou uma risada curta e me surpreendo por não soar tão incrédula quanto me sinto. — Você só pode estar de brincadeira. É *claro* que é tarde demais! Era tarde demais na noite em que a gente se conheceu na Times Square, quando você me mostrou o jardim no seu telhado, e me falou sobre seu irmão e seus pais, e me fez questionar tudo que eu achava que sabia sobre amor verdadeiro. — Vou até ele. — Era tarde demais da primeira vez que você me beijou, com gosto de biscoito, e acabou com as chances de qualquer outro homem mexer comigo de novo. — Ao chegar perto dele, ponho as duas mãos em seu peito. — E acima de tudo era tarde pra caralho da primeira vez que nós fizemos amor, e meu mundo saiu tanto do eixo que quando acordei ele estava girando ao seu redor.

Posso dizer só pela expressão que Liam está tentando arranjar argumentos para me convencer a ir embora, apesar de tudo. Mas não vai encontrar nenhum que funcione.

— Liam, você não entende? Você pode me dizer pra ir embora e viver minha vida o quanto você quiser, mas esse é um conceito impossível. Minha vida é *com você*. Assim como a sua é comigo. E nem todas as fotos embaraçosas do mundo vão mudar isso.

Ele apoia a cabeça em meu ombro e põe os braços ao meu redor.

— O que aconteceu com você hoje... Te ver magoada e humilhada daquele jeito. Aquilo acabou comigo. Nunca quis te arrastar pra dentro dessa merda. — Ele se afasta e me olha nos olhos. — Eu sinto tanto.

— Não sinta. Estou abalada por saber que a esta hora meu corpo nu já foi visto por metade do mundo? Sim. Eu me importo com o que as pessoas estão dizendo sobre meu corpo? Estou cagando. Vou deixar isso ou qualquer outra coisa exceto a morte nos separar? Absolutamente não. — Tomo seu rosto em minhas mãos e Liam olha bem no fundo dos meus olhos, enquanto eu tento fazê-lo entender. — Você não percebe? Deixe os paparazzi e os repórteres e as fãs maníacas virem pra cima de mim. Não vai fazer diferença. Eu caminharia sobre o fogo pra estar com você e ainda ficaria grata pelas queimaduras. Porque você é o que eu quero pra sempre, e se isso significa que vou precisar suportar milhões de fotos minhas pelada, ou até um videozinho de sexo mal-editado, chamado... ah, nem sei... *Gigante Gêiser Melado*, por exemplo... então, é isso que eu farei.

Minhas palavras parecem levar um instante para fazer sentido para ele. Depois disso, Liam cai na gargalhada e me puxa para seus braços.

— Meu Deus, você é incrível. O que foi que eu fiz pra merecer você?

— Bom, pra começar, você é bem bonito. E tem esse corpão. E eu ainda nem comecei a falar do seu belo pênis.

Ele me abraça mais apertado.

— Cuidado, senão pego a câmera e transformo esse pornô em realidade. Nós podemos ter o *Gigante Gêiser Melado* filmado e editado antes que Alba e Luís voltem pela manhã. Desafio você a fazer sua cara de estrela pornô.

— Ah, já estou fazendo. — Fico na ponta dos pés para poder cheirar seu pescoço. — E quando terminarmos, podemos salvá-lo na nuvem pra que os hackers o encontrem facilmente.

Sua respiração fica rápida à medida que planto beijos da sua clavícula até seu peito.

— Genial. Afinal, qualquer publicidade é boa publicidade.

— Bom, isso não é exatamente verdade. — Provoco-o com minha língua. — Tudo bem que seu membro enorme quebrou a internet, mas a coisa podia ter sido bem pior.

Liam se afasta para me olhar no rosto.

— Como?

— Bom, você podia ter um pauzinho bem pequeno.

Ele me dá um daqueles sorrisos que me tiram o fôlego. O tipo que eu sei que ele não dá a mais ninguém no mundo.

— Meu Deus, eu amo você.

Liam me puxa para si e me beija, profunda e lentamente, e conforme ele se afasta, encaro seus olhos e vejo que qualquer dúvida que pudesse restar já desapareceu.

— Nós vamos conseguir superar isso — afirma ele, seus traços endurecidos pela determinação.

— Exatamente. Até a semana que vem, as pessoas já terão esquecido isso tudo.

— Assim espero. De qualquer forma, quero aproveitar ao máximo nosso tempo aqui. Quanto mais eu puder fingir que a maioria das pessoas que conheço ou conhecerei nunca viram meu pau, melhor.

Acaricio seu peito.

— Sei como você se sente. Não a parte do pau, claro, mas sabe como é... peitos. E uma vagina cheia de areia.

Ele sorri e me beija novamente, dessa vez com mais ímpeto. Ao se afastar, ele passa a mão pelo meu torso para tocar meus peitos por cima da camisa.

— Estou dividido quanto ao fato de as pessoas poderem ver você nua. Por um lado, quero assassinar cada homem que viu aquelas fotos e reduziu você a um objeto sexual. Por outro, quero me gabar pro mundo inteiro que sou eu quem pode fazer amor com esse corpo perfeito todo dia. Então, o resto do mundo pode ir à merda.

— Hã? — Eu me afasto dele o suficiente para tirar a camisa. — Quer dizer que você já não se gaba de me comer? Isso magoa. Saio por aí o tempo todo contando a garotas aleatórias em lojas de lingerie que estou dando pra você.

Ele fixa o olhar enquanto termino de desabotoar minha blusa e a tiro.

— Eu te disse recentemente o quanto eu te amo? — Liam se move lentamente em minha direção. — Já te disse que você é a mulher mais incrível do planeta e que eu seria uma casca vazia de homem sem você?

— Bom, não, mas...

Liam ergue a mão enquanto avança em minha direção.

— Não precisa responder. São perguntas retóricas. — Mais um passo. — Eu já disse que você é a mais esperta, doce, sexy de todas as mulheres que já existiram? Que você me deixa louco só de te ver respirar? Que eu não consigo olhar pra você sem querer te beijar e fazer amor doce e sujo com você?

Liam pega minhas mãos e me guia, caminhando de ré, na direção do banco perto das janelas.

— Porque é tudo verdade. Você é extraordinária, Elissa Holt, e apesar de não te merecer, eu te amo pra caralho, com todo o meu coração.

Minhas costas atingem a janela, então ele pega meu rosto em suas mãos e abaixa a cabeça até que nossos lábios quase se tocam.

— E desculpa por ter sugerido que você me deixasse. Isso foi uma burrice do cacete. Tentei viver sem você uma vez e foram os piores seis anos da minha vida. Se eu sugerir algo parecido de novo, você tem minha permissão pra me bater. Com força. — Ele roça os lábios nos meus, e a súbita onda de hormônios que me invade me deixa tonta. — Você é tudo pra mim, Liss. Você é meu mundo inteiro. Nada significa porra nenhuma sem você.

Liam me beija com um desespero que nunca senti nele. É em parte um pedido de desculpas e em parte gratidão, com uma boa pitada da consciência de que poderíamos estar trancados numa prisão turca, mas se estivéssemos juntos ainda nos consideraríamos sortudos.

Enquanto o beijo prossegue, nossas roupas caem na batalha travada para estarmos unidos o mais rapidamente possível. Liam se senta no banco próximo às janelas, e dou um longo gemido de alívio quando me sento em cima dele.

Ele parece um deus sentado ali, envolto em luz do sol, em frente ao mar cintilante, olhando para mim como se eu fosse um milagre. Ele está dentro de mim tão profundamente quanto possível. Então, sua boca se abre. Simplesmente nunca vou me cansar do modo como seu rosto muda, de alívio para encantamento e depois para satisfação animal, a cada vez que ele entra em mim.

— Só pra você saber — digo, enquanto acaricio seu lindo rosto —, você também é tudo pra mim. Você sempre foi e sempre será. Não importa o que aconteça.

Os seus olhos estão úmidos e ele cerra os dentes com força, então sei que finalmente acredita em mim.

Acabamos fazendo amor por horas, e nesse tempo todo, nem nos lembramos do futuro, dos tabloides e dos mil problemas que cairão sobre nós nos anos que virão. Porque, quando estamos juntos, nada mais importa a não ser nós dois.

Em poucos meses as fotos serão notícia antiga e os abutres da mídia vão nos perseguir para tentar descolar um novo escândalo. Mas, haja o que houver, nosso relacionamento só vai ficar mais forte. Aprendemos que somos presentes preciosos um para o outro. E quando você é abençoado com um amor tão poderoso e apaixonado quanto o nosso, não importa o que a vida atire contra você, todo dia parece ser Natal.

PARTE TRÊS:
UM EXCITANTE ANO-NOVO

Capítulo um
SUPER JOSH

31 de dezembro, presente
Residência dos Kane
Nova York

Ninguém é perfeito. E qualquer pessoa que se ache perfeito ou é narcisista ou psicopata. Mas todos nós lutamos pela perfeição, e é por isso que todo Réveillon a humanidade dá uma boa e longa olhada no espelho e promete ser menos cuzona no ano seguinte.

Todos nós já fizemos isso. Prometemos que *dessa vez* "Eu vou comer só coisas saudáveis", ou "Vou tirar a bunda do sofá e fazer mais exercícios", ou, no meu caso, "Este ano eu vou ao cinema em vez de ficar no meu quarto assistindo a paródias pornôs de filmes de verdade". (Só para constar, meu favorito é *Edward Mãos de Piroca*. É uma obra-prima.)

Foi essa necessidade patológica de autoavaliação anual que me colocou agora em frente ao espelho, de cueca, perguntando a mim mesmo por que estou surtando só de pensar em ir à festa de Réveillon à fantasia.

Para dar um contexto à coisa: quando eu era criança, queria ser um super-herói. Queria muito.

Quer dizer, claro que eu também queria ser o Diego em *Dora, a Exploradora*, porque, afinal, quem não ia querer andar por aí com uma mochila falante maneira? Ainda assim...

Minha inveja dos heróis era um troço sério.

Eu era tão obcecado que implorei para minha mãe me levar ao laboratório de radiologia do hospital onde ela trabalhava, para que eu pudesse ser exposto aos níveis de radiação fazedores de Hulk. Como não funcionou, misturei soros de super-heroísmo da geladeira e da despensa, convicto de que quanto pior o gosto, maior a probabilidade de que funcionassem. Na verdade, o único poder que desenvolvi foi a habilidade de vomitar violentamente depois que meu pobre estômago abusado expulsou cada grama das misturas nojentas feitas com coisas como suco de laranja e molho de churrasco.

Apesar do meu fracasso em atingir o super-heroísmo, as paredes do meu quarto continuaram cobertas de cartazes do Super-Homem, Homem-Aranha, Os Vingadores, X-Men e Liga da Justiça. Eu tinha cartazes até da Mulher-Hulk e da Mulher-Maravilha, e não era só porque elas eram muito gatas. Eu também as respeitava como heroínas fodonas que não aceitavam desaforo de ninguém. Desde aquela época, eu já gostava de mulheres poderosas.

Meus pais não ficavam nem um pouco surpresos quando eu implorava por uniformes de super-heróis a cada festa à fantasia e a cada Halloween, e aos dez anos eu já tinha uma pilha deles. Mas, apesar de essas fantasias fazerem com que eu me sentisse especial e poderoso, as outras crianças achavam que o judeuzinho magrelo de óculos não se encaixava na descrição de herói, e eu era sempre motivo de piada, inclusive dos meus amigos.

Uma vez, em um Halloween, aos dez anos, eu me vesti de Lanterna Verde. Infelizmente, Darren Pike, um babaca de dezesseis anos que morava no meu prédio, teve a mesma ideia. Ele ficou maluco ao ver que estávamos iguais e me deu um murro na cara com tanta força que quebrou meus óculos e meu nariz.

Enquanto ele estava de pé perto de mim, dando chilique e dizendo que eu era um "impostor de pau mole", foi impossível não notar que, apesar de ele ser um completo cuzão que não hesitou nem um minuto em atacar um garoto com a metade do tamanho dele, seu físico sarado fazia com que ele parecesse um herói. Não importava o quanto amasse os personagens, eu jamais poderia me parecer com eles.

Foi aí que entendi por que as pessoas sempre me perseguiam. Usar essas fantasias, sendo fisicamente um exemplar menos que perfeito da raça, era um insulto a todo o gênero. Fracotes não eram heróis. Na melhor das hipóteses, eles eram parceiros. Mas, permitam-me perguntar o seguinte: até onde o Batman conseguiria ir sem o Alfred? E o James Bond poderia ser tão fodão se não fosse pelos nerds que faziam seus gadgets? A resposta mais concisa é "nem fodendo". Esses caras nos bastidores ganhavam algum crédito? Não. Só os caras bombados podiam usar as roupas legais e sair de cena com as mulheres lindas.

Depois que entendi isso, parei de vez com as roupas de super-heróis. Eu me interessei por Star Wars e Star Trek e descobri que em ficção científica você não é obrigado a se enquadrar em um padrão corporal específico para poder brincar de faz de conta. Eu podia ser um Luke Skywalker desajeitado e quatro-olhos, porque Star Wars era para nerds e, portanto, não era legal o suficiente para que a maioria das pessoas se desse ao trabalho de zoar.

Então, aceitei minha nerdice. Não que tivesse muita escolha: eu era míope, inteligente, esforçado e o menor da minha turma. Até que desabrochei, na avançada idade de quinze anos.

Na época em que conheci Elissa, eu era menor que ela. Nas ilustres palavras do meu caloroso e solidário pai, eu parecia "um palito de dente enrolado em espaguete". Elissa, por outro lado, havia desabrochado cedo e não só era maravilhosa como também tinha um namorado bonitão (que se revelou um filho da puta traidor) e um irmão mais velho estrela do atletismo (que era só um filho da puta comum, do tipo que brota em qualquer canto). Então, quando nos puseram juntos na aula de teatro, meu primeiro pensamento era de que ela iria se revelar uma garota má, que me destruiria em tempo recorde.

Para minha surpresa ela era muito legal. E engraçada. E me *entendia*. Ela foi a primeira garota que não me olhava como se eu tivesse acabado de mijar nos seus sucrilhos. Contra todas as expectativas, ficamos amigos, e depois, para surpresa de todos, inclusive minha, melhores amigos.

Seis meses depois de nos conhecermos, finalmente recebi aquela megadose de testosterona pubescente com a qual eu vinha sonhando desde o primeiro ano. Cresci num estirão até chegar a um metro e oitenta no período de um ano. Não apenas isso, mas também meus braços e pernas de espaguete se inflaram de tal forma que todo dia eu precisava demorar um pouco mais diante do espelho para me acostumar com o homem musculoso refletido ali.

Durante um tempo, fingi ser Peter Parker e que as mudanças súbitas eram devidas à mordida de uma aranha radioativa. Mas, assim como o Homem-Aranha, eu ainda era um nerd por dentro.

Então, agora eu tenho um dilema.

A conselho de Elissa, comecei a malhar para tentar superar os sentimentos de inadequação que desenvolvi por viver em Hollywood. Quer dizer, pelo amor de Deus. O cara que desentope os ralos do meu apê em L.A. é um supermodelo com barriga de tanquinho. Sem falar que o mais recente companheiro de cena da minha namorada é um modelo fitness, absurdamente bonito, que faz com que eu me sinta o Hortelino Trocaletra. Como posso manter uma mulher tão espetacular quanto Angel Bell apaixonada por mim com esse tipo de concorrência?

Durante as últimas quatro semanas, enquanto Angel estava no exterior, eu vinha dando o sangue na academia todos os dias, fazendo abdominais, flexões, roscas de bíceps e supinos... fiz de tudo. Até diminuí meu consumo de porcarias e comecei a beber água em vez de cerveja. Se fosse contar vantagem para o meu pai a respeito da minha nova rotina, sei exatamente o que ele diria: "E daí? Você quer uma medalha? Ou um peitoral onde pendurá-la?".

Bom, meu velho, tenho peitorais agora, então, sim. Pode me dar a porra da medalha.

Olhando-me no espelho, mal reconheço meu corpo. Nunca tive músculos assim na vida, e para ser sincero, estou demorando um pouco para me acostumar com eles. Nenhuma das minhas camisas serve mais. Apesar de poder me virar com camisetas justas, as de abotoar não chegam mais a... bom... abotoar.

Flexiono alguns músculos e faço uma pose. É. Definitivamente esquisito.

Meu celular começa a tocar com o toque de Elissa, e desfaço a pose para pegá-lo, envergonhado por estar agindo feito um babaca, mesmo que na privacidade do meu próprio quarto.

— Ei, você.

— Ei. Onde você está? — Escuto conversas e o barulho de vidros tilintando ao fundo. — Você sabe que isto é uma festa de Réveillon, certo? Isso significa que você tem que chegar aqui antes do Ano-Novo.

— Sim, obrigado, Capitã Óbvio. Ainda estou decidindo o que vou vestir.

— O que tem pra decidir? É uma festa à fantasia. Você vai se vestir de capitão Kirk, como sempre.

Não me envergonho em admitir que paguei trezentos dólares no eBay por um autêntico uniforme do capitão há alguns anos, e que ele se tornou minha fantasia padrão para qualquer ocasião. Usei a roupa até mesmo no bar mitzvah do meu primo, só de zoeira. Por causa disso, tia Bethany ainda não voltou a falar comigo.

Gostaria de dizer que escolhi uma fantasia diferente para esta noite porque a outra está tão apertada que estou parecendo um stripper-entregador-de-telegrama-cantado fantasiado de Kirk, mas não é isso. Dei duro para ficar diferente, e porra, talvez uma vez na minha vida eu queira saber o gostinho de ser o herói e não o nerd. Angel merece um protagonista, não um alívio cômico. Se eu conseguir fazer isso direito, talvez consiga parar de ser tão inseguro a respeito dos deuses gregos que parecem me cercar por todos os lados.

— Você e Quinn estão fantasiados de quê? — pergunto.

— Você vai ver quando chegar aqui, o que eu espero que você faça logo.

— Me diz que não são aquelas fantasias de casalzinho descolado.

Ela faz uma pausa.

— Certo, não vou responder. Mas, Josh, vem loooogooo! O Marco já me perguntou duas vezes se você vem, e preciso dos abraços do meu melhor amigo. Não vejo você desde que eu e Liam voltamos da ilha. Estou com saudade. Vem beber comiiiigooo!

Dou risada. Estou morrendo de saudade dela. Como minha avó não tem estado muito bem, me mudei do apê de Liam de volta para a casa dos meus pais, para ajudar a cuidar dela. Além do mais, Lissa e Liam têm estado bem ocupados, fugindo do frenesi da mídia com a história das fotos dos dois nus. Deus do céu, é como se a maioria dos americanos nunca tivesse visto gente pelada. Não entendo por que tanta comoção.

Ironicamente, quando disse isso à garota que estava olhando a receita da vovó na farmácia, ela disse que se eu não entendia é porque não tinha visto o tamanho do membro de Liam Quinn. Depois de julgá-la em silêncio por usar o termo "membro", brinquei que a coisa toda tinha sido photoshopada e que eu sabia que Quinn tinha praticamente um amendoim dentro da calça.

Nunca vi uma pessoa tão decepcionada na vida. Eu me senti mal e tentei dizer a ela que era brincadeira, mas as palavras simplesmente não saíam. Acho que é alguma coisa programada na natureza masculina em resposta ao tamanho do pau de outro cara. Quem sou eu para brigar com a natureza?

— Josh? Alôôôôô?

— Desculpe. Só estava pensando no pau do seu namorado.

— Eu também. Transmissão de pensamento de melhores amigos!

— É, mas na maior parte do tempo, quando pergunto no que você está pensando você diz que é no pau do Liam. Então, não acho que seja uma grande vitória.

— Sim, mas saber que você também está pensando nele faz eu me sentir especial. Agora, arraste essa bunda até aqui! Tem vários copos com os nossos nomes neles. Deus sabe que não quero você nem um pouco sóbrio na hora da contagem regressiva pra não começar a se lamentar sobre o fato da sua mulher estar do outro lado do mundo.

— Já pensei nisso. Tomei duas cervejas durante o jantar. Mamãe não aprovou.

— Isso é porque você arrota como um idiota se toma cerveja.

— Já te disse isso antes, Lissa, os gases têm que sair de algum jeito. Melhor por cima que por baixo.

Ouço batidas na porta, e minha avó me chama:

— Joshua? Você ainda está aí? Não se esqueça de me mostrar sua fantasia antes de sair.

Cubro o telefone com a mão.

— Vou sair num instante! — E volto a falar com Elissa: — Certo, melhor eu ir antes que ela invada o quarto e me pegue de cueca. De novo. Vejo você em vinte minutos.

— Certo. Até lá.

Desligo e jogo o telefone em cima da cama.

Tudo bem, Josh. Chega de conversa fiada. Ninguém vai te chatear hoje. Enfia essa bunda na fantasia e vai logo.

Vou até o banheiro e abro o pequeno estojo de plástico na bancada. Meu oftalmologista me convenceu a experimentar lentes de contato da última vez que fiz óculos novos. Como simplesmente não conseguia me dar ao trabalho de cutucar meus globos oculares todo santo dia, quase nunca as uso. Esta noite, no entanto, estarei livre de óculos.

Respiro fundo e tiro os óculos. É esquisito deixá-los para trás. Eles se tornaram uma parte tão intrínseca da minha identidade que meu rosto se sente nu sem eles.

— Certo, lá vamos nós.

Luto com as porcariazinhas de plástico mole por uns bons dez minutos até conseguir colocar as duas, e a essa altura meus olhos estão lacrimejando. Pego papel higiênico e enxugo o rosto.

— Puta que me pariu. Aposto que Clark Kent nunca teve que passar por essa merda.

Ao terminar, me olho no espelho.

Cara, é estranho ser capaz de enxergar direito sem nada no meu rosto.

Combine a falta de óculos com cabelo penteado para trás e um novo corpo, e eu mal chego a parecer comigo mesmo.

Inspiro profundamente.

Bom, a ideia é essa, não é? Vamos lá.

* * *

Cinco minutos depois, estou de pé em frente à minha avó, me sentindo esquisito e incrível ao mesmo tempo.

— Ah, Joshua — começa ela, reverente —, você está maravilhoso. Tão bonito.

— Obrigado, vovó.

— Achei que você fosse usar a outra, aquela de sempre. Space Trek ou algo assim.

— Star Trek. Achei que devia mudar hoje. Tentar algo diferente.

— É linda. Mas você parecia mais à vontade com a outra.

Ela não está errada. Essa coisa é tão apertada que me dá a sensação de estar usando uma cinta no corpo inteiro. Meus órgãos internos estão gritando.

— É, bom... estou tentando sair da minha zona de conforto, pra variar.

Ela sorri e acena para que eu me aproxime de onde ela está, sentada no sofá.

Eu me curvo e ela me dá um beijo na bochecha, segurando meu rosto.

— Meu menino querido. Não sei bem por que você quer mudar, mas eu achava que você já era perfeito antes de toda essa malhação e shakes de proteína. E estou certa de que sua garota adorável também achava isso, então se isso é pra ela, talvez você tenha desperdiçado seu tempo.

— Eu não posso estar fazendo isso só pra ser saudável?

— É claro. Mas é por isso que você está usando essa fantasia? — Ela me dá um daqueles olhares que me fazem sentir como se ela estivesse vendo minha alma.

Na mosca.

— Tenho que ir, vovó. Você precisa de alguma coisa? Uma bebida? Uma almofada? *Grand Theft Auto* no Xbox?

Ela dá palmadinhas na minha mão.

— Estou bem, *bubbeleh*. Tenha uma boa noite.

— Terei. — Eu a beijo no rosto e visto o sobretudo. Não posso me arriscar a ser importunado no metrô.

— Ah, Joshua? — Eu me viro para ela. — Só não se esqueça de que o que você veste não é o que você é. É o que está dentro que conta.

Sorrio para ela. É bem a cara da minha avó usar minha crise de identidade como uma oportunidade para me dar uma lição. Eu a beijo mais uma vez.

— Vejo você no ano que vem, vó. Amo você.

— Também amo você, docinho. — Ela me dá um sorriso compreensivo antes que eu saia.

Capítulo dois
A TURMA TODA ESTÁ AQUI

— Você já está na festa?

Angel soa tão próxima que eu me sinto como se pudesse estender a mão através do telefone e tocá-la. Quem dera.

— Acabei de chegar, mas estou do lado de fora ainda, então podemos conversar. Pra ser sincero, não estou muito animado pra festejar sem você.

Ela ainda tem mais uma semana de filmagem na Austrália, e porra, nunca pensei que ficar longe de alguém pudesse ser tão difícil. Claro que eu fiquei com saudades da Elissa quando estávamos estudando em pontos opostos do país, mas não era nada comparado a isto. Sentir falta de Angel é como ter um ataque cardíaco em câmera lenta. Meu peito dói pra caralho, e ouvir sua voz só faz com que a saudade aumente. Considerando que este é meu primeiro relacionamento que dura mais do que o tempo de tomar um banho depois de transar, não faço ideia se isso é normal ou não.

Uma coisa que eu sei é que nossa separação foi culpa da minha burrice, porque eu quis voltar e ajudar Elissa com o concerto beneficente. Apesar de ter notado que Angel não estava feliz com minha partida, ela me apoiou cem por cento. Mas o que ela não sabia é que eu também estava fugindo do modo como me sentia ao vê-la se apaixonar por outro homem todos os dias no set de filmagem, ainda que fosse só atuação.

Nunca me considerei uma pessoa ciumenta, mas, assistir à Angel se agarrar com outro cara? Agora tenho uma profunda e empática compreensão de como o Dr. Jekyll se sentia ao se transformar em Mr. Hyde. Julian é um cara legal, e quando estamos só os dois, falando de quadrinhos ou video games, fico tranquilo. Mas, no instante em que o vejo falando com Angel, ou pior, tocando ou beijando minha namorada... é. As veias saltam, os músculos se contraem, e eu quero deixar o Josh bonzinho e divertido na porta, para que o Josh desnecessariamente violento possa sair para brincar.

Sei que minha reação vem dos meus sentimentos de inadequação, mas isso não significa que eu esteja errado ao pensar que um cara como eu não tem mais chances de manter uma mulher como Angel do que uma bola de neve tem de sair inteira do inferno.

Para ser justo, Angel é boa em fazer parecer que poderíamos dar certo, e apesar das minhas dúvidas, realmente quero acreditar nela.

— Meu Deus, Josh, sinto tanto sua falta. Você sabia que a esta hora já é Ano-Novo na Austrália faz tempo?

— É? Você se divertiu noite passada? Festejou com o elenco e a equipe?

E, claro, quando digo "elenco e equipe" quer dizer "protagonista gostosão-sarado", Julian Caradebunda Norman. Não nos esqueçamos daquele babaca estupidamente gente boa que está provavelmente tramando para tomar meu lugar no coração dela.

— Foi legal. — Ela abafa um bocejo. — Os produtores deram uma festa chique em um lugar bem na baía de Sydney. Os fogos de artifício foram incríveis. Julian disse que foram os melhores que ele já viu.

— Aposto que foram. — Consigo imaginá-lo, todo entusiasmado e de olhos arregalados. Que cretino. — E então, você beijou alguém interessante à meia-noite? — Tento soar tranquilo, apesar de estar segurando o celular tão apertado que o plástico range.

Angel dá uma risada.

— Pra ser sincera, beijei um monte de gente. Tinha uma fila. Homens, mulheres, garçons, anões, gente com pernas de pau, uns turistas japoneses que entraram lá por engano... Depois da primeira dúzia, parei de contar. Mas não se preocupe, docinho, não teve língua. Estou guardando esses pra você.

Apoio as costas contra a parede e respiro.

— Você está tentando fazer minha cabeça explodir de ciúme, não está?

— Está funcionando?

Dou uma risada fraca. Normalmente, gosto que ela me provoque, mas, neste momento, sou incapaz de pensar nela beijando outras pessoas sem evocar uma imagem dela com Julian. Eu já os vi fazendo isso no set vezes suficientes para saber como são seus beijos. Julian a beija como se nunca quisesse parar. Apesar de entender que o doce paraíso que é a boca de Angel deve ser responsável por isso, ele ainda assim não tem o direito de se sentir assim a respeito da minha mulher.

— Então, o que você vai fazer hoje? — pergunto. — Pegando leve, espero. — Se ela me disser que vai ver Julian, não vai ter como não perder o controle. Quer dizer, como ela ia se sentir se eu passasse todo o meu tempo livre com uma mulher atraente e gente boa?

Meu celular vibra. Há uma mensagem de Lissa na tela.

ANDA LOGO, PUTINHA! Traz essa bunda pra cá AGORA MESMO.

Certo, então, uma mulher atraente e gente boa que não seja a Elissa.

— Na verdade, tenho um dia legal pela frente. O irmão do diretor vai me levar pra dar uma volta na baía em seu iate.

Certo, irmão do diretor. Provavelmente um cara velho. Nada com que me preocupar.

— Isso parece ótimo. Só vocês dois?

— Não, será um grupinho.

Um vasinho começa a latejar atrás do meu olho esquerdo.

— Ah, é? Tipo quem?

— Ah, você sabe. — Ela ri. — Os suspeitos de sempre.

Eu me viro e pressiono a testa contra a parede. Sei que ela não quer me torturar, mas ser vaga assim não me ajuda em porra nenhuma.

— Certo, então Megan, Kasey, Mark... Julian?

Meu coração fica pesado com a resposta.

— É, acho que é isso. — Mas em seguida ela diz: — Ah, espera, o Julian não. Ele tem alguma coisa marcada com a imprensa.

Não tenho certeza, mas seria capaz de apostar que ouvi um porrilhão de anjos cantando "Aleluia".

— Ah, que pena. Bom, de qualquer forma, divirtam-se bastante, certo?

— Duvido — diz ela, com um suspiro dramático. — Vou passar a maior parte do tempo sozinha, ansiando por um homem que deveria estar sussurrando palavras de amor pro meu clitóris, mas, em vez disso, está egoisticamente longe.

Algo se contrai no meu peito, e dói pra caralho.

— Só pra deixar claro, essa pessoa seria eu, certo? Porque se mais alguém estiver sussurrando pro seu clitóris, nós vamos ter um problema.

Ela ri, como se não fosse uma pergunta perfeitamente válida.

— Sim, amor. Estou falando de você. Nossa, você está tão carente hoje... — murmura ela, e eu posso imaginá-la deitada de costas, sorrindo enquanto eu cubro seu pescoço de beijos.

— É porque sinto sua falta. Conte-me mais sobre esse homem fascinante pra quem você está guardando sua língua e seu clitóris.

Mais um murmúrio.

— Ele é incrível. Caloroso, engraçadíssimo, gato pra caramba *e* incrível na cama.

— Uau, parece ser um pacote completo. — Também parece que ela está descrevendo Julian. Não que eu saiba como ele é na cama, mas meu ego ferido presume que ele deve ser uma porra de um gênio.

— Ele é, sim, e eu o adoro.

Continue respirando, Josh. Ela está falando de você.

Tento acalmar minha pulsação acelerada.

Por mais incrível que seja estar tão apaixonado por esta mulher que eu mal consigo enxergar direito, sei bem demais que amar algo tão precioso vem junto com o medo irracional de perdê-lo. Esta é a fonte do meu ciúme. Até agora, minhas experiências com mulheres têm sido passageiras e sem importância. Instintos primitivos moderadamente satisfeitos. Mas amar Angel é como ser um troglodita que finalmente descobriu o fogo e não consegue suportar a ideia de voltar a viver na escuridão.

Ouço um movimento. Então, ela volta a falar com uma voz mais suave.

— Odeio acordar e ver que você não está aqui. Às vezes, eu me viro pra te dizer algo e chego a dizer meia frase antes de me tocar que estou falando com um apartamento vazio. Será que podemos não nos separarmos mais, por favor? Isso me atormenta.

Sorrio ao perceber pela sua voz que ela está fazendo um beicinho.

— Bom, não há nada mais trágico que uma Angel atormentada. — Caramba, quero tanto abraçá-la. Beijá-la. Fazer amor com ela, apaixonada e lentamente. Desejo isso mais do que jamais quis qualquer coisa. Mais do que aquela estátua de um guerreiro klingon em tamanho natural, quando eu tinha doze anos.

Caminho de um lado para o outro, para gastar um pouco de energia.

— Prometo compensá-la quando nos virmos de novo.

— E se eu não puder esperar por tanto tempo?

— Vamos transar pelo Skype. Chamo você de casa.

— Combinado. — Ela suspira mais uma vez. — Certo, é melhor você ir. A Elissa vai comer seu rabo se você não chegar lá logo.

— É, acho que sim.

— Tire um monte de fotos, tá? Quero ver o que cada um está vestindo. E algumas selfies suas como um James Tiberius Kirk sexy. Vou mandar imprimi-las e guardar no meu arquivo-siririca pra quando estivermos longe um do outro.

Só de pensar nela se masturbando ao ver fotos minhas faz com que minha fantasia fique superdesconfortável em certas áreas. Abro a boca para corrigi-la quanto ao que estou vestindo, mas me interrompo. Não sei por quê. Talvez porque assim ela poderia suspeitar que estou vestindo isso para aumentar minha autoestima, tipo uma putinha carente.

— Amo você, Josh.

Dor no peito. Montes de malditas dores no peito.

— Também amo você, linda. Mal posso esperar você voltar pra casa. Ligo mais tarde.

Depois de desligar, vou até a chapelaria para deixar meu casaco. A festa de hoje é no The Starlight Suites, uma coleção de salas de eventos superluxuosas que ocupam todo o último andar do edifício Braxton. Tiro o sobretudo e a garota atrás do balcão me entrega um papelzinho.

— Você tem onde guardar o comprovante nessa fantasia, senhor? — O tom de voz dela me faz erguer os olhos, e vejo que ela está me dando uma conferida aprovadora dos pés à cabeça.

Certo. Nunca provoquei esse tipo de reação quando era Kirk.

— Claro, dentro do protetor atlético, junto com a minha dignidade. Obrigado.

Houve uma época em que eu tentaria usar meu charme para tirar a calça desta garota no menor tempo possível. Agora, mal registro sua existência. Estar apaixonado faz coisas esquisitas comigo, de várias maneiras. Acho que nem todas são ruins.

Enquanto passo pelas portas duplas, vejo que Elissa não estava exagerando ao dizer que as festas de Réveillon de Marco eram épicas. O enorme salão de baile está fervilhando de gente. Mesas de bufê e de bebidas estão espalhadas pelo salão, e garçons de black-tie garantem que os copos de todo mundo estejam sempre cheios. Olho em volta e vejo os grandes nomes da Broadway, incluindo um ator três vezes ganhador do prêmio Tony vestido de Pikachu.

Cara. E eu achando que a minha fantasia exigia coragem.

As pessoas realmente se empolgaram com suas fantasias. Uma garota está completamente a caráter como uma personagem de *Avatar*, vestindo pouco mais que tinta azul da cabeça aos pés. Ela está rindo e flertando com um cara que está mandando bem com uma fantasia numa vibe bem retrô de *Embalos de sábado à noite*, de terno branco e tudo.

É, ele está pedindo para gastar uma fortuna na lavanderia.

Pego uma tulipa de cerveja de um garçom que passa enquanto examino a multidão, procurando por Elissa.

Não saber que fantasia ela está usando me deixa em desvantagem. É como tentar encontrar Wally quando ele não está vestindo sua camiseta listrada e gorro favoritos.

— Bom, feliz Ano-Novo pra mim — diz uma voz às minhas costas. Eu me viro para ver uma loira bonita me encarando. Ela não está fantasiada, só usando jeans justos e uma camiseta em que se lê *"Não preciso de fantasia. Os outros querem ser eu"*.

Ela está me avaliando, olhando por cima de sua taça de champanhe, e sua expressão vidrada me diz que esta não é sua primeira taça da noite.

— E qual é o seu nome, bonitão? Ou você está protegendo sua identidade dos supervilões?

Sorrio para ela.

— Não, eles estão todos de folga.

Ela se inclina e põe uma das mãos no meu peito.

— Eu sou Zoe. Stevens. Talvez você já tenha ouvido falar de mim. A maioria das pessoas já ouviu.

— Sim, eu a conheço, Zoe. Nós nos conhecemos há alguns meses, no casamento de Cassie e Ethan.

Ela tira a mão, confusa.

— Acho que não.

— Sim, você falou comigo por uma meia hora, sobre como o Ethan costumava ter uma paixonite por você na escola de teatro e que agora que ele e Cassie estavam se casando você queria manter distância, pra que ele não tentasse reviver o passado.

Ela balança a cabeça em negativa.

— É, eu me lembro da conversa, mas foi com um nerd de óculos, não... — ela olha para o meu corpo — ... com você. — Ela me dá uma piscadinha, como se estivesse brincando, mas estou tendo dificuldade em saber qual é a dessa garota. — Então, de onde você conhece o Ethan?

— A irmã dele é minha melhor amiga.

Ela franze a testa.

— Ah, você é gay?

— Não.

— Então você e a Elissa são héteros, mas não transam? Isso é esquisito.

— Nós somos *amigos*. Ela está namorando o Liam Quinn, sabe, o astro de cinema?

Ela me dá um sorriso condescendente.

— Claro, isso é o que os jornais dizem, mas eu mesma nunca vi.

— Eles estavam juntos no casamento.

Ela ri.

— Ah, certo. Se Liam Quinn estivesse naquele casamento, eu teria sido a primeira pessoa a saber. Tem gente que tem *gaydar*. Eu tenho *stardar*. Consigo farejar uma pessoa famosa a trinta metros de distância.

— Hu-hum. Então você deve ter visto que Angel Bell estava lá, também.

Ela pensa por um instante.

— Ah, é. Ela estava dançando com o namorado. Um carinha com jeito de intelectual e cabelo cacheado.

— Sim, ele também era eu.

Ela me encara por uns três segundos inteiros, antes de cair na risada.

— Ah, sim. Claro que era. Aí você entrou numa cabine telefônica e saiu assim. — Ela dá risadinhas e toma mais um gole de champanhe antes de me encarar com uma expressão vazia. — Mas, falando sério, sem brincadeira, você está solteiro ou não? Porque nós dois realmente podíamos nos divertir juntos. Você tem alguém pra beijar à meia-noite?

Antes que eu possa responder, um cara um pouco mais baixo que eu aparece ao nosso lado em uma fantasia de lycra cor de pele.

— Sério? — diz ele a Zoe. Você está tentando me fazer ciúmes flertando com esse cara? Como você ousa usar meu amor por super-heróis contra mim?

Eu o olho com mais atenção. Além de cobrir o corpo inteiro com lycra rosa-pálido, ele também está usando um chapéu em forma de cogumelo e grandes pantufas felpudas de um rosa-amarronzado. Que porra é essa?

— Vai embora, Jack — diz Zoe, jogando o cabelo. — Josh e eu estamos conversando, e ele é *supergato*.

Jack se volta para mim e estende a mão.

— E aí, cara. Sou o Jack.

— É — digo, apertando a mão dele. — Jack Avery, certo?

Ele me dá um sorriso impressionado.

— Nós nos conhecemos? Ou você simplesmente já ouviu falar do homem que é uma lenda?

— Segunda opção. Você estava no casamento de Cassie e Ethan. Eles me contaram sobre a turma da Grove, mas só cheguei a conhecer a Zoe. É legal finalmente juntar um rosto ao nome. Sou o melhor amigo da Elissa.

— Ah, legal — diz ele, enquanto nos cumprimentamos. — Vi Elissa e Cassie na pista de dança agora há pouco. — Ele se inclina e sussurra: — Só entre nós dois, será que as duas já ficaram? Porque... uau!

A raiva que invade meu organismo deve aparecer em meu rosto, porque ele rapidamente solta minha mão e dá um passo atrás.

— Desculpa, cara. Brincadeirinha. Força na capa aí.

O desprezo de Zoe é evidente.

— De que merda você está fantasiado, Jack? Além de idiota insuportável?

Ele aponta para si próprio e sorri.

— Vou te dar uma pista. Sou a coisa mais famosa do mundo neste momento.

Zoe olha pra ele, indiferente.

— Você sabe que eu odeio adivinhar. Fala logo.

— Sou o pau de Liam Quinn. — E dá um sorriso largo.

A careta de Zoe vacila por um instante.

— Apropriado, considerando que você é um escroto.

Eles olham feio um para o outro por um segundo, antes de começar a gargalhar. Então, sem perder tempo, Jack puxa Zoe para um beijo tórrido, que me deixa extremamente embaraçado.

— Eu odeio você — sussurra Zoe. — Esta é absolutamente a última vez que isso acontece.

Jack começa a chupar o pescoço dela.

— Foi isso que você disse nas últimas 28 vezes.

— Você está contando?

— Um de nós tinha que fazer isso.

— Você é nojento.

— Uma das muitas razões pelas quais você me acha irresistível. — Ele a pressiona contra uma parede e eles continuam mandando ver, mais inapropriados a cada segundo que passa. Olho em volta, mas ninguém mais parece sequer notar.

— Certo, então. Vou embora. Vejo vocês por aí.

Tomo um grande gole da minha cerveja enquanto caminho por entre a multidão. Espero que isso não seja um indicativo de como esta noite será.

Quando passo por um grupinho e vejo Marco, quase cuspo a bebida. Ele normalmente se veste de forma impecável, mas esta noite está se exibindo em um figurino de Elvis, completo, com a peruca de topete e a constelação de strass brega demais. Ele joga os braços para cima ao me ver.

— Joshua, meu rapaz! Que bom que você veio! Você está maravilhoso.

— Oi, Marco. Você está... — estou tão desacostumado a vê-lo com cabelo que sinto dificuldade em encontrar uma palavra — Elvístico.

Ele ergue as sobrancelhas e o copo.

— Ora, obrigado. Espero que você esteja pronto pra uma noite magnífica. Vejo você mais tarde, certo?

Confirmo com um aceno de cabeça e sigo em frente. De pé ao lado de uma mesa transbordando de canapés está um cara vestido de Batman conversando com um Charada alto e magro. Quando passo, nos cumprimentamos com acenos de cabeça.

Finalmente ouço uma risada característica e localizo Cassie do outro lado do salão. É só a altura das pessoas com quem ela está que entrega que são Elissa, Liam e Ethan. Tenho que admitir que todos estão incríveis.

Ethan está vestido como John Travolta em *Pulp Fiction*, e Cassie está quase irreconhecível de peruca preta, camisa branca e calça capri preta. É impressionante o quanto ela está parecida com a personagem de Uma Thurman.

Liam e Elissa estão mais legais ainda. Ela está virando a cabeça de mais gente além da de Liam com sua fantasia de Viúva Negra, com o macacão preto de couro colado ao corpo e o cabelo vermelho-vivo. E a julgar pelo colete sem mangas e o arco pendurado nas costas, ele está de Gavião Arqueiro.

À medida que me aproximo, eles me dão uma olhada antes de voltar a conversar.

É Elissa que me reconhece antes e me olha outra vez.

— Puta merda, Josh?!

Então, todos eles se viram. Nunca me senti tão esquisito. Não basta eu me sentir um impostor nesta roupa, agora tem dois caras que poderiam interpretar esse personagem em um instante olhando fixamente para mim. Eu me sinto com meio metro de altura.

— Você está incrível! — diz Lissa, enquanto me abraça. — Estou a noite toda procurando pelo capitão Kirk, não pelo Super-Homem. — Ela dá um passo atrás e olha para o meu corpo. — Caramba, migo, você ficou enorme. Como assim?!

Dou de ombros, enquanto os outros sorriem para mim.

— Você disse pra eu dar um jeito no meu corpo.

— É, mas não esperava que você fizesse isso de verdade. Olha só pra você!

Admito que estou orgulhoso. No ensino médio, o máximo de exercício que eu fazia era correr até a cantina nas "Terças de Tacos". Então, ir à academia todos os dias e não desistir é um feito e tanto para mim.

Liam põe a mão gigantesca no meu ombro.

— Você deve ter feito muita repetição pra ficar grande assim, cara. Eu me sinto um preguiçoso, em comparação. Não treinei nada enquanto estava fora.

Elissa dá uma cotovelada nele.

— Ei, isso não é verdade.

Quinn faz uma cara de gato que comeu o canário.

— Amor, fazer supino com você não chega a configurar um treino.

Cassie se intromete, estremecendo.

— Que nojo, vocês dois. Se isso é apelido de alguma posição sexual esquisita, nem quero saber. — A expressão no rosto de Elissa sugere que é. Cassie a ignora e me dá um abraço. — Ei, Super Josh. Estou meio desapontada que você não tenha apostado na fantasia das antigas, igual à do Christopher Reeve. Aquela cuequinha vermelha por cima da roupa era extremamente sexy.

Eu concordo com um aceno e olho para minha roupa azul texturizada. Posso não ser tão musculoso quanto Henry Cavill, mas a preencho direitinho.

— É, bom, eu não podia correr o risco de você ficar toda animada comigo na frente do Vinnie aqui — aponto Ethan. — Ele poderia ficar enciumado e me dar um tiro na cara.

Ethan faz sua melhor imitação de Vinnie Vega.

— Você dá um tiro na cara de um fulano e ninguém nunca mais deixa você se esquecer disso. Típico.

Dou um suspiro de alívio por eles não terem rido de mim a ponto de eu querer fugir da festa. Não que meus amigos fossem fazer uma coisa dessas, mas feridas antigas demoram a cicatrizar.

Um garçom chega com uma bandeja cheia de *shots* de alguma bebida e eu pego o suficiente para o nosso grupo.

Então, ergo meu copo e digo:

— Certo, então, vamos brindar.

Todos erguem suas bebidas.

— Aos bons amigos, dias felizes e um Ano-Novo incrível.

Elissa põe a mão no meu ombro.

— E aos amados que não puderam estar aqui hoje.

— À Angel — diz Liam, com um sorriso solidário.

Todos nós fazemos uma pausa, e por mais grato que eu esteja por estar cercado de amigos, qualquer tipo de comemoração parece errada sem Angel. Decido que assim que voltar para casa vou reservar um lugar no primeiro voo para a Austrália. Ela pode voltar em uma semana, mas isso significa sete dias além do aceitável para ficar longe dela.

Nós brindamos.

— Saúde.

Depois de virarmos nossos *shots*, fazemos caretas. Cassie tosse um pouco quando o álcool queima sua garganta.

— Feliz Ano-Novo, gente — ela consegue dizer, ofegante.

— Agora, vamos festejar até cair.

Capítulo três
SUPERVILÕES E RAINHAS DO DRAMA

É evidente que a pessoa que desenhou esta fantasia de Super-Homem não estava pensando em um duelo de dança. Levantar os braços é um desafio, mas se eu tiver que enfrentar algum desconforto pra acabar com o Ethan, então eu encaro.

— Desista, Super. — Ele faz uma espécie de rodopio que deveria ser impossível, considerando o quanto ele já bebeu. — Você vai ser arrasado.

— Rá, você não quer dizer *arrasar*? — Imito alguns dos passos de John Travolta em *Embalos de Sábado à Noite*. O cara de terno branco ao meu lado tenta me copiar, mas ele é um péssimo dançarino. Além disso, minha previsão sobre ele e a garota de *Avatar* estava correta, porque há marcas na cor azul-vivo em seu paletó inteiro e, algo que se parece suspeitosamente com impressões digitais azuis no seu saco. Não há a menor possibilidade de esse cara receber de volta seu cheque caução.

Justo quanto eu acho que estou ganhando de Ethan, Liam aparece.

— Tudo bem, moças. Afastem-se e deixem que eu mostre como é que se faz.

Ele começa a fazer alguns passos maneiros de hip-hop, e é claro que o filho da puta é um bom dançarino.

— Elissa, você pode fazer algo a respeito disso, por favor?

Ela dança a alguma distância.

— Até poderia, mas estou apreciando a paisagem.

Cassie vem em nosso socorro. Ela para na frente de Quinn e finge expulsá-lo.

— Sinto muito, senhor. Esse duelo é olímpico, só para amadores. Você obviamente está um nível acima desses caipiras.

Ethan e eu paramos e soltamos um "Ei!" ao mesmo tempo.

Cassie dá de ombros.

— Só estou dizendo o que vejo, cavalheiros.

Com um sorriso atrevido, ela dança ao nosso lado, antes que Liam e Elissa se juntem a nós.

Podemos não ser os melhores dançarinos do mundo, mas pelo menos somos animados.

— Ora, ora, ora, que divertido — diz uma voz condescendente atrás de nós. — Super-Homem e seus amiguinhos pensam que estão dançando.

Nós nos viramos e vemos três caras nos olhando com expressões superiores. Um deles está fantasiado de Doutor Evil, de *Austin Powers*, outro de Coringa, de *Esquadrão Suicida,* e o que está falando conosco está com uma fantasia supermaneira de Loki, que eu elogiaria se não estivesse tentando ficar no personagem.

— Loki — digo, cruzando os braços —, siga seu caminho. Você não vai querer mexer com a gente.

— Não? — Ele desdenha e estala os dedos. O Coringa vai cochichar algo com o DJ. Em instantes, a música muda, e as primeiras notas de "Uptown Funk" começam a tocar. — Vamos ver se você consegue vencer esses passos, Super-Homem.

Os três começam uma coreografia completa, e não há dúvida de que são dançarinos de nível profissional. Eles misturam hip-hop com dança contemporânea e jazz e são tão bons que acho que só há uma maneira de vencê-los, e não é nada bonita. Eu me viro para os outros.

— Afastem-se. Eu cuido disso.

Elissa segura meu braço.

— Não, Super-Homem, você não pode fazer isso sozinho! É suicídio.

— É preciso, Viúva Negra. Posso pelo menos ganhar algum tempo até que você possa ficar em segurança. Vá para o bufê ou para o bar.

— Nós não vamos deixar você. — Liam aperta meu ombro com sua mão gigante. Com tanta força que eu mordo a língua para não dizer um "ai".

— Gavião Arqueiro, apenas mantenha os outros em segurança. Eles nem são super-heróis, só hipsters com cabelo malcuidado.

Ethan e Cassie me mostram o dedo e ajustam as perucas.

Quando me volto para confrontar nossos inimigos, Elissa segura meu braço.

— Você não vai fazer o que eu estou pensando, vai?

— Elissa, esses bundões nos desafiaram. Eu só estou aceitando. Prepare-se para vê-los chorar.

Ela aperta meu braço com mais força.

— Josh, não! Você não faz o Le Dance Bomb desde o ensino médio. Você pode morrer! Ou, sei lá, ficar gravemente sem fôlego.

— Então prepare-se para me fazer respiração boca a boca, minha jovenzinha.

Os supervilões me observam com cautela, enquanto vou até eles.

— Tudo bem, cavalheiros. — Estou com as mãos na cintura e os pés afastados. — Vocês começaram, então agora se preparem para uma lição.

Começo devagar, um passinho de discoteca aqui, outro ali. Eles acham que já entenderam e reviram os olhos com desprezo, mas só estou começando. Passo para o que costumo chamar de Disco da Perdição: o Parada de Ônibus, o Lava Jato e algo que inventei e chamo de O Almofadinha de Pula-Pula. Vejo confusão em seus rostos. Eles não acreditam no que estão vendo, e tenho pena de lhes contar que ainda não viram nada. Sem hesitar, passo para quadrilha, com os gritos caipiras e tudo, e é aí que vejo o medo em seus olhos.

É isso, garotos. Estou completamente espetacular, e não há porra nenhuma que vocês possam fazer para me parar.

Em rápida sucessão, eu os atinjo com o Arbusto de Nozes, a Macarena, e um passo especialmente ridículo, que Elissa apelidou de Psicoqueijo. Quando os vilões veem isso e começam a me olhar como se não estivessem acreditando, sei que a vitória está ao meu alcance. Apesar de estarem tentando não sorrir, vejo que os cantos de seus lábios estão se curvando, mas ainda não é a vitória incontestável que estou buscando. Preciso acabar com eles.

Minhas pernas estão com cãibras e meus pulmões, ardendo, mas continuo mesmo assim. Meu corpo é um borrão enquanto mostro o Boogaloo Elétrico, o Bumbum em Brasa e acrescento uma dose extra de estilo jogando minha capa sobre o ombro para que eles possam apreciar melhor meu twerk. Os sorrisos aumentam, mas ainda não é o suficiente. Prossigo com uma versão amalucada da dança do pintinho, e um deles dá uma risadinha, mas não cai na gargalhada.

Merda. Estou tão perto de vencê-los, mas estou ficando sem energia. Em uma última tentativa desesperada de quebrar suas defesas, eu me jogo em um dos passos de Thriller.

— Vai, Josh! — Ouço Elissa gritar e estrago meu *moonwalk*. — Você consegue!

Meus amigos batem palmas e gritam, torcendo por mim.

— Vai, Kane, seu magnífico esquisitão — grita Ethan. — Acaba com eles!

Apesar da torcida, meu fôlego está falhando. A música está quase acabando e eu não tenho mais nenhum passo. Se eu não pensar em algo espetacular nos próximos trinta segundos, terei perdido, e o Super-Homem sairá como um fracassado.

— Josh! — Eu me viro e vejo Liam do outro lado da pista. — Vamos fazer a levantada.

Franzo a testa. Ele não pode estar falando sério. Nós tentamos uma vez na casa dele, depois de esvaziar uma garrafa de tequila e assistir a *Dirty Dancing*, e ele não só me deixou cair como também machucou as costas.

— Liam, não. É perigoso demais.

Ele me encoraja.

— A gente consegue. Vamos!

Eu faço que não com a cabeça.

— Quinn, não dá...

— Puta merda, Josh, não temos tempo pra discutir! A música está acabando! Faz a porra da levantada!

Eu olho de relance para os vilões, que estão nos encarando com ar esnobe. Paro de dançar e sorrio de volta.

— Vocês não venceram ainda, garotas. Observem com cuidado, porque estou prestes a fazer vocês acreditarem que um homem pode voar.

Sem esperar pela reação deles, disparo com tudo na direção de Liam. Jesus, espero que ele esteja mentindo sobre essa história de não ter malhado enquanto estava naquela ilha idiota, porque eu ganhei uns vinte quilos de músculos e realmente não quero morrer.

Tudo parece ficar em câmera lenta à medida que me aproximo. Ele contrai a boca, decidido, antes de dobrar os joelhos e me segurar pelo quadril. Quando salto, ele estende os braços e me ergue acima da cabeça. Durante um segundo apavorante, acho que ganhei velocidade demais e que vou aterrissar de cabeça na fonte de chocolate, mas no último instante Liam corrige sua posição e eu consigo me equilibrar perfeitamente, um braço à frente na clássica pose de Super-Homem, enquanto minha capa flutua a meu redor.

Essa visão é demais para os vilões. Eles irrompem em aplausos fascinados, assim como o restante dos convidados. Até o DJ entra na brincadeira, tocando a música-tema do Super-Homem.

Os aplausos ainda estão ecoando, e Quinn me põe no chão com um grunhido.

— Puta que o pariu. — Ele alonga as costas. — Quanto você está pesando agora?

— Que rude. Não é educado falar do peso de um herói.

Cassie e Elissa vêm me abraçar, e pela primeira vez desde que o conheço, Ethan parece estar impressionado comigo.

— Você é maluco. — Ele aperta minha mão e me dá um abraço de irmão. — Mas, porra, foi engraçado.

Até os supervilões vêm me cumprimentar. Acabamos sabendo que eles eram três dos dançarinos que faziam o coro de hienas em *O Rei Leão*. Faz sentido.

Elissa pede outra rodada de bebidas, e viro a minha antes de me jogar no sofá mais próximo. Caramba, se eu precisava de um lembrete de que não tenho mais dezoito anos, esse duelo de dança é perfeito.

Elissa sorri enquanto se aproxima e se senta ao meu lado.

— Isso foi totalmente épico, migo.

— Foi? — pergunto e apoio os cotovelos nos joelhos. — Queria que Angel estivesse aqui pra ver.

— Ah, ela vai ver. — Ela me mostra o telefone. — Não se preocupe com isso.

Eu me recosto no sofá e suspiro.

— Legal. Me acorde à meia-noite, certo?

— Claro. Ou eu posso buscar comida pra nós, e a gente pode ficar aqui fofocando sobre os outros.

Ela me conhece bem demais.

— Busque a comida.

— E aquele ali — sussurra Elissa — foi flagrado na coxia no musical sobre a obra do Dr. Seuss, cheirando pó em cima da bunda do Gato de Chapéu.

Dou uma risada e limpo a boca com um guardanapo.

— Achei que ele tinha ido pra uma clínica de reabilitação.

— E foi. Mas não durou. Dizem que ele está indo pra Hollywood. Não tem como ele sustentar o vício com cachê de teatro.

Balanço a cabeça. Sempre fico surpreso com a quantidade de escândalos que há na Broadway, e de algum modo Elissa sempre sabe de todos.

Enquanto ela devora um pedaço especialmente grande de *brie*, examino uma garota a pouca distância, conversando com Jack, Zoe e um cara que eu não conheço.

— Lissa, seja discreta, mas você conhece aquela puta ali, conversando com Jack e Zoe?

Uma expressão decepcionada passa pelo rosto de Elissa.

— Espero que seja o álcool fazendo você falar assim. *Slutshaming* não combina com você.

— Mas não estou fazendo *slutshaming*. Ela está fantasiada de prostituta do Velho Oeste. Olha ali.

Ela olha a garota e dá de ombros.

— Não me parece conhecida. Por quê?

— Ela fica olhando feio pra Cassie o tempo todo.

— Sério? — Ela aponta o cara ao lado da garota, vestido como um bandido do Velho Oeste, todo de preto e com um chapéu de caubói. — Está vendo ele, ali?

— Sim.

— É Connor Baine. Você se lembra de eu contar que ele era apaixonado pela Cassie?

— Aaaaah, é. Outro groviano que não conheci no casamento. Cassie e ele namoraram por um tempo depois que Ethan terminou com ela, certo?

— Exatamente. Se a puta está fuzilando Cassie com o olhar, provavelmente é porque ela é a mais recente na lista rotativa de namoradas de Connor.

— Ih. Que chato.

— Nem me diga. Cassie e ele eram quase tão próximos quanto eu e você. Mas desde que puseram cama na história, eles mal se falam.

— Viu só? Por isso que nós fomos inteligentes e nunca dormimos juntos.

— E também porque você é como se fosse meu irmão.

— Isso também.

— E pelo jeito que o Connor está secando a Cassie, ele ainda arrasta um caminhão por ela. Esse cara precisa sair dessa.

Começo a cantarolar "Let It Go", da animação da Disney, mas Elissa me cala com um olhar.

— E quanto a Zoe e Jack? — pergunto. — Qual é a história deles?

Elissa dá de ombros.

— Eles eram amigos que se zoavam na faculdade. Não parece que isso tenha mudado.

— Isso porque você não viu os dois dando um amasso *daqueles* hoje mais cedo. E pelo que eu ouvi, parece que têm feito isso com frequência.

— Sério? — Ela parece impressionada por eu ter sido capaz de contribuir com alguma informação quente uma vez na vida.

— Bom, isso é interessante. Zoe normalmente só namora caras ricos ou semifamosos. Apesar de o Jack estar indo bem no circuito de comédia stand-up, ele não chega a ser alguém de quem ela possa se gabar.

Ela continua a falar, mas me distraio com um borrão vermelho do outro lado do salão. Quando me volto para ver o que é, tenho que sorrir. É uma garota de cabelo escuro falando com Marco, e ela está usando uma réplica do uniforme da tenente Uhura da série original de *Star Trek*. Uma mulher com gosto excelente. Ela está de costas para mim, então não posso ver seu rosto, mas está mostrando bastante coxa. Caramba, eu quase tinha me esquecido do quanto aquele vestido era curto. Ele mal cobre a bunda. Não que eu esteja reclamando. Ela tem pernas incríveis.

Enquanto olho para ela, fico meio horrorizado com o fato de que ela está me deixando excitado. Isso não deveria acontecer, agora que tenho Angel. Outras mulheres não deveriam ter esse poder sobre Magic Mike.

Desvio os olhos e digo ao meu pau para ficar na dele. Ele obedece, pênis bem-comportado que é.

Talvez não tenha sido a garota. Talvez tenha sido só a roupa. Uhura foi minha primeira paixonite, e vê-la com aquelas minissaias e botas de cano alto fazia coisas novas e inesperadas com meu corpo aos doze anos. Coincidentemente, foi nessa época que descobri as maravilhas da masturbação. Ahh, bons tempos.

— Josh! — Sou trazido de volta à Terra com um tapa que Elissa me dá no ombro.

— Ai! O que é?

— Para de ficar olhando pro espaço. — Mentalmente, eu sussurro "A Fronteira Final". — Angel no telefone. Ela disse que você não está atendendo o seu.

Tomo o cuidado de não olhar na direção da Uhura sexy quando me inclino para pegar o celular. Não acho que Angel ia achar muita graça de eu ficar olhando para as pernas de outra garota.

— Ei, desculpa por não ter atendido. Deixei meu telefone no casaco.

— Tudo bem. Eu imaginei que fosse isso mesmo.

A música e o barulho das pessoas conversando não me deixam ouvir direito, então eu tapo o ouvido com a mão.

— E aí, como está? Tudo bem?

— Sim. Só queria ouvir sua voz.

— Ah. Não sei se você vai conseguir ouvir muito, mas é a intenção que conta. Você já está na sua aventura no iate?

Ela ri.

— Sim, e está incrível. Nós passamos pela Opera House e pela Harbor Bridge, e agora eles montaram um bufê completo de frutos do mar e champanhe. Posso me acostumar a essa vida.

— Tire fotos. Quero ver tudo.

— Pode deixar. Vou enviá-las pra Elissa daqui a pouco. Está um dia lindo aqui.

Olho pela janela panorâmica perto de nós.

— É, bom, aqui está nevando. Não muito, mas as pessoas na Times Square devem estar congelando as bolas.

— Ou peitos, se for o caso.

— Exatamente. — A música parece estar ficando mais alta, e eu tenho que elevar a voz.

— Foi mal pelo barulho. Eu te ligo quando conseguir encontrar um canto menos barulhento.

— Tudo bem, amor. Amo você.

— Também te amo, linda. — Elissa faz sons ridículos de beijo, e eu a empurro para fora do sofá. Ela cai no chão com um guincho agudo. — Falo com você daqui a pouco.

Assim que desligo já quero falar com ela de novo. Por que tudo é tão melhor quando estou com ela, ainda que apenas por telefone?

Estou pensando nisso ao sofrer um ataque de Elissa, que me joga no chão.

Para uma mulher tão pequena, Elissa é forte como um touro, e ela segura minha mão bem firme enquanto me conduz por entre a multidão.

— Aonde vamos?

— Até o bar.

— Eu estava querendo ir lá pra fora, pra poder ligar de novo pra Angel.

— Daqui a um minuto você pode ir. Mas antes tem alguém que eu quero que você conheça. Você vai adorá-la.

Ela me leva até onde Ethan e Cassie estão conversando com uma mulher atraente, vestida de melindrosa. Ela é mais velha que nós, mas está arrasando num vestido bem curto, todo franjado. Ela usa uma tiara com plumas em seu cabelo liso e preto, em corte chanel. Quando paramos a seu lado, Zoe, Jack e Connor se juntam a nós.

— Erika! — Elissa abraça a mulher, e os outros a imitam. Parece que tropecei num festival de amor recíproco. Claro que já ouvi falar de Erika. Apesar de Elissa não ter tido muito a ver com ela na Grove, ela foi mentora de Cassie e Ethan, e pelo que entendi, teve algo a ver com juntar os dois. Parece ser uma pessoa bem legal.

Depois que acaba a sessão de paparicos, Elissa me puxa na direção dela.

— Erika, queria apresentar meu melhor amigo, Joshua Kane.

Estendo a mão e Erika me cumprimenta.

— É um prazer conhecer você, Josh. Superfantasia.

Dou uma risada.

— Você também. Tanto a fantasia quanto conhecê-la. — Ela é meio intimidadora, mas calorosa. Sob esse aspecto, ela me lembra Elissa. Atraente também. Eu me pergunto por que está aqui sozinha.

Ela conversa com todos sobre o que têm feito desde que se formaram, e é interessante. Zoe passou algum tempo organizando performances com jovens carentes, o que não combina com a imagem que eu tinha dela, e Connor fez um filme taiwanês em que tinha que dizer todas as suas falas em chinês.

Quando Ethan e Erika começam a falar sobre um festival de Shakespeare em que ele vai fazer Hamlet, eu me adianto e estendo a mão para Connor.

— E aí, cara, ainda não fomos apresentados. Sou Josh.

Ele aperta minha mão e sorri, e percebo que já bebeu mais do que sua cota de álcool esta noite.

— Connor. Eu te vi rapidamente no casamento, mas não tivemos oportunidade de conversar. Você fez uns passos muito legais na pista hoje.

— O que posso dizer? É um dom.

Cassie para ao meu lado, e o sorriso de Connor vacila por um instante antes que ele fale.

— Bom ver você, Cassie.

Cassie sorri.

— Bom ver você também.

A namorada dele se adianta e lhe entrega uma cerveja, logo antes de agarrar seu braço possessivamente.

— Josh, Cassie, esta é Ava.

Ela sorri para nós, mas é um sorriso mais falso que a peruca de Elvis que Marco está usando.

— Prazer em conhecê-la, Ava — cumprimenta Cassie. — Sua fantasia é ótima.

Os olhos de Ava se contraem de leve.

— Obrigada. A sua também.

Se Cassie nota que Ava não gosta dela, não deixa transparecer. Alguns segundos de silêncio constrangido se passam, durante os quais estamos todos só olhando uns para os outros, até que quebro o gelo, dizendo:

— E então, você também é atriz, Ava?

— Não — responde ela, fria. — Sou bartender. Antes de começarmos a namorar, Connor era um dos meus melhores fregueses. Costumava vir ao meu bar toda noite.

Ela lhe lança um olhar afetuoso, e Connor sorri, olhando para a cerveja, antes de tomar um bom gole. Ele oscila de leve.

É. Se esse garoto não quiser uma ressaca impressionante amanhã, vai precisar parar de beber agora mesmo.

Quase tenho pena dele ao ver o modo como olha para Cassie. Seus sentimentos são bem evidentes.

— Então, Erika — começa Jack —, você sente nossa falta? Seja sincera. Nós fomos sua turma favorita de todos os tempos, certo? Quer dizer, olha só a quantidade de pessoas incríveis neste grupo. É uma loucura.

Erika sorri.

— Vocês certamente foram uma das minhas turmas mais desafiadoras, sr. Avery, isso é certo. No entanto, se pensarmos nas briguinhas, nos dramas do relacionamento de Ethan e Cassie, nos constantes pedidos de Zoe por papéis maiores e na sua propensão a deixar almofadas de peido em cadeiras aleatórias dia sim, dia não, admito que a falta de emoções fortes nas turmas subsequentes foi... agradável.

Connor empurra o chapéu de caubói para trás.

— É, mas bem tedioso também, certo? É algo seguro e esquecível. Como eu. Mas você certamente se lembra de Ethan Holt, porque ele era um tremendo pé no saco.

Todos nós damos risada, mas não deixo de perceber a expressão confusa de Cassie.

— É verdade — diz Erika. — Ainda não tive um aluno tão volátil e cheio de razão quanto o sr. Holt, mas, pra sorte dele, ser um pé no saco às vezes também pode ser adorável.

Ethan dá de ombros.

— Um babaca adorável. Sou eu mesmo.

— Bom, pelo menos a parte do babaca está certa — resmunga Connor baixinho.

Eita, caubói...

Ainda bem que Ethan está ocupado demais brincando com Erika para ouvir isso. Imagino que ele não fosse precisar de muito pretexto para começar a esmurrar o cara que passou um tempo significativo entre as pernas de sua adorada esposa. Ou talvez isso seja bobagem minha. Ainda não conheci nenhum ex-namorado de Angel, mas imagino que não vá ser uma experiência muito agradável.

— Puta merda! — Ava fica boquiaberta ao ver Liam se juntar ao grupo. Ele cumprimenta Erika e então põe o braço em torno de Elissa e lhe dá um beijo no rosto. — Este é Liam Quinn? — pergunta ela, à beira de um ataque de tietagem. — Não é possível.

— É, sim — confirmo. — "O Garanhão" em carne e osso. Mas com roupas por cima.

Ela não é a única que fica pasma. Jack fica branco feito um lençol e a cabeça de Zoe parece a ponto de explodir.

Rapaz, será que eles realmente não o viram no casamento? Talvez meu pai tenha razão. Nossa geração precisa mesmo tirar o nariz dos celulares de vez em quanto.

Elissa apresenta Liam a todos, e talvez tenha sido só minha imaginação, mas eu poderia jurar que ele se contrai um pouco a cada vez que aperta a mão de alguém. O grandalhão provavelmente se machucou me levantando daquele jeito. Eu o avisei.

— Então, Jack, por que você não conta a todo mundo do que é essa sua fantasia gozada? — Porque não sou de perder a chance de jogar lenha na fogueira.

Jack olha rapidamente para Liam e dá uma risadinha nervosa.

— "Gozada". Legal. Mas, não, estou bem. Obrigado.

— Ah, vamos lá — diz Elissa, olhando-o da cabeça aos pés. — Eu estava mesmo me perguntando o que você era. Ahhh, já sei. Você é um champignon! — Todo mundo fica confuso. Ela aponta o chapéu dele. — Cogumelo? Champignon? Certo? — Todo mundo reage com gemidos de frustração, e ela resolve chamar o garçom para pedir mais bebida. — Cara, vocês são muito fracos. *Shots*, por favor.

— Na verdade, ele é um pau gigante — explico. — Olhem bem: o chapéu de cogumelo é a glande, o corpo é... bom, o corpo, e as pantufas felpudas são as bolas. Esperto, não? — cutuco Elissa de leve. — De todas as pessoas, você é quem deveria reconhecer com precisão. Deus sabe que você o vê com frequência.

Jack engole em seco enquanto Elissa o olha com horror, finalmente percebendo o óbvio.

— Ah, não, Jack Avery, você *não* veio gozar com a minha cara com essa fantasia.

Jack dá risadinhas.

— Bom, ainda não, mas se você me pegar direito...

— Jack! — Ela dá um tapa no braço dele. Com força.

Escondo meu sorriso com a mão. Lissa é uma gracinha quando está bêbada e puta da vida. Acho que Liam pensa o mesmo, porque ele não parece nem um pouco nervoso. Pelo contrário: ele está observando fascinado sua mulher fuzilar Jack com seu olhar mais letal.

— Vamos lá, Elissa, calma... — Jack tenta fazer piada. — Não precisa ser tão dura...

Connor abafa uma risada e toma outro gole de cerveja.

— Dura. Boa.

Liam dá um pigarro e tenta parecer irritado.

— Ela tem todo o direito de ficar puta, cara. Eu também não achei legal essa fantasia. Você é pequeno demais pra ser meu pau.

Zoe dá uma risadinha sarcástica.

— Ainda bem que ele não veio vestido de peitos da sua namorada. Ele ficou secando as fotos por tempo suficiente pra desenhar eles de cor.

Agora, sim, Liam parece zangado. Ele rosna para Jack:

— Cara!

Jack joga as mãos para o alto.

— Não é verdade! Eu já disse à Zoe um milhão de vezes, eu estava lendo as *matérias*. — Ele sussurra para Zoe: — E mesmo que estivesse, você não tem motivo pra ficar com ciúmes. Você também tem peitos ótimos.

— Rá! Como se eu algum dia fosse ficar com ciúme de você, Jack.

Ethan se afasta de Erika e se aproxima, com as mãos espalmadas.

— Ei, gente. Vamos pegar leve, certo?

— Está tudo bem, Ethan — responde Jack. — Se você disser a ela pra se acalmar, ela vai ouvir. Afinal, ela acha que você é a porra de um presente de Deus, mesmo que você tenha mostrado *zero* interesse nela desde o primeiro dia.

— Não é verdade — diz Zoe. — Ethan me beijou sete vezes.

O rosto de Cassie fica vermelho.

— Só nas aulas de atuação. Ou em espetáculos. Nunca porque ele quis.

— Como eu disse — comenta Jack.

Zoe dá um tapa no braço dele.

— Cala a boca, Jack!

— Você tem sorte de ele nunca ter se interessado por você — murmura Connor. — É pior quando você consegue, só pra descobrir que a pessoa não te quer.

De repente, todos os olhos estão em Cassie. Ela levanta as mãos.

— Connor, o que é isso?

— Não ouse falar assim com ele — diz Ava. — Ele te amava, e você o destruiu pra voltar com um cara que te deu um pé na bunda, *duas vezes*. Isso é loucura.

— Ava, chega. — Connor parece horrorizado, mas foi ele quem começou.

Eu não faço ideia do que está acontecendo.

Jack olha de Cassie para Ava e esfrega as mãos.

— Moças, se vocês quiserem resolver isso, posso arranjar uma piscina infantil cheia de gelatina em menos de uma hora.

— Shiu — sibila Zoe. — Deixa a Ava falar. Cassie finalmente está sendo detonada por monopolizar os dois caras mais gatos da nossa turma.

Jack fica sério.

— Isso é besteira, Zoe, e você sabe. Depois de mim, Ethan e Connor são o segundo e terceiro mais gatos, na melhor das hipóteses.

Cassie está a ponto de dizer algo quando nota Erika olhando para eles com lágrimas nos olhos.

— Erika? — Cassie vai até ela, mas Erika gesticula que não é nada. — Ei, o que houve?

Em um instante, todas as brigas mesquinhas são esquecidas. Todos agora estão unidos, preocupados com Erika, que dá risada ao notar a preocupação do grupo.

— Sinto muito. Isso é tão bobo.

— O que foi? — pergunta Jack, sinceramente preocupado. — A gente disse algo que te ofendeu?

— Estou bem. Eu só... — Ela olha para os ex-alunos e sorri. — Eu só estava com tanta saudade de vocês. É fantástico ver esse bando de rainhas do drama outra vez.

Enquanto o grupo em torno de Erika continua a relembrar seus tempos na Grove, paro de prestar atenção e me pergunto se posso sair de fininho para ligar para minha garota. Eu me sinto um intruso ao ouvir sobre aquelas experiências e preferia encontrar um canto silencioso para conversar com a Angel. É claro que achar um canto silencioso aqui pode ser bem difícil.

Percorro o enorme salão com o olhar, que involuntariamente pousa na garota com o uniforme de Star Trek outra vez.

Fala sério, Joshua. Você tem um chilique mental só de pensar em sua namorada passando tempo com um colega e depois tem coragem de ficar babando numa estranha só porque ela está de saia curta?

Babaca.

Quando eu vejo quem está de pé ao lado da Uhura gostosa, congelo. Cutuco Elissa.

— Ei, olha. — Aponto o cara vestido num smoking elegante. — Aquele não é Daniel Eastman?

Elissa segue meu olhar.

— Puta merda! O que ele está fazendo aqui? Eu não sabia que o Marco o conhecia.

Antes de Liam Quinn assumir o trono de Rei dos Gostosões de Hollywood, Daniel Eastman era o dono da coroa. Ele se tornou um superastro ao interpretar um espião internacional nos filmes da franquia Edward Stiles quando era mais jovem e ainda é um tremendo campeão de bilheteria. Claro, hoje em dia ele tem algumas rugas e suas têmporas têm fios grisalhos, mas até eu posso dizer objetivamente que ele é um cara atraente.

Elissa agarra meu braço.

— Marco está trazendo ele pra cá. Meu Deus, Liam vai ter um troço. Eastman é o ídolo dele.

— Gente — chama Marco, aproximando-se do nosso grupinho —, tenho um convidado especial pra apresentar a vocês e tenho certeza de que não preciso dizer quem ele é.

Ao perceberem de quem se trata, seus queixos caem até o chão. Daniel fica parado ao lado de Erika e sorri para nós.

— Boa noite, pessoal. Sinto muito pela roupa formal. Acabo de vir de um jantar metido a besta. Estão se divertindo?

— Meu Deus — sussurra Jack. — É ele mesmo. Uma lenda viva de verdade está entre nós.

Daniel estende a mão, e todos nós só ficamos olhando, intimidados demais para nos mover.

— Eu não mordo, sabe?

Isso quebra o gelo, e todos quase atropelamos uns aos outros tentando cumprimentá-lo.

Liam é o mais animado.

— É uma honra — diz ele, enquanto Daniel aperta sua mão. — Você é a razão pela qual eu queria ser ator. Vi todos os seus filmes dúzias de vezes. Você é um mestre.

— Digo o mesmo — acrescenta Ethan. — Meu favorito é *Morrer duas vezes*. Um clássico.

Enquanto todos começam a tagarelar, animados, sobre seus filmes favoritos com Eastman, Marco se volta para Erika, que parece estar muda de surpresa.

— Querida — diz Marco —, você se lembra de Daniel, não?

Ela dá um olhar significativo para Marco antes de estender a mão a Daniel.

— É claro. Como vai?

Daniel leva a mão dela até os lábios e a beija. Uau, esse cara é fera.

— Melhor agora — diz ele, chegando mais perto dela. — Você está... de tirar o fôlego.

Eles se encaram por alguns segundos, e fica claro que há um caminhão de tensão sexual estacionado entre os dois.

Erika é a primeira a desviar os olhos, e ao puxar a mão, ela dá um suspiro entrecortado.

— Se vocês me dão licença, preciso falar com uma pessoa ali.

Daniel parece murchar quando ela sai.

Certo, isso é interessante. Por que eu sou o único prestando atenção?

Há alguns meses, Daniel esteve envolvido em um divórcio turbulento da esposa com quem estava havia vinte anos. Saiu em todos os jornais. Fontes disseram que a esposa tomou todo o seu dinheiro e que Daniel aceitou tudo calado. Houve murmúrios de infidelidade com algumas de suas companheiras de cena, mas a julgar por esta interação, acho que talvez sua amante tenha sido alguém de idade bem mais próxima da dele.

— Danny — diz Marco —, você não está bebendo. Deixe-me consertar isso. O que você quer beber?

Daniel mantém os olhos fixos em Erika até ela desaparecer no longo corredor do outro lado do salão.

— Não importa, mas tem que ser duplo.

Capítulo quatro
MONSTRO DE OLHOS VERDES

À medida que os ponteiros do relógio se aproximam da meia-noite, a festa zumbe com uma energia animada.

As pessoas estão rindo, as bebidas estão rolando, e apesar de ninguém estar bêbado de cair, estamos todos no estágio em que as inibições começam a evaporar e nossos filtros verbais vão para casa dormir.

— Quer dizer, você viu o cara, certo? — pergunto a Elissa, os dois sentados lado a lado em um longo sofá de couro. — Você acha que estou maluco em ficar paranoico por causa dele?

Ela assente.

— Sim.

— Tipo, é loucura pensar que eles podem estar ensaiando uma cena de sexo no apartamento dela uma noite e epa, de repente, suas roupas somem e eles acidentalmente transam?

— Sim, é loucura. — Ela é enfática. — Isso nunca aconteceria.

— Como você sabe?

— Porque conheço a Angel. E ela está tão loucamente apaixonada por você que nem olharia pra outro cara. — Seu telefone apita e ela olha para a tela. — Bom, por falar no diabo. Toma. — Ela me passa o celular. — Ela mandou fotos.

Sorrio ao ver seu rosto deslumbrante na tela. Seu sorriso é tão brilhante que poderia iluminar Manhattan inteira.

Ela tirou uma selfie com a Ópera de Sydney ao fundo e não mentiu quando disse que estava um lindo dia por lá. O céu está de um azul límpido, e pelo que eu posso ver do iate, é um daqueles troços luxuosos, com tudo a que tem direito.

Passo para a próxima foto, e o que vejo faz meu sorriso sumir.

— Não. — Passo para a próxima, e a próxima, e aquela veia no fundo do meu olho começa a latejar novamente. — Não, não, não.

— Josh?

— Não era pra ele estar lá — resmungo para mim mesmo enquanto fico de pé e vou passando as fotos. — Ele tinha algo com a imprensa pra fazer. — Por que porra do *caralho* havia fotos de Angel abraçando Julian, e sentada no colo dele, e olhando para ele afetuosamente enquanto ele joga a cabeça para trás e ri? — Caralho!

— Migo, não estou te entendendo — diz Elissa, puxando Liam para se sentar ao lado dela. — Mas o legal é que essa fantasia faz seu pacote parecer absurdamente enorme.

— Linda — começa Liam —, eu sei que você tomou vários *shots*, mas ainda assim não é legal falar do pacote de outro cara na minha frente.

Estou fixado na foto de Julian e Angel no convés do iate, braços em torno um do outro, com as pessoas em volta olhando para eles. Os dois parecem estar na porra de um anúncio de um perfume excessivamente caro.

— Mas, amor, ele está bem ali — argumenta Elissa. — Tipo, "bum"! Na minha cara. — Ela olha para cima, para meu rosto. — Você enfiou uma meia aí hoje ou o quê?

Eu a fuzilo com o olhar.

— Você disse que ela não seria capaz nem de olhar para outro homem. Então, como você explica isto?

Eu lhe mostro as fotos, e o sorriso dela some.

— Josh, não entre em pânico, certo? Isso não prova nada além do fato de que ela está se divertindo.

Liam olha para a tela.

— Parecem fotos de divulgação. Ela só está representando com Julian para as câmeras. Pode acreditar. Eu já fiz isso com ela um milhão de vezes. É boa publicidade para o filme.

Elissa pega minha mão.

— Viu? Não quer dizer nada. É só um grupo de amigos em um barco.

— Sei. — Tento abafar minha raiva crescente. — Mas eles são os únicos dois amigos que parecem um casal.

— Josh...

Não aguento mais ouvir bobagens. Puxo minha mão e vou a passos largos para o corredor longo do outro lado do salão. No caminho, digito o número de Angel com irritação.

— Vamos lá — digo, com os dentes cerrados, enquanto o telefone de Angel toca pela quarta vez. — Que porra você está fazendo que não pode atender a merda do telefone?

Meu cérebro automaticamente cospe uma porção de suposições que poderiam explicar sua ausência, e caminho de um lado para o outro no banheiro masculino para tentar expulsá-las da minha cabeça. Pode não ser a locação mais glamorosa para confrontar minha namorada a respeito de seu comportamento com outro cara, mas pelo menos é um pouco mais silencioso aqui. E, neste exato momento, minha raiva precisa de espaço.

— Vamos lá, Angel. Atende, cacete.

A chamada vai para a caixa de mensagens novamente, e bato o telefone na bancada da pia, frustrado.

— Merda!

Inspiro profundamente e depois deixo o ar sair.

Certo, Sr. Hyde, trate de se acalmar. Surtar agora não vai ajudar em nada.

Apoio a palma das mãos na bancada enquanto respiro lentamente. Conheço Angel. Eu amo Angel. Não há perigo de ela me trair. Mesmo que as fotos sugiram que ela gostaria de fazer isso.

Consigo diminuir o nível da minha loucura de *louco envaidecido* para *moderadamente irracional* quando Connor entra. Ele para ao me ver.

— E aí, cara. Tudo bem? Você está com uma cara meio assassina.

Endireito as costas e pego o telefone.

— Tudo, cara. Obrigado. Só... problemas com a mulher. Vai passar.

Ele concorda com a cabeça.

— Sei como é. Se eu pudesse ganhar dinheiro com minha habilidade de cagar tudo com as mulheres, eu escreveria um livro. Você está namorando a Angel Bell, certo? — Confirmo e ele faz uma careta. — É, é uma parada dura, namorar uma estrela. Você tem que superar tantos obstáculos, mais do que com as meninas normais, mas acho que você já está aprendendo isso do jeito mais difícil.

— Pode-se dizer que sim. — Pouso o telefone e tiro minha capa, pensando que já que estou aqui deveria aproveitar e fazer xixi. Aquelas seis cervejas no meu organismo certamente não vão deixar minha bexiga mais leve. Mas quando tento abrir o zíper nas costas, descubro que isso não pode ser um trabalho solo.

Eu me viro para Connor.

— Cara, você pode me dar uma ajuda aqui? Eu me sinto como um daqueles mágicos tentando sair de uma camisa de força, só que a única mágica que pode acontecer aqui é eu acabar fazendo na calça.

Ele dá risada.

— Bom, aí está uma cena que ninguém quer ver em um filme de super-herói. Será que o Super-Homem precisa de um assistente toda vez que ele vai ao banheiro?

— Sim. Mas o nome do cargo é *axixistente*. Um cargo importante.

Connor dá uma risadinha e puxa meu zíper para baixo antes de ir até um dos mictórios.

Puxo para baixo a parte superior da fantasia o mais rápido que posso e faço o mesmo.

Ahhhh, que alívio. Minha bexiga não me odeia mais.

Eu devia mudar de cerveja para água ao voltar para a festa. Estou alegre, mas não bêbado, e gostaria de continuar assim. Ficar de cabeça fria a respeito da parada com Julian já é difícil o suficiente sem mais bebida para me estimular.

Connor e eu acabamos ao mesmo tempo e ficamos lado a lado nas pias enquanto lavamos as mãos.

— E, então, curtindo a festa? — pergunto.

Connor enxágua as mãos e me olha pelo espelho.

— Sim, mas acho que estou fazendo isso errado. Estou mal com Ava por passar tempo demais com meus amigos.

Desligo a torneira e pego algumas toalhas de papel. Connor faz o mesmo.

— Em defesa da Ava, não acho que seja por causa dos seus amigos que ela está puta. É por causa da Cassie.

Ele joga as toalhas usadas no lixo e se vira para mim.

— Você sabe da história entre mim e Cassie?

— Sim, mas mesmo que não soubesse, eu teria sido capaz de descobrir só de ver vocês juntos. Vocês ficam sem jeito perto um do outro, enquanto tentam ser amigáveis. E tem a maneira como você olha pra ela.

Ele se apoia na bancada.

— Como assim?

Eu dou risada.

— Cara, é tão óbvio que você ainda está apaixonado por ela que até Stevie Wonder a um quilômetro de distância perceberia. Eu seria capaz de apostar que é por isso que Ava quer que você fique longe do nosso grupinho. Ficar por perto da garota que o namorado ainda ama não é a ideia de diversão de quem quer que seja. — Ou ver fotos de um cara que quer roubar sua namorada.

Connor tira o chapéu e passa a mão pelos cabelos.

— Merda. Eu achava que estava pronto pra encarar Cassie hoje, achava mesmo. Mas toda vez que eu a vejo, eu... — Ele olha para mim. — Desculpa, cara. Isso não é problema seu.

— Não, mas este parece ser o *Banheiro da Solidariedade Masculina*, então... — Eu me apoio na bancada. — Entendo sua história com a Cassie. Ela é legal, e engraçada, e linda, e você acha que ninguém jamais poderá se comparar a isso tudo. Mas, acredite em mim, você vai encontrar outra garota. Talvez apenas demore um pouco.

— Já faz quatro anos.

— Eu achava que a minha melhor amiga era a mulher mais incrível do planeta por dez anos, até conhecer minha namorada, então, não se martirize. E, pelo amor de Deus, não se torne o Ethan de antigamente, também. Aquele cara teve que passar pelo inferno pra dar um jeito em seus problemas. Você parece ser um cara legal. Não deixe uma experiência ruim acabar com você.

Ele concorda com a cabeça.

— Obrigado, cara. Você é um terapeuta ou algo assim?

Eu puxo a parte de cima da minha fantasia para cima.

— Mais ou menos. Diretor de palco assistente.

Ele dá uma risada e gesticula para que eu vire as costas para me ajudar a fechar o zíper.

— Então você está acostumado a lidar com atores temperamentais.

— Vivo pra isso. — Prendo minha capa de volta no lugar e me viro de frente para ele. — E, caso você precise de ajuda pra lidar com seus sentimentos por Cassie, ela pode recomendar uma terapeuta ótima. Não tenha vergonha de perguntar.

Ele estende a mão e eu o cumprimento.

— Obrigado, Josh. Você é legal. Agora, e quanto aos seus problemas com a namorada? Há algo que eu possa fazer pra ajudar?

— Não, mas se você me vir no noticiário acusado de assassinar um babaca bonitão chamado Julian Norman, você diz que esteve comigo o tempo todo, certo?

Ele concorda com um aceno de cabeça e sorri.

— Com certeza.

Depois que ele sai, olho meu reflexo no espelho. Certo, pelo menos não pareço mais um anormal enlouquecido de ciúmes. Se eu pudesse parar de me comportar como um, seria ótimo.

Capítulo cinco
REUNIÃO ATRASADA

Ao sair do banheiro, digito o número de Angel e tento ficar calmo enquanto o telefone toca. Vagueio até o final do corredor, esperando que o barulho fique restrito ao salão. No quarto toque, Angel atende.

— Josh?

— Oi. — *Tudo bem, bom começo. Agora fale amenidades.* — Então, recebi as fotos. Parece que Julian acabou aparecendo, afinal, hein? O que houve? — *Ou então já pule de cabeça. Como preferir. Idiota.*

— É. O compromisso dele com a imprensa terminou cedo, então ele chegou bem na hora.

— Fico tão contente. — Estou tentando não soar sarcástico, mas sei que não estou sendo bem-sucedido. — É ótimo que vocês dois se deem tão bem. Sabe como é, à vontade, se tocando, se abraçando, você sentada no colo dele.

Há um momento de silêncio, e então Angel diz:

— Josh, por favor, me diga que você não está surtando por causa de Julian.

Cerro o punho.

— Claro que não. Por que eu surtaria? Só porque ele está sempre por perto e olha pra você como se você fosse uma deusa ardente. Por que isso me preocuparia?

— Ah, para com isso. Nós somos amigos. Só isso.

Jogo o corpo contra a parede e travo a mandíbula.

— As mãos deles estavam em você naquelas fotos. Não acho que ele a veja apenas como uma *amiga*, Angel.

— E daí? Ele pode usar fotos da minha bunda como papel de parede no quarto dele todinho, se quiser. Não gosto dele. Eu gosto de *você*.

Eu me afasto da parede e caminho até o fim do corredor, tentando manter minha voz firme.

— Então, você está admitindo que ele gosta de você mais do que como amigo?

— Deus do céu, não sei. Talvez. Ele já me disse algumas coisas que pareceram... flerte, acho.

Paro na porta do que parece ser uma biblioteca e exalo com força.

— Porra, você está falando sério?

— Não foi nada demais. — Ela está falando comigo como se eu fosse criança. Isso não ajuda em nada.

— O que foi que ele disse?

— Josh...

— Angel. Me conta. — Agarro o batente da porta enquanto espero a sua resposta.

— Nossa, nem me lembro. Eu disse algo sobre parecer um cadáver de três dias quando acordo e ele brincou que se os cadáveres de hoje em dia se parecem comigo, ele teria que repensar sua opinião sobre necrofilia. Foi bobagem. Uma piada.

Ela tem razão, foi idiota. E nojento. Não faz com que eu queira esmurrá-lo menos, no entanto.

Ela suspira.

— Ele flerta com a gente o tempo todo, mas é só o jeito dele. Ele diz a todas as mulheres que elas são lindas. A Barb, da maquiagem, ganhou um buquê de flores igual ao que ele me mandou, então não tem nada demais nisso. A Barb tem cento e cinquenta anos, pelo amor de Deus.

Endireito as costas e de novo meu punho está cerrado.

— Ele mandou... — olho para o teto e rezo para me acalmar. — Ele mandou *flores* pra você?

— Josh...

— Quando?

— Há alguns dias. Eu estava triste e sentindo sua falta. Ele queria me alegrar.

— Aposto. — Eu sei qual é a desse cara. Ele quer alegrá-la esfregando seu pau na vagina dela. Filho da puta fingido, duas-caras. — Tudo isso aconteceu depois que eu fui embora?

Ela faz uma pausa.

— Hum... é, acho que sim. Eu não estava prestando muita atenção, na verdade.

Balanço a cabeça e estou trincando os dentes com tanta força que os músculos da minha mandíbula doem. Pensei que ele fosse um cara decente, mas parece que estava só guardando seu Plano Mestre de Escrotidão Épica para o momento em que eu não estivesse por perto.

— Que filho da puta do caralho.

— Josh, não é nada de mais. Mesmo.

— É, é sim, porra, e eu quero que você fique longe dele.

— O quê? — Ela prende a respiração, e eu também. — O que foi que você acabou de me dizer? — Fica bem evidente que ela está puta da vida.

— Você me ouviu. — Também estou puto. Se pudesse sair do meu corpo e me ver agora, eu diria que estava sendo um escroto autoritário. Mas no olho dessa tempestade de insegurança e ciúme, minhas exigências pareciam perfeitamente razoáveis. — Não quero você passando tempo com um cara que claramente quer te comer.

— Josh, ele estrela esse filme comigo. Eu recebo pra passar um tempo com ele.

— Não fora do set.

O tom da sua voz esfria completamente:

— Ele é um amigo.

Entro na biblioteca e caminho ao lado da janela.

— Não, ele não é, Angel. Ele é um canalha que acha que você está jogando num time abaixo da sua capacidade e está morrendo de vontade de entrar em campo pra salvar você do seu namorado inferior. Como é que você não vê isso?

— Ele não pode me roubar, Joshua. — Sua voz está ficando mais áspera. — Eu não sou uma porra de um *objeto*.

— Eu sei disso, mas...

— Não, você não sabe, do contrário não estaria falando tanta merda.

— Bom, como seria se você estivesse no meu lugar, hein? Você não se importaria se eu estivesse andando por aí com uma mulher que quisesse me levar pra cama?

— Eu não ficaria feliz da vida, não, mas confiaria em você, porque saberia que você me ama e não faria nada pra me trair.

— Eu confio em você.

— Não confia, não. Você está preso em alguma rivalidade inventada e mesquinha com Julian, e isso tem que parar. Julian não é o anticristo. Ele é um cara legal, e se, só porque você não está por perto, não consegue aceitar que não vou transar com ele, nem sei o que dizer pra você agora.

— Porra, Angel, não foi isso que eu...

— Não, Josh. Esta conversa acabou. Volta pra sua festa. Não estou mais com a menor vontade de falar com você.

— Angel, espera...

Depois que ela desliga, bato o telefone em um aparador próximo.

— Merda! — digo, frustrado. — Joshua, seu idiota cagado. O que você está fazendo?

— Concordo. Você podia ter lidado melhor com isso.

Eu me viro e vejo Erika sentada em uma poltrona de couro, bebericando um drinque. Ela parece uma vilã de filme do James Bond.

— Olá, sr. Kane. Bem-vindo à minha biblioteca da solidão.

— Ah, oi. — Ótimo. Agora mais alguém além de Angel sabe que sou um cuzão descontrolado. — Sinto muito, não sabia que tinha alguém aqui.

— Obviamente. Problemas no paraíso?

Esfrego os olhos e suspiro.

— Por favor, me diga que os relacionamentos ficam mais fáceis com o tempo.

— Não posso. Os melhores são os mais difíceis, mas também são os que mais valem a pena. — Ela me dá um sorriso solidário. — Você gostaria de beber comigo? Você parece estar precisando.

Eu me aproximo e me sento no sofá ao lado de sua poltrona.

— Bom, eu realmente não devia beber antes de voar, mas dane-se. Manda ver.

Ela se levanta e vai até um carrinho de bebidas bem-abastecido num canto.

— Que bebida você quer?

— Qual é a sua?

— Uma crise de meia-idade. E uísque também.

— Certo, vou tomar um uísque, guarde a crise. Já tenho uma dessas, e é uma paulada.

— Quer falar a respeito? — Ela nos serve doses generosas, então volta a se sentar e me entrega um dos copos. — Estou sentindo que Angel não apreciou muito receber ordens suas.

— Você ouviu, não foi?

— Você não estava exatamente sussurrando.

Eu me afundo de volta no sofá e olho para o telefone.

— Ela está trabalhando com um cara que me deixa maluco. Normalmente sou bem tranquilo, mas esse cara... — Tomo um bom gole de uísque e aprecio o ardor na garganta. — Quero espancá-lo. Muito.

Ela assente, mostrando que me entende.

— "Tende cuidado, ó senhor, com o ciúme. É um monstro de olhos verdes, que zomba da carne de que se alimenta."

Eu olho para ela.

— Shakespeare, certo? *Otelo*?

— Sim, e se você conhece a peça, então sabe que o ciúme não leva a nada de bom.

— Estou começando a perceber, mas não sei como parar.

— Isso é algo recorrente para você? Algo que já aconteceu em outros relacionamentos?

Dou uma risada.

— Tá, nunca tive um de verdade. Este é o primeiro.

Ela parece surpresa.

— Ahh, entendo. Então talvez você deva dar um passo atrás. Olhar para a situação de certa distância.

— Como é que eu faço isso?

Ela cruza as pernas e se inclina para a frente.

— Imagine que Elissa começasse a andar com um cara que fosse louco por ela. Que flertasse com ela e lhe desse presentes... que deixasse claro que queria algo mais. O que você diria a Liam se ele pedisse a ela que ficasse longe dele?

— Diria: "É isso aí, porra. Tira esse escroto da vida dela o mais rápido possível".

— Mas isso não demonstra muita confiança em Elissa, não? Você está dizendo que se Elissa não se afastasse do tal cara, ela inevitavelmente acabaria traindo Liam?

— Claro que não. Lissa ama aquele pateta gigante mais do que a própria vida. Ela não transaria com outra pessoa nem que pagassem.

— Então, que diferença faz se existem pessoas em torno dela que querem levá-la para a cama?

Eu a encaro e tento aplicar o conceito à minha própria situação.

Erika inclina a cabeça e sorri.

— Agora você entende por que Angel ficou tão zangada? Ao falar de seu ciúme de Julian, você fez com que ela pensasse que você está duvidando do que ela sente por você.

— Mas eu não estou, eu só...

— Mas é o que parece. Você acha que ela não te ama o suficiente para resistir à tentação.

— Mas é que você não viu esse cara. Você não sabe o quanto ele é atraente.

— Não importa. Isso é como dizer que ela iria comprar algo de uma loja porque a fachada era bonita. Cortinas são bonitas de se olhar, mas não significam nada, a não ser que ela goste do que está dentro.

— Certo... Talvez você tenha razão.

— Fico feliz que você pense assim — Ela me dá um sorriso. — Você e Angel vão dar um jeito nisso. Dê a ela alguns minutos para esfriar a cabeça, e aí ligue de novo.

— E se ela não conseguir me perdoar?

— E por que não o faria?

— Porque fui um babaca com ela. Até o presente estágio do nosso namoro, eu tinha conseguido esconder minhas tendências babaquísticas.

— Você conhece o ditado que diz que "o amor é cego"? Bom, ele é uma idiotice completa. O amor faz com que você enxergue as pessoas com clareza perfeita e cristalina. Não torna os defeitos invisíveis. E, sim, pinta tudo em alta definição 3-D e exige que você os ame assim mesmo. Angel vai perdoar sua babaquice, não tenho dúvida.

— Agradeço pelo voto de confiança.

Ela bebe um golinho. Até agora não tinha me ocorrido perguntar por que ela está sentada em uma sala vazia, bebendo sozinha. Mas não há mesmo nada certo ou natural nesse quadro.

— Então, agora você sabe tudo sobre a minha crise. Quer me falar da sua?

Ela se recosta na poltrona e cruza as pernas.

— Isso é gentil de sua parte, mas tenho certeza de que você tem coisa melhor para fazer que escutar meus problemas.

— Na verdade, não tenho, não. Tenho é alguns minutos de sobra enquanto espero minha namorada parar de me odiar. — Tomo um golinho do meu uísque. — Pra ser sincero, estou surpreso de ver que você não está com alguém aqui hoje.

— Por que isso o surpreende?

— Porque segundo Cassie e Ethan, você é uma professora incrível e uma pessoa mais incrível ainda. Além do mais, você é muito gata. Aposto que tinha uma fila de homens se oferecendo pra te acompanhar, mas você preferiu vir sozinha. Estou certo?

Ela olha para o próprio copo e sorri.

— Prefiro estar sozinha que com a pessoa errada.

— Certo. Então, por que eu tenho a impressão de que a pessoa certa está aqui na festa, no entanto, você está aqui, toda solitária? — Ela me olha, confusa, e eu explico: — Posso estar afirmando o óbvio ululante aqui, mas está mais do que evidente que você e Daniel Eastman querem pular um no outro.

A expressão dela muda de surpresa para choque.

— Como é que você...? — Ela toma um grande gole de uísque. — E eu achando que estava escondendo meus sentimentos tão bem.

— Se quando diz "bem" você realmente quer dizer "nem um pouco", então, sim. Bom trabalho.

Olho para Erika na expectativa, mas ela balança a cabeça.

— Josh, não acho que você queira ouvir esta história. É... complicada.

Eu me inclino na direção dela e encaro seus olhos.

— Erika, minha melhor amiga passou por seis anos de inferno antes de conseguir ficar com o amor da vida dela, e agora, por ser quem é, seus peitos são mais famosos que todas as Kardashian juntas. O irmão dela entrou e saiu da montanha-russa emocional com a Cassie tantas vezes que os dois têm ingressos permanentes, e, apesar disso, eles agora são os recém-casados mais irritantemente apaixonados que já se viu. Eu mesmo tive que dormir com uma tonelada de merda de atrizes neuróticas até encontrar a mulher dos meus sonhos e ainda sou obrigado a suportar assistir à minha namorada ganhar a vida se esfregando em caras que eu tenho vontade de espancar com um taco. Sou mais do que qualificado pra lidar com *complicado*.

Ela me lança um olhar resignado.

— Certo. Tudo bem. Mas antes você precisa saber um pouco do meu passado. Passei a maior parte da minha vida adulta sozinha e na maior parte do tempo estava bem tranquila com isso. Tenho uma casa fantástica, um carro legal, um trabalho que eu amo... e todo ano tenho a chance de ser mentora de atores maravilhosos que se tornaram uma espécie de família para mim. Alunos como Cassie e Ethan. E, bom, até Zoe e Jack. — Ela desliza o dedo pela borda do copo. — E sei que algumas pessoas pensam que o motivo de eu ser solteira é porque sou uma vaca sem coração, que não poderia segurar um homem nem se quisesse. Mas a verdade é que o único homem que já quis eu não podia ter. Então, decidi não aceitar menos.

— E esse homem era Daniel Eastman?

Ela faz que sim com a cabeça.

— Na época em que eu estudava teatro, minha colega de quarto era de Los Angeles. Nós rapidamente nos tornamos amigas, e ela vivia falando sobre seu namorado da Costa Oeste, que estava tentando entrar na indústria do cinema.

— Certo, acho que entendi aonde isso vai dar.

— Depois de alguns meses, Daniel veio visitá-la. Eu tinha ouvido Ellie falar tanto dele que era como se eu já o conhecesse. Mas, mesmo com todos os elogios, ela não lhe fez justiça. — Erika toma um gole da bebida. — Desde a primeira vez que nos vimos, surgiu essa... faísca. Tentei me convencer de que era só um entusiasmo bobo, mas já tinha tido "entusiasmos" antes, e o que eu sentia por Daniel estava a um universo de distância daquilo.

— E ele sentia o mesmo?

— No começo. eu achava que não. Depois notei que ele ficava me olhando fixamente sempre que podia. Ele disfarçava, mas me olhava longamente, às vezes até mesmo enquanto Ellie estava falando com ele. Sempre que Daniel estava perto, eu conseguia sentir que ele estava resistindo à vontade de me tocar. Ellie parecia nem notar, mas toda vez que eu e Daniel estávamos no mesmo ambiente, a tensão entre nós era insuportável.

Eu me recosto e apoio o braço no encosto do sofá.

— E então, o que você fez?

— A única coisa que podia fazer: evitei-o ao máximo. Eu amava Ellie como a uma irmã, e ela estava completamente louca por Daniel. Não havia a menor possibilidade de eu permitir que acontecesse alguma coisa entre nós. Mas o que eu sentia por Daniel era muito mais profundo que uma simples atração física. Nós nos conectávamos intelectual, espiritual e emocionalmente. E sempre que eu pensava que não tinha como me sentir mais atraída, ele falava ou fazia algo que me mostrava que eu estava enganada. — Pela expressão dela, parece que até falar no assunto a deixa culpada.

— Aconteceu algo entre vocês?

Ela gira o uísque no copo.

— Daniel e eu passamos quase três anos gravitando ao redor dessa atração. Manter-me longe dele ficava mais impossível a cada vez que ele vinha visitá-la. Então, na noite do Réveillon antes da nossa formatura,

Ellie tinha ingressos para ir a uma festa gigantesca na Broadway. No dia da festa, ela teve uma virose, então insistiu para que Daniel fosse comigo.

— Opa. Má ideia.

— Péssima. A noite inteira foi um teste para a nossa lealdade à Ellie e para o nosso autocontrole. Até ficar sentada ao lado dele durante o jantar era uma tortura. Nunca quis tanto um homem na minha vida.

— Tenho certeza de que a contagem regressiva para a meia-noite foi interessante, então.

Ela assente.

— Foi preciso usar toda a nossa força de vontade para não nos beijarmos. Foi então que Daniel me disse que estava apaixonado por mim e que não podia mais continuar fingindo que não estava. Depois que eu lhe disse que sentia o mesmo, ele me pediu uma semana para terminar tudo com Ellie.

— O que você disse?

Ela respira fundo.

— Se eu tivesse dito que sim, teria traído uma amiga que eu amava como se fosse da minha família. Se eu dissesse que não, teria sacrificado minha felicidade e a de Daniel também. Então... eu disse a ele que ia pensar a respeito. — Ela ri com amargura. — Acabou que o destino tomou a decisão por nós. Três dias depois Ellie anunciou que estava grávida dele.

— Ahhhhhh, que merda.

Ela solta um suspiro trêmulo. Mesmo depois de tanto tempo, é evidente que as lembranças ainda lhe causam dor.

— Daniel fez a única coisa que poderia. Pediu Ellie em casamento. Algumas semanas depois, Ellie abandonou a escola e se mudou para Los Angeles para ficar com ele. E o resto, como se diz, é história.

Cara, sinto muito por ela. Eu tomo um gole em solidariedade.

— Você não manteve contato com eles ao longo dos anos?

— Durante um tempo, Ellie e eu trocávamos cartas e telefonemas, mas era muito difícil. Cada vez que nos falávamos, ela não tinha outro assunto além de como era estar construindo sua vida com Daniel. Por mais que eu ficasse feliz por ela, não podia evitar algum ressentimento. Daniel me ligou logo antes de o bebê nascer. Estava bêbado... E me disse que sentia muito e que queria que as coisas tivessem sido diferentes. — Ela olha para as franjas do vestido e tenta alisá-las. — Depois disso, nós nos víamos de vez em quando, normalmente em eventos ou festas, mas nunca nos falamos.

— Caramba, que frieza. Como é que ele conseguiu cortar você assim?

— Foi melhor assim. Eu entendi. Daniel é um homem bom, dedicado à esposa e à família. Nenhum de nós queria estragar isso.

— Mas agora ele está divorciado. Não há nada separando vocês.

Ela riu.

— Não importa. É tarde demais.

Eu me inclino na direção dela.

— Besteira. Vi como ele olhou pra você lá fora. Se você dissesse uma palavra, poderia ter a vida que queria com ele desde aquela época. Um marido. Filhos seus.

— Josh, tenho quarenta e dois anos. Já desisti de tudo isso.

— Tem mulheres no mundo todo tendo filhos depois dos quarenta. Por que não você?

Ela massageou a testa.

— Não é tão fácil. Daniel ficou com Ellie por *vinte anos*. Eles têm filhos adultos juntos. Mesmo que eu pudesse esquecer esses dois detalhes, o que não posso, como seria se Daniel saísse direto do divórcio e começasse algo comigo? O que daria a entender? Ellie costumava ser minha melhor amiga. Nós podemos não nos falar mais hoje em dia, mas ainda assim é uma traição. — Ela balança a cabeça, de olhos baixos. — Qualquer chance que pudéssemos ter de ficarmos juntos já está morta e enterrada há muito tempo.

Nós dois pulamos quando uma voz diz:

— Você não acha que eu deveria ter um voto nisso?

Olhamos para cima e Daniel está lá, parado na porta, e a julgar por sua expressão, ele não está feliz com o que acaba de ouvir.

Eu me sento na beirada do sofá e me preparo para ficar de pé.

— Ahh, então, essa é a minha deixa pra sair de cena.

Erika estende a mão para me impedir.

— Não, Josh, está tudo bem. Fique onde está.

Não estou bem certo se ela quer que eu fique por aqui para lhe dar apoio moral ou porque não confia em si mesma sozinha com ele, mas, de qualquer forma, a expressão dela não me inspira a discutir. Em vez disso, me recosto de volta e tento ser o mais discreto possível.

Quando Eastman para à frente dela, Erika fica de pé para encará-lo.

— Daniel, lamento que Marco tenha arrastado você até aqui. Se ele tivesse se dado ao trabalho de me perguntar...

Ele pega o copo dela e bebe tudo de uma vez, depois o coloca sobre a mesa.

— Não foi ideia dele eu vir aqui hoje. Foi minha.

— Por quê?

Ele olha para mim por um instante antes de voltar a encará-la, com expressão decidida.

— Você sabe por quê, Erika. Estou apaixonado por você durante quase metade da minha vida, e não houve um único dia nesse tempo em que eu não tenha pensado em você. A única razão de eu não ter vindo mais cedo foi porque Ellie assinou os últimos documentos do nosso divórcio hoje, durante o jantar. No minuto em que ela o fez, eu vim atrás de você. Por favor, não me diga que é tarde demais.

Ele se aproxima, e a julgar pelo jeito como ambos se inclinam na direção um do outro, há uma química de proporções continentais entre eles. Quando ele a abraça, Erika espalma as mãos contra o peito dele. Não tenho certeza se é para tentar empurrá-lo ou para puxá-lo mais para perto.

— Daniel, não podemos...

— Podemos, sim. Estou cansado de viver sem você. É a nossa vez, finalmente, e não vou deixar você se convencer do contrário. — Ele segura o rosto dela, e ela fecha os olhos enquanto deixa que ele a toque. — Por favor, Erika.

Ela olha para ele, sua resistência se dissolvendo.

— De acordo com a mídia, você está dormindo com sua mais recente companheira de filme.

— É mentira — rebate ele, olhando para Erika como se ela fosse uma obra de arte. — Nunca fui infiel à Ellie. Nós estamos nos divorciando porque ela está apaixonada por seu maldito terapeuta.

— Ah, Daniel...

— Estou bem com isso. Estou feliz que ela finalmente tenha encontrado um homem que a ama como eu nunca consegui. Na verdade, nosso casamento acabou há anos, e eu estava ocupado demais me sentindo culpado por amar você para terminar logo com tudo. — Ele desliza as mãos até os ombros dela, e depois volta à sua cintura. — Quando contei à Ellie sobre meus sentimentos por você, ela nos deu sua bênção. Ela encontrou a felicidade, e não podia se ressentir por eu fazer o mesmo. Então, srta. Eden, se você não tem mais nenhuma outra objeção, vou beijá-la agora.

— Daniel, eu...

Ele a interrompe com um beijo tão apaixonado que acho que se esqueceram de que estou aqui.

— Ah, certo, então. — Largo meu copo na mesa. — Vou deixar vocês a sós. Tenho certeza de que têm muito o que... discutir.

Daniel gira com Erika e a pressiona contra uma das estantes.

— Meu Deus, seu gosto é ainda melhor do que eu imaginava.

Em resposta, Erika geme e agarra os ombros dele.

— Não pare.

Eles se beijam de novo, mais apaixonadamente a cada segundo, e quando ela abre o casaco dele e começa a desabotoar sua camisa, eu corro para a porta.

— Vou só fechar isso aqui — aviso, agarrando as maçanetas das portas duplas —, vocês parecem que vão precisar de privacidade.

Assim que as portas se fecham com um clique, gemidos mais altos começam a vir do outro lado.

Eu fico de guarda na porta por alguns minutos, preocupado que alguém possa interrompê-los. Estou pensando em fazer um aviso de *"Não perturbe"* quando ouço alguém fungar de leve. Eu me viro a tempo de ver que a garota vestida de Uhura está saindo do banheiro feminino e indo na direção do salão. Ela dá outra fungada.

Merda, ela está chorando?

— Ei! — Não sei por que grito para ela, mas não parece fazer diferença. Ela não se vira.

Eu a sigo rapidamente pelo corredor. Se tem algo que eu detesto é ver uma mulher chorar. Duvido que ela fosse contar a algum desconhecido o que há de errado, mas preciso tentar.

Além do mais, do jeito que as coisas estão indo esta noite, parece que confiar segredos a mim é o certo a se fazer, então nunca se sabe. Talvez eu possa alegrá-la falando um pouco sobre *Star Trek*. Deus sabe como minha roupa de herói está começando a me assar um pouco. Eu adoraria voltar a ser um nerd por algum tempo.

Ela para na entrada do salão e olha em volta.

— Com licença, moça? — Sei que é pouco provável que ela me escute com essa música alta, mas tento mesmo assim.

Ela entra na multidão e eu apresso o passo.

Já quase no fim do corredor, avisto Zoe caminhando na minha direção a passos largos.

— Josh, preciso da sua ajuda. — Ela parece ansiosa, mas pelo menos não está chorando.

— Talvez mais tarde, certo, Zoe? — Tento não perder Uhura de vista, mas Zoe bloqueia meu caminho e eu a perco na multidão.

Merda.

Acho que ela terá de sobreviver sem mim.

— Josh...

Eu ergo a mão.

— Zoe, é urgente? Tenho uma ligação importante a fazer.

Dá para ver por sua expressão que Zoe não é o tipo de pessoa que gosta de esperar.

— Tudo bem. Vou estar aqui quando você terminar.

Volto alguns metros no corredor e ligo para Angel, esperando que ela tenha se acalmado o suficiente para aceitar minhas desculpas. Fico decepcionado, mas não surpreso que a ligação vá direto para a caixa postal.

"Oi, aqui é a Angel. Quando você ouvir o bipe, imagine que sou eu xingando porque perdi sua ligação. Tchaaaau."

Respiro fundo para me acalmar enquanto o bipe soa. Não estou bem certo de que consiga encontrar as palavras certas para fazê-la entender o quanto lamento a nossa briga, mas certamente vou tentar.

— Ei, menina linda. Sou eu, o homem mais burro do planeta. Imagino que você não queira falar comigo agora, e não te culpo por isso. Eu me comportei como um asno. Deixei minha insegurança tomar conta e descontei em você. Não consigo explicar o quanto lamento. — Eu me recosto na parede e jogo a cabeça para trás. — Odeio ter te feito pensar que não confio em você, porque não é isso, de forma alguma. É claro que eu confio. A única pessoa em quem não confio neste relacionamento sou eu mesmo, e isso não tem nada a ver com você, nem mesmo com Julian. — Fecho os olhos e vejo a imagem dela na minha mente. Isso me faz sorrir, mas também faz meu coração doer de tanto amor.

Ouço alguém pigarreando. Olho para o fim do corredor e vejo Zoe, tamborilando os dedos. Gesticulo para que ela saia dali.

— De qualquer modo, sinto muito que você tenha que ouvir isso por mensagem, mas eu precisava que você soubesse que eu te amo mais que tudo e que odeio ter te deixado nervosa. Me liga quando puder.

Desligo e vou até a loira impaciente.

— Terminou a ligação? — pergunta ela, quando paro na sua frente.

— Você está vendo um telefone na minha orelha?

Ela cruza os braços.

— Pareceu que você estava se humilhando bastante. O que você aprontou?

— Nada que valha a pena repetir. O que houve?

Ela olha para trás, para o salão, e depois de volta para mim.

— Preciso de um favor.

— Certo. O que é?

Ela morde o lábio por um instante e depois diz:

— Preciso que você me beije.

Justo agora que eu achava que esta noite não tinha como ficar mais bizarra.

— Zoe, compreendo que você esteja desarmada contra meu irresistível apelo sexual, mas, como eu já disse, tenho namorada.

Ela olha para mim como se eu estivesse falando em uma língua exótica.

— E?

— E apesar do fato de que neste momento ela provavelmente gostaria de me dar um tapa na cara, ela fez uma reserva de longa duração nos meus lábios, então, não posso ajudar você.

Tento contorná-la, mas ela dá um passo para o lado e me interrompe.

— Espera. Só escuta um segundo, certo?

— Vamos lá, Zoe. Está quase na hora da contagem regressiva.

— Eu sei, é por isso que estou aqui. — Ela está com um olhar suplicante e desesperado, que estraga minha decisão de não me envolver mais no drama dos outros esta noite.

— Tudo bem, o que está acontecendo?

Ela chega mais perto.

— Olha, eu não quero me casar com você, Josh. Só quero que você me beije à meia-noite.

— Por quê?

— Pra deixar Jack com ciúmes.

Cruzo os braços.

— Por que você não beija o Jack em vez de mim? Vocês parecem próximos.

Ela ri.

— Esse é o problema. Já ficamos várias vezes. Há meses isso acontece. Mas assim que ele consegue o que quer, paramos de ficar. Ele vai embora e eu não tenho notícias dele durante semanas. — A confiança dela vacila: — Estou cansada de ser tratada como uma amiga colorida. Eu quero... mais.

Rapaz, eu me sinto o próprio Dr. Phil hoje. Passei mais tempo lidando com o drama dos outros do que me concentrando no meu.

— Você já disse ao Jack que não está feliz com as coisas desse jeito?

Ela me olha com incredulidade.

— Ah, e arriscar a levar uma risada na cara? Não, obrigada.

Gente, essa garota tem tantos muros que podia ser usada como uma arena de *paintball*.

— Zoe, por que vocês não param com essa palhaçada e são honestos um com o outro?

Ela olha para o chão.

— Não é assim que nós somos.

— Então, como você espera ter algum tipo de relacionamento? Você nem sabe quem é, escondida embaixo de todos os seus insultos e gracinhas.

Ela se encosta na parede, cabisbaixa.

— Ser má com ele é mais fácil do que mostrar o quanto quero sua atenção. — A voz dela está tão baixa que é difícil ouvi-la. — É mais... seguro.

Zoe parece tão apavorada com a própria vulnerabilidade que chego a sentir pena dela.

— Sei que se abrir é assustador, mas só ter alguma intimidade com Jack quando vocês estão transando é como viver comendo só cereais de café da manhã em todas as refeições. Pode até ser satisfatório por um tempo, mas em algum momento você vai precisar de comida de verdade.

Ela ergue os olhos e me encara, confusa.

— Não como cereal. Tem muito carboidrato.

Reviro os olhos.

— Não estou falando de comida, Zoe. É uma metáfora para sua inabilidade de realmente se conectar com Jack por causa de seus problemas com intimidade.

— Não tenho problemas com intimidade. — Suas defesas entram em ação durante um segundo, mas logo ela perde o ânimo e diz com um voz quase inaudível: — É que... quando eu penso em me abrir com ele... em dizer como me sinto... — ela ergue os olhos para mim — ... fico tão nervosa que parece que vou vomitar. Não estou acostumada a me importar com ninguém do jeito que me importo com ele.

— Você o ama?

Ela me olha fixamente, com expressão triste.

— Essa é a parte mais assustadora de todas. Acho que sim.

Ponho a mão em seu ombro e sorrio.

— Bom, admitir isso para você mesma é um bom ponto de partida. Agora você só precisa dizer isso a ele.

Nesse exato momento, Jack aparece no final do corredor e aperta os olhos para nos ver melhor.

— Zoe? É você?

Eu aperto o braço de Zoe.

— Tudo bem, a hora é essa.

O rosto de Zoe se enche de pânico.

— O quê, agora? Não, Josh! Não estou pronta.

— Está, sim.

— Não! Não posso fazer isso.

— Pode, sim.

— Merda!

Quando Jack vem em nossa direção, empurro Zoe contra a parede e a beijo pra valer. Por um instante, ela fica paralisada de tão surpresa, mas logo enfia a mão no meu cabelo e me beija de volta.

Droga, meu cabelo vai ficar uma zona depois disso. As coisas que eu faço pelos outros...

Para dar um espetáculo completo, gemo e passo as mãos pelo corpo dela. Ela faz o mesmo comigo. Nosso beijo parece não acabar nunca, e por um terrível segundo temo que ele tenha ido embora, mas então a mão de alguém agarra meu ombro e me puxa.

— Que merda é essa, cara?! — O rosto de Jack está vermelho. Certo, talvez isso tenha sido uma má ideia. Ele parece estar pronto para me matar.

— Tira a porra das mãos de cima dela!

Limpo a boca. Cara, ela pega pesado com o gloss.

— Sinto muito, cara. Achei que vocês dois eram apenas amigos. Não sabia que tinha mais alguma coisa entre vocês.

Jack olha para Zoe e depois de volta para mim.

— É, bom... tem, sim.

— Ah. Então, vocês estão namorando?

Está bem claro que Jack não está nem de longe pronto para admitir esse tipo de coisa, mas foda-se. Esses dois precisam parar de ficar orbitando em volta um do outro e começar o Ano-Novo botando pra foder. Literalmente.

— Sim, estamos namorando — admite Jack, finalmente. — Entre outras coisas.

— Zoe — digo, fingindo estar confuso. — Que merda é essa? Você me disse que ele não sentia nada por você.

Zoe olha para Jack.

— Eu... ah... não achava que ele sentia.

— Isso é besteira. — Jack se aproxima. — Posso não ter feito uma declaração, mas Jesus, Zo... você deve saber que... bom, eu...

Pela primeira vez desde que a conheço, vejo Zoe baixar a guarda. Ela está tão desesperada por uma declaração dele que está à beira das lágrimas.

— Você o quê, Jack? — Eu o pressiono. — Gosta dela? Grande coisa. Eu gosto da assistente do meu dentista, mas isso não significa que eu possa dar palpite sobre quem ela vai beijar.

Ele se vira para mim.

— Eu mais do que gosto dela, seu cuzão, então, posso dar palpite, sim.

— Mais-que-gosto. Uau. — Finjo estar impressionado. — Bom, isso muda tudo. Zoe, você *mais-que-gosta* do Jack também?

Por um instante, chego a me preocupar porque ela parece que vai se acovardar. Mas Zoe se empertiga e põe os braços em torno do pescoço de Jack.

— Sim, eu mais-que-gosto dele. Na verdade... — ela respira fundo — ... estou... apaixonada por ele.

Jack congela, e seu rosto é um misto de choque e descrença. Então, ele dá um sorriso ofuscante.

— Sério? Você me ama?

Zoe olha para ele desconfiada.

— Sim, e se você ousar fazer piada com isso, Jackson Avery, vou arrancar suas bolas, e não estou falando dessas pantufas horrorosas.

— Ah, amor. — Jack se inclina e a beija com ternura. — Eu não conseguiria fazer uma piada agora nem que me pagassem. Amo você há anos, sua idiota linda. Eu só estava esperando você perceber que me amava de volta.

Ele a beija novamente, e pela terceira vez esta noite, eu me sinto o epítome da vela. Não faço ideia de por que as pessoas se sentem tão confortáveis em se agarrar na minha frente, mas eu acharia bom pra caralho se elas parassem com isso. Já é ruim o suficiente estar aqui sem a Angel. Ter que presenciar todo mundo tendo sexo bucal é uma porcaria de uma tortura.

— Acho que isso significa que você não vai me beijar à meia-noite, não é, Zoe? — Ela geme e agarra a bunda de Jack. — Não? Tudo bem, então.

Eu os deixo para trás. Voltando ao salão, Marco está na pista de dança, fazendo um discurso. Só faltam uns dois minutos antes da contagem regressiva, e eu gostaria de encontrar meus amigos antes disso.

O telefone vibra em minha mão, e suspiro de alívio ao ver o nome de Angel.

— Oi, linda. Estou tão feliz que você tenha ligado.

— Recebi sua mensagem. — Ela não parece estar mais zangada, o que vou encarar como um bom sinal.

— Bom. Eu sinto muito pelo que aconteceu mais cedo. Fui um babaca completo. Eu não tinha direito de te dizer aquelas coisas.

— Está tudo bem. E eu não devia ter defendido tanto o Julian. Ele é muito paquerador, considerando que tenho namorado. E depois da nossa briga fiquei pensando que você tinha razão. Se uma garota estivesse toda próxima de você daquele jeito e te mandasse flores, eu ia querer arrancar os peitos dela.

— É?

Posso ouvir o sorriso em sua voz.

— É. Você é meu, e mato qualquer pessoa que tente tirar você de mim.

— Senhoras e senhores — diz Marco —, a hora mágica está chegando, então agarrem seus amados e vamos marcar a chegada do Ano-Novo! Dez! Nove! Oito!

Merda.

A multidão toda se junta ao coro. Eu seguro o telefone próximo da minha boca e grito para que Angel consiga me ouvir.

— Eles estão fazendo a contagem regressiva! Não desliga, tá?

Empurro algumas pessoas, tentando encontrar meus amigos. Seria uma droga se eu não chegasse até eles a tempo.

— Sete... seis... cinco... quatro...

Finalmente, avisto Elissa, Liam, Cassie e Ethan perto das janelas. Tento ser o mais rápido que posso, mas pessoas passam na minha frente, me impedindo de seguir adiante. Quando chego até eles, a contagem acabou.

— Feliz Ano-Nooooovoooo!

Todos aplaudem, comemoram e gritam tão alto que o barulho é ensurdecedor. Apesar de eu estar a poucos metros de Elissa, ela não me ouve chamar seu nome.

Agora estou perto o suficiente para dar um tapinha em seu ombro e lhe desejar um feliz Ano-Novo, mas ela já está agarrando Liam como se não houvesse amanhã. Cassie e Ethan não fazem diferente.

Suspiro e olho em volta.

— Feliz Ano-Novo pra mim, acho.

A meu redor, para todo lado, mafiosos estão beijando policiais, Harley Quinn está beijando Batman, até Sonny e Cher estão se reconciliando apaixonadamente. Todo mundo parece estar conseguindo seu beijo de Ano-Novo, menos eu.

Ponho o telefone de volta na orelha.

— Angel? Você ainda está aí?

— Sim. Estou surda, mas estou aqui. O que está acontecendo?

— Ah, nada. Só estou aqui parado no meio de uma imensa orgia de línguas. Não estou me sentindo nem um pouco abandonado.

Ela faz um barulhinho solidário.

— Ah, meu amor. Sinto muito por você.

— Devia lamentar mesmo. Sou o único cuzão infeliz que não ganhou nem um beijo esta noite.

— Ah, mas isso não é verdade. Você beijou a Zoe há poucos minutos. Isso certamente deve contar.

Meu corpo inteiro fica tenso.

— O que você disse?

— Eu disse que você beijou a Zoe. E pareceu ter sido um beijo dos bons. Se você me ama, é bom garantir que o meu seja melhor. — Meu corpo inteiro fica arrepiado quando ela acrescenta: — Agora vem me encontrar e traz essa boca doce e talentosa.

Tudo parece estar em câmera lenta enquanto eu me viro e procuro por ela na multidão. Meu coração bate acelerado ao avistar a Uhura sexy parada a uns doze metros, no meio da pista de dança. Ela sorri e tira a peruca escura para revelar o cabelo castanho-avermelhado, e eu estou tão infernalmente feliz de vê-la que sinto um nó na garganta.

Ela me chama com um movimento do indicador, e isso é tudo de que eu preciso para descongelar minhas pernas. Vou até ela com passos largos, a capa adejando atrás de mim, e quando a alcanço, seguro seu rosto com as duas mãos e a beijo como nunca beijei. É a imagem perfeita do herói finalmente conseguindo sua garota.

Solto gemidos enquanto ela deixa meu corpo todo em chamas com um único toque. Então, nossas bocas se abrem e nossas línguas se tocam, os fogos de artifício dentro de mim deixam os da Times Square no chinelo.

Diferente do beijo em Zoe, este eu sinto em cada molécula.

— O que você está fazendo aqui? — pergunto enquanto seguro seu rosto absurdamente lindo. — O filme ainda leva uma semana.

— Teve um incêndio no set. A produção foi adiada até que eles reconstruam tudo. Cheguei hoje à tarde.

— Então você vem mentindo pra mim no telefone a noite toda?

— Eu não estava mentindo, era mais como dar informação incorreta. Eu não queria estragar a surpresa.

— Então, o passeio de iate...?

— Aconteceu há alguns dias.

— E nossa briga?

— Totalmente verdadeira.

— Você estava chorando no banheiro? — Meu cérebro está girando com a notícia de que ela estava fingindo o tempo todo.

— Atuação. Eu estava puta com você pelo que disse, mas não magoada. O choro foi só um toque teatral pra deixar tudo mais divertido.

Aliás, sua penitência por ter sido um idiota ciumento será me dar muitos orgasmos quando chegarmos em casa.

Eu me inclino para beijá-la.

— Sim, senhora.

Eu a beijo novamente, e, meu Deus, ela é uma delícia. Ponho os braços em torno dela, desesperado para chegar mais perto. Eu não queria segurar sua bunda com as duas mãos, mas de alguma forma isso acaba acontecendo. Enquanto eu a puxo mais para perto de mim, ela geme ao perceber o quanto estou duro.

Ela se afasta, respirando rápido e com os lábios inchados, e juro que se não estivéssemos cercados por centenas de pessoas, eu arrancaria aquele vestido microscópico e a devoraria ali mesmo.

— Você desconfiou que eu estava aqui?

Inclino sua cabeça para cima e beijo seu pescoço.

— De jeito nenhum. Mas me senti culpado pra caramba por achar a Uhura sensual, então, obrigado por isso.

— Sério? Mesmo quando você não sabia que era eu você queria me comer?

Passo os dentes de leve em sua pele.

— Meu Deus, sim. Muito mesmo.

Ela enfia os dedos no meu cabelo e logo os tira de volta.

— Eca. O que é isso que está na minha mão?

— Não sei. Alguma porcaria excessivamente cara. Eu precisava de algo forte pra sumir com meus cachos.

Ela ajeita meu cabelo e acaricia meu rosto.

— Mas eu gosto dos seus cachos. E apesar de ser legal ver seus olhos descobertos, gosto dos seus óculos, também. Na verdade, gosto de tudo em você. Especialmente disto aqui. — Ela põe a mão entre nós dois e agarra meu pau, e santa mãe de um deus sensual, a sensação é tão boa que reviro os olhos até ver meu cérebro.

— Caralho. — Minha voz está baixa e rouca. — Preciso entrar em você imediatamente.

— Você leu meus pensamentos.

Ela me beija novamente, e é tão bom que eu mal consigo respirar. Quando me afasto, sou atingido pelo horror da compreensão de que há zero lugares para esconder meu pau duro nesta fantasia.

— Vamos sair daqui — digo, puxando a capa ao meu redor.

— Mas eu não deveria dizer oi pro pessoal? — Ela aponta para nossos amigos, que ainda estão com a língua enfiada na boca uns dos outros.

— Não — respondo, agarrando sua mão e puxando-a por entre a multidão. — Eles podem ficar com você amanhã. Hoje você é toda minha.

Em nosso caminho para a saída, passo por Erika e Daniel. Ambos parecem despenteados, mas felizes. Eles me veem e me dão um sorriso compreensivo.

— Vejo que sua namorada veio, afinal — comenta Erika.

Angel acena para ela.

— Você está brincando? Olhe pra ele. Como eu poderia ficar longe?

Quando já estamos quase na porta, avisto Zoe e Jack de pé num canto, com os braços em torno um do outro. Eles estão se olhando nos olhos, embevecidos, e Zoe, ao me ver, diz um "obrigada" sem som e me dá um sorriso caloroso.

Aceno e continuo andando. Meu trabalho aqui está terminado.

— Que cara é essa? — pergunta Angel, enquanto pego nossos casacos.

— Nada — respondo enquanto a arrasto para o elevador. — Só estou feliz que esta noite tenha tido finais felizes pra outras pessoas além de mim.

Capítulo seis

VERDADEIRO HERÓI

A neve flutua em torno de nós enquanto paro um táxi, e assim que embarcamos, as coisas esquentam rapidamente. O clima faz com que a viagem seja mais longa que o normal, mas não ligamos. Ainda bem que o motorista parece feliz em fazer vista grossa enquanto nos agarramos feito uns demônios.

Depois de tanto tempo separados, nossos corpos estão carentes e apressados. No instante em que chegamos ao prédio de Angel, ela está praticamente me cavalgando.

O motorista pigarreia.

— São quinze dólares.

Jogo um maço de dinheiro para ele e abro a porta.

— Pode ficar com o troco.

No saguão, o porteiro sorri para nós enquanto passamos.

— Bom vê-la novamente, srta. Bell, sr. Kane.

— Bom ver você também.

As portas do elevador mal se fecham e já estou pressionando Angel contra a parede e atacando sua boca outra vez. Sei que estamos sendo gravados pela câmera de segurança, mas neste momento nada importa a não ser satisfazer a necessidade irreprimível que tenho dela. Minha mão está escondida pelo casaco quando a enfio por baixo do vestido de Angel e dentro de sua calcinha.

— Preciso disso. — E provoco-a com meus dedos.

Ela fecha os olhos e geme.

— Ah, Deus, sim, Josh. É tudo seu.

O elevador se abre e nós praticamente corremos pelo hall. Assim que estamos dentro do apartamento, arrancamos as roupas um do outro. Primeiro, nossos casacos viram uma pilha no chão. Então, eu a inclino no sofá para poder alcançar o zíper de seu vestido e puxo com tanta força que rasgo o tecido.

— Não se preocupa — diz ela, enquanto o tira. — Arrumo outro.

Eu me livro da minha capa para que ela possa abrir minha fantasia. Assim que eu a puxo até a cintura, ela para e me olha fixamente.

Ela varre meu corpo inteiro com o olhar.

— Achei que você estava usando uma daquelas fantasias com músculos de espuma. O que é isso?

Dou uma olhada em mim.

— É meu corpo. Eu tenho malhado.

— *Você* malhando? — Sua voz sai bem aguda. Ela chega mais perto e passa cuidadosamente a mão pelo meu peito e abdômen. — Você *malhando*?! Puta merda, Josh. Você está brincando? Como é que você fez isso em apenas quatro semanas?

Por um instante terrível fico pensando que ela odiou meu novo corpo, mas ela me encosta na parede e beija meu torso todo.

— Você é ridiculamente gato, com ou sem músculos. Você sabe disso, certo?

Apoio a cabeça para trás enquanto ela puxa a fantasia pelas minhas pernas e a tira, antes de se ajoelhar na minha frente.

— É, eu sei.

Cerro os punhos e começo a gemer quando ela me chupa. Não consigo formar um único pensamento coerente enquanto Angel me enlouquece com os lábios e a língua. O que ela consegue me fazer sentir é mais que espantoso. Se eu olho para baixo é pior ainda. Caramba, ela é linda, e Erika estava certa sobre a vitrine não importar. Por mais estonteante que Angel seja fisicamente, as partes que não se vê são as mais belas. Tudo nela me excita.

Ela me dá um trato com a boca e a mão. Quando meu abdômen está queimando com o esforço que faço para não gozar e meu pau parece que vai explodir, eu a carrego até o sofá, puxo a calcinha para o lado e retribuo com prazer.

— Ah, Deus, Josh... isso. — Ela enrosca os dedos no meu cabelo enquanto eu a chupo do jeito que sei que a deixa louca. Porra, eu estava com saudade disso. Não é só por tê-la em minha boca, apesar de ser uma das minhas coisas preferidas. É por lhe dar tanto prazer que ela geme meu nome, várias vezes.

Nenhuma outra mulher já reagiu a mim do jeito que Angel reage.

Ficar longe dela nas últimas semanas foi bem difícil, mas ver como eu a afeto faz tudo valer a pena. Estou mal começando a fazê-la implorar pelo orgasmo, e ela me puxa para cima, para me sentar no sofá. Ela não tira os olhos de mim enquanto se livra da calcinha e abre o sutiã. Em seguida, se inclina para abrir o zíper das botas, mas seguro seu pulso.

— Fique com elas.

Ela ergue uma sobrancelha.

— Sério?

— Caralho, sim.

Eu a puxo para que ela monte em mim. E só no momento em que ela está encaixada em mim e eu estou enterrado nela tão fundo quanto possível é que a tensão que ficou comigo a noite toda se esvai. Estar tão conectado a ela faz eu me sentir como um deus, e o melhor é que ela me olha como se também acreditasse nisso.

— Senti sua falta — murmura, com a boca enterrada em minha pele. — Você é tão... ahhhh... incrível.

Nem tenho palavras para lhe dizer o quanto ela é maravilhosa. Quero tanto lhe dar prazer que até dói. Quero tentar mostrar a ela tudo que não consigo expressar de outra forma. Nós nos alternamos em estabelecer o ritmo. Ela faz movimentos circulares com os quadris enquanto eu arremeto lenta e profundamente, e nós dois estamos tão excitados que não demora muito até estarmos nos agarrando feito afogados. Ela goza primeiro, com a cabeça jogada para trás, as unhas arranhando meus ombros. Vê-la assim é o suficiente para me fazer segui-la segundos depois, gemendo e a segurando o mais apertado que posso.

Quando os últimos tremores acabam, nos abraçamos, suados e sem fôlego.

Podemos estar incapacitados de nos mover, mas também estamos mais felizes do que qualquer casal tem o direito de estar.

Mais tarde, depois que já tomamos banho, lavei o cabelo e tirei as lentes de contato, Angel me puxa para a cama e se aninha em meu peito.

— Eis o Josh de que me lembro. Exceto por isso aqui, claro. — Ela cutuca meu peitoral e o abdômen com o dedo. — Vou levar um tempo pra me acostumar, sabe?

— É? Mas você aprova?

Ela ergue o tronco e se apoia em um cotovelo.

— Josh, se você quiser continuar treinando e sendo saudável, você sabe que eu apoio, mas, por favor, me diz que você não fez isso por causa do Julian.

Eu me viro de lado para olhá-la nos olhos e apoio a cabeça na mão. Os olhos dela se arregalam ao ver meu bíceps, e ela o acaricia enquanto estou falando.

— Independentemente de Norman Cara de Cu ter me inspirado, dei um duro danado pra alcançar esses resultados. Você está me dizendo que eles fazem zero diferença no quanto você me acha gato?

Ela ri.

— Não seja idiota. Eu não poderia sentir mais atração por você. Você é capaz de arruinar minha calcinha só dizendo "oi", e isso não é por causa do tamanho dos seus músculos. É porque você é um homem incrível, inteligente, sexy, com uma mente fascinante e o melhor coração que eu já vi. Não tem nada a ver com seu corpo.

— Sei, sei. É por isso que você está alisando meu bíceps como se fosse um bichinho de estimação?

Ela olha para a mão como se ela tivesse vontade própria.

— Hum, é. Eu só queria fazer seu novo bíceps se sentir em casa, porque ele é adorável e gordinho e... meio gostoso. — Ela se inclina e lhe dá um beijo de boca aberta, incrivelmente sensual. — Bem-vindo, bíceps gigante. Talvez eu não odeie se você ficar por um tempo.

Meus olhos estão semicerrados.

— Você é esquisita.

— Eu nunca disse que não era. — Ela se aninha novamente e desliza os dedos pelo meu peito. — Então, eu entendi por que você tentou ficar mais forte, mas por que você não foi de Kirk hoje? Você está forte demais pra ser um Trekkie agora?

— Claro que não. É só que... — e esta é a parte difícil de explicar. — Eu não sei. Acho que porque senti que pela primeira vez na vida eu tinha um corpo de herói. Quis ver como era a sensação.

— Josh... — ela olha para mim e acaricia meu rosto —, detesto te contar isso, mas vestir uma roupa de neoprene não faz de você um herói. Pegar um avião para ajudar sua melhor amiga a fazer um dos maiores espetáculos da carreira dela faz. E ajudar Connor a lidar com seus problemas também. E se importar tanto a ponto de encorajar Erika a seguir seu coração também. E nem vou começar a falar dos sacrifícios que você fez pra ajudar Zoe e Jack com suas besteiras esta noite. Achei que você fosse se afogar no gloss dela.

Eu me encolho, enrubescendo pela primeira vez em muitos anos.

— Você viu aquilo tudo?

— Hum. Vi, espionei, ouvi por trás da porta. Até ouvi alguma coisa pelo meu telefone. Fui tipo uma ninja sorrateira, se ninjas tivessem pernas incríveis e uma bunda sensacional.

Dou um tapa em sua bunda, e ela dá um gritinho.

— E você não se importou de eu beijar outra mulher?

— Se você não tivesse parecido mais sem graça que um pastor numa convenção de astros pornô, talvez. Mas do jeito que foi, ver você fazer tudo aquilo esta noite só me fez te amar mais. Você poderia ter ficado emburrado feito um babaca egoísta porque estava sozinho, mas não. Em vez disso, escolheu fazer a diferença.

Certo, essa coisa de enrubescer está piorando. Não estou gostando. Meu rosto parece que está na churrasqueira.

— Não sei se eu *escolhi* fazer a diferença. Foi só o jeito que as coisas aconteceram.

— Não foi, não. Você ajuda as pessoas todo dia, e está tão acostumado que nem percebe mais. — Ela me acaricia com os dedos, subindo e descendo do meu umbigo ao peito repetidas vezes. — Quer saber quando foi que notei pela primeira vez que estava ficando a fim de você?

— Tudo bem. — O jeito que ela está acariciando meu caminho da felicidade está dificultando minha concentração, mas vamos nessa.

— Você se lembra de quando estávamos ensaiando a *Megera* e o primeiro episódio do nosso *reality show* horroroso, *Angeliam*, foi ao ar?

— Lembro. Naquela época eu desejava você à distância, porque achava que você e Quinn eram noivos.

— Bom, naquela noite as tietes de Liam vieram em bando me hostilizar nas redes sociais. Eu já estava meio acostumada a ser chamada de puta feia que devia se matar, mas ainda assim, né... Foi especialmente ruim enquanto aquilo estava no ar. Eu estava aqui sozinha, me sentindo bem triste, quando você me ligou, do nada. Você me disse pra sair da internet e parar de ler as bobagens dos intelectualmente prejudicados, e então se ofereceu pra me trazer sorvete do sabor que eu quisesse, pra me animar.

Acaricio seu braço e sorrio.

— Eu me lembro. E você dispensou o sorvete, mas acabamos falando ao telefone por horas.

— Isso. Você foi um herói pra mim naquela noite. E não importa se você é um nerd gatinho ou um saradão, você sempre vai ser meu herói. Não tenha a menor dúvida disso.

Ela me beija, e é um beijo tão cheio de gratidão e amor que eu me odeio por algum dia ter duvidado de seus sentimentos por mim. Todo homem devia ter essa sorte.

Ela se afasta e me olha nos olhos.

— Eu amo você, Joshua Eli Kane. Feliz Ano-Novo.

Sorrio e acaricio seu rosto.

— Todo ano é feliz desde que eu esteja com você, Angela Constance Bell. — Eu a beijo lenta e profundamente, e é tão quente que meus óculos embaçam. — Agora — ponho os óculos na mesa de cabeceira —, que tal você ir vestir sua fantasia de Uhura de volta? Vou me vestir de Kirk pra poder explorar sua fronteira final.

Ela sorri e faz careta ao mesmo tempo.

— É melhor você não estar falando de anal, meu jovem.

Ergo uma sobrancelha.

— É bem significativo que seu primeiro pensamento tenha sido esse. Mulher imunda.

— Ah, então você não estava falando de bunda?

— Não, mas já que você não para de falar nisso, talvez eu deva dar uma saidinha e comprar lubrificante.

Ela ri enquanto eu monto nela e me coloco entre suas pernas, e estou tão feliz que me sinto como se estivesse chapado. Esta mulher magnífica, linda e incrível me ama total e incondicionalmente. E mesmo sem superpoderes, isso é o suficiente para fazer com que eu me sinta como se pudesse voar.

— Tem alguma resolução de Ano-Novo que você queira me contar? — pergunto enquanto beijo um lugar atrás de sua orelha que faz com que ela se contorça.

— Sim. Passar menos tempo longe de você.

— Boa escolha.

Ela desliza os dedos pelo meu cabelo e segura minha cabeça enquanto eu chupo seu pescoço. Seus movimentos ficam mais fortes.

— E quanto a... ah, Deus... às suas resoluções?

Seguro seus peitos e provoco os mamilos com a língua.

— Tenho três itens na lista. Alimentação saudável, ficar em forma e passar muito mais tempo fazendo minha mulher gritar meu nome.

Desenho uma trilha de beijos de sua clavícula até sua barriga, e ela enterra as unhas em meus ombros enquanto mordisco seus quadris.

— É mesmo? — pergunta ela, com a voz rouca e sem fôlego.

— U-hum. E considerando que já fiz as duas primeiras, acho que eu devia começar logo a terceira.

Enquanto afasto suas pernas e seguro seu quadril, ela suspira de desejo. Quando ponho a boca sobre ela e sussurro palavras de amor em seu clitóris, Angel realmente grita meu nome.

Feliz Ano-Novo pra mim.

Agradecimentos

Assim como com qualquer livro, este não teria sido possível sem alguns amigos incríveis e fãs.

Primeiro, para minha incrível agente Christina Hogrebe (e toda a turma da Agência Jane Rotrosen). Muitíssimo obrigada pelo apoio inabalável e pela sabedoria implacável. Vocês sempre sabem o que dizer e o que fazer para conseguir o melhor de mim.

Para o meu querido marido Jason, por ser o meu torcedor particular e um leitor beta maravilhosamente perspicaz. Nunca me cansarei de ouvi-lo dizer o quanto se orgulha de mim quando termino um livro. E nem vou comentar sobre suas reações enquanto está lendo. Você é hilário.

Para minha amiga de longa data e mentora/editora de gramática, Caryn Stevens. Não é legal estarmos juntas novamente, Catty-Wan? (←note o ponto de interrogação posicionado corretamente. Rá!) Obrigada por colocar meus escritos nos eixos e por fazê-lo em tempo recorde para este projeto. Você salvou minha cabeça de explodir com a pressão dos prazos finais.

Para minha linda melhor amiga, de quem o incansável entusiasmo e amor pelos meus personagens sempre aquecem as profundezas frias do meu coração morto. Amo muito você, Andrea. Você é como um raio de sol permanente na minha vida.

Para as maravilhosas garotas que me apoiam, me estimulam e mantêm as rodas da Equipe Rayven lubrificadas e rodando — Chloe,

Cecile e Chanpreet. Meninas, vocês animam o meu mundo. Muito obrigada por seu tempo e energia. Vocês todas são divinas.

Obrigada à maravilhosa Nina Bocci pela copidescagem épica, e também para todos os incríveis blogueiros e leitores que ajudam a projetar minhas palavras nos olhos das pessoas. Sem vocês, eu teria jogado todos os meus livros no vácuo da estagnação, sem qualquer leitura ou amor.

Para todas as Pams e Chignons. Muito obrigada pelo apoio e pela sabedoria. Não fosse por vocês, eu teria passado dias batendo a cabeça contra o teclado, resmungando: "Eu não consigo, eu não entendo", inúmeras vezes. Obrigada também à Nina Levine por segurar minhas mãos enquanto eu navegava pelo grande desconhecido.

Para Regina Wamba por sua capa deslumbrante. Menina, você arrasa. E pelas coisas fabulosas. *Todas* as coisas fabulosas.

E finalmente, um agradecimento enorme a vocês, meus maravilhosos e apaixonados leitores. Adoro cada um de vocês, seja uma das gatas audaciosas do Romeo's Dressing Room ou apenas um fã quieto e consistente. Vocês são a razão pela qual escrevo. Particularmente, vocês são o motivo do surgimento deste livro. Vocês me deixaram tão tocada com seus apelos sinceros por mais sobre a equipe Starcrossed, que não pude evitar revisitar esses casais doidos — estou muito feliz por fazê-lo. Obrigada por me darem uma desculpa para voltar ao mundo deles por um momento. Eu me diverti demais.

Não esqueça, se quiser me contatar e dar um "oi", estou nas mídias sociais, e você pode se inscrever em minha newsletter neste link:

http://eepurl.com/bRdvrH

Como alternativa, você pode se juntar ao meu grupo privado de leitores no Facebook (procure por Romeo's Dressing Room), ou entre em contato através do meu website:

www.leisarayven.com

Mais uma vez, obrigada a todos pelo apoio e pela generosidade. Desejo a todos amor, luz e muitas risadas.

Beijos e abraços,

Leisa

Este livro, composto na fonte Fairfield,
foi impresso em papel avena 70 g/m² na gráfica Imprensa da Fé.
São Paulo, Brasil, setembro de 2017.